U0360232

杨 伊／著

海上伊语

我的十年求学手记

…·

上海交通大学出版社
SHANGHAI JIAO TONG UNIVERSITY PRESS

内容提要

从本科到博后,从成年到而立,从在上海独自求学到邂逅"真命天子",杨伊博士用清新灵动的文字向我们呈现了一个妙趣横生、阳光灿烂的十年。你会看到她在顺境中的努力奔跑,在逆流中的乘风破浪,更有在十字路口的选择与成长。考研、考博、毕业、恋爱、结婚的那些大事儿,与"虎妈"、与师友、与先生甚至与陌生人的那些小事儿——这是杨伊个人的"私语",是她的独家记忆,也是九零后的集体回忆,更是无数与她一样跑过青春岁月的人们共同的声音。当你在书中与她相遇,你会因快乐的故事而开怀大笑,会因求学路上的患得患失而心生共鸣。相信这本书会为茫然无措的学生送去一剂良方,帮十字路口艰难选择的人们坚定信念回归初心,为追求爱情的年轻人呈现婚姻中的相互砥砺与共同成长。让我们一起走进杨伊的故事,去感受一个女博后对生活的热情,对文字的热忱,对阳光的热爱。

图书在版编目(CIP)数据

海上伊语:我的十年求学手记/杨伊著. —上海:
上海交通大学出版社,2022.3
ISBN 978-7-313-26259-2

Ⅰ.①海… Ⅱ.①杨… Ⅲ.①散文集-中国-当代
Ⅳ.①I267

中国版本图书馆 CIP 数据核字(2021)第 279859 号

海上伊语——我的十年求学手记
HAISHANG YIYU——WODE SHINIAN QIUXUE SHOUJI

著　者:杨　伊			
出版发行:上海交通大学出版社		地　址:上海市番禺路 951 号
邮政编码:200030		电　话:021-64071208
印　制:苏州市越洋印刷有限公司		经　销:全国新华书店
开　本:880 mm×1230 mm　1/32		印　张:9.375
字　数:209 千字		
版　次:2022 年 3 月第 1 版		印　次:2022 年 3 月第 1 次印刷
书　号:ISBN 978-7-313-26259-2		
定　价:58.00 元		

序

欣闻杨伊博士的散文书稿即将付梓，作为她的博士后合作导师，受邀为之作序，欣然应允。

先前我只知杨伊在学术方面有很强的领悟能力，在学期间便在相关领域发表了很多高质量的论文，去年年底成功获评"上海市超级博士后"，个人的第一本学术专著也即将出版。

青年学者出版文集，这似乎在博士后当中并不常见，但换个角度思考，每个人都拥有平等地诠释生活的权利。既然世上存在"语言"这种工具，任何一个爱思考、知冷暖、善言辞的人都可以借此把对真善美的理解呈现出来。正如在科学研究中，对一个极其微观问题都可以形成多种观照的视角，面对"生活"这个复杂而宏大的命题，我们需要更多的角色参与、思考、记录、争鸣。任何一个科研工作者都明白，科研不是学者的专利，文学与生活也不是任何一个群体的专利，如果一定要给它一个归属，它属于每一个愿意思考的人。

杨伊便是这样一个人。科研是她的本职，但对于写作，她一贯表现出近乎执着的姿态。和很多学者不同的是，她不仅限于学术论文，还包括文学创作；更可贵的是，在没有任何约束的情况下她用

多年的坚持证明了自己的热爱。这种热爱来源于对生活的强烈感应，这种感应更应称为一种天赋，而这种天赋，不论她是学者、作家、教师抑或从事其他任何职业，都会得到释放。

这本书记录了作者从十八岁来到上海读大学，到二十八岁博士毕业，其间异地求学十年的心路历程。她一边攀登学术高峰，一边孜孜不倦地记录下十年的点点滴滴，这是她一个人的故事，却唤醒了很多同龄人的共鸣，点燃了无数九零后大学生内心的火焰——相似的迷茫与困顿，相似的平淡与蛰伏，相似的骄傲与理想。提到青年学者，我们总是下意识地与研究领域联系在一起，更加关注他们闪光的学历和笔下的学术性话语。但阅读着杨伊博士的文集，我突然意识到他们也有普通人的悲喜，他们行走在这条艰辛孤独的科研之路上，也经历了很多的抉择并付出了超乎凡人的勇气，摆脱了科研的思维和严密的推理，他们对于人生也有潇洒、旷达、感性甚至可爱的认知……这一切，被一个女博士悉数记录。

在文字中成长，在文字中历练，在文字中涅槃。我期待杨伊博士能在学术上有所成就，更期待她的风雨竞攀路能激励很多后来人：那些正在求学路上接受历练的莘莘学子，那些在大城市独自打拼的青年，以及无数为了平凡的梦想而情愿多奋斗一点的人们，都能在这本书的字里行间看到些许微光，能在她用感悟撑起的绿荫中觅得一丝清凉。

今天，我们依然需要热爱，依然需要有人用文字唤醒热爱，还需要更多的人用思考守护热爱。

语言是人类共同的精神财富，是表达热爱最精妙的方式之一，它会让平凡的石子荡起永不消失的涟漪，会让一声低吟唤醒强烈的共鸣。让我们跟随杨伊带着灵性的文字一同走进她丰富的内心，重温最真实的求学历程，你会和她一起振奋，一起沉思，一起努力活着，并认真爱着。

上海师范大学研究生院常务副院长，

对外汉语学院教授、博士生导师：陈昌来

2021 年 3 月 30 日于上海

自　序

　　理科出身的我对于写作一直心怀敬畏，以至于为这本书作序时，竟迟迟不敢提笔。

　　十八岁，我抱着一叠花季雨季的诗篇，一摞勾勒校园生活的散文，还有一串来不及记录的回忆。别人说你应该出本专辑，但我隐隐约约觉得，敏感的青春只是一生的预备，真实的人生尚没有登场。

　　来到上海我带着两样东西，一样是对理想的执著，一样是对文字的热爱，这十年它们相互慰藉，相互扶持——在理想受到阻挠的时候，文字便是它得以栖息和修整的花园；而在文字枯竭的时候，理想总是源头活水。承蒙它们的庇佑，我充满阳光地跨过了生活的沟沟坎坎。

　　今年我二十九岁，即将迈向而立之年，在魔都读书生活，又刚好一个十年。

　　都说十年足以改变很多事情，我深以为然——这一年，博士毕业，留校工作，与所爱之人步入婚姻殿堂，我看到了生活至暖至善的容颜。而与之相伴随的那些人间疾苦都在逐渐沉淀，沉淀到很深的海底，溶解出挥之不去的苦涩，变成一双无限大的噙满泪水的蓝眼睛，沉默地对着星空与黎明。

　　二十多年前，幼年的我便喜欢在稿纸上一笔一划写诗歌散文和各种各样的故事，每写好一篇妈妈就会把它们认认真真誊抄在一个笔记本上；后来家里有了电脑，妈妈就把新写好的文章打出来存在3.5英寸软盘里；读大学的那年我注册了人人网，它成为了我写作、发表的主阵地；2015年我注册了自己的公众平台，一面默默记录着上海的求学生活，一面继续用写作这种方式和自己对话，和生活中所有的不快乐和解。我本科读心理学，硕士博士转读教育学，博士后研究中国语言文学，对于我而言，写是一种常态，亦是一种工作。可我在这种日复一日的工作中越发感到，科学理论可以完美地解释现象，却无法精准地瞄准人间悲欢。正如《后会无期》里的台词：听过很多道理，依然过不好这一生。

于是，我在小小的公众平台和不讲理的生活讲道理，和偶尔陷入茫然和失落的自己对话，在无数个十字路口记录下一个人的旅行……整理书稿的时候我欣喜地感到：原来这就是我的十年，原来我和自己讲了这么多道理，原来我一直努力过好这一生！更让我惊喜的是，越来越多素不相识的人在公众平台和我一起成长，从开始的几十个到几百个，再到后来的上千个。他们在私信和留言里向未曾谋面的我讲述自己的故事，和我分享他们的生活，催着我分享新的感悟。或许我们在现实生活中一生都不会有交集，但他们给了踽踽独行的我最大的成就感：有人默默地祝福着你的成长，你平凡的旅途又成为了一些人的微光。

谨以此书感谢我的双亲，他们赋予女儿丰满的人格和知冷暖的心性，这凝成了我观照生活的眼睛。感谢我的先生吴佩炯博士，他的出现为我的十年魔都故事挽了一个鲜亮的蝴蝶结。感谢这些年天涯海角陪伴我成长的读者，他们的认可与期待赋予了我面对生活的勇气，更坚定了我把这些故事变成铅字的信念。特别感谢我的挚友余晓波博士，多年来他以兄长般的照拂一次次无私地帮助我实现梦想，这一次依旧支持我把信念化为现实。最后，感谢这十年里停留在我记忆中，出现在我生命里的每一个角色，谢谢你们用平凡的悲欢刻画了书里的每一个细节，撑起了书中的每一句感悟。

天涯海角，你或归来，你或离开。

星移斗转，时光记得，你便同在。

2021 年 3 月 31 日于上海家中

目 录
CONTENTS

第二篇
研途·你是否还相信天道酬勤 047

第四篇
博后·我想和十八岁的自己谈谈 231

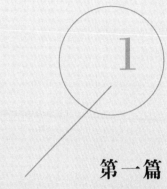

1

第一篇
大学·翻过二十岁的围墙

"十年后你就会明白，高考就像一条河，有的人是一步跨过去的，有的人是蹚着水过去的，但不论如何都会过去，重要的是，到了对岸要继续好好走路。"

守望春夏

00

2009 年 6 月 12 日，在高中的最后一节音乐课上，老师说明年的这个时候大家就要报志愿了……

那时，高三像一个人站在我面前，我却低着头，专注于自己的事情而努力忽视它的存在，直到它强行闯入我的视线，跋涉的记忆便从那一日起程。

01

那个暑假我显得异常忙碌。放假的三十多天里，我天天奔波，每当我累到不想动的时候都在想，这大概是学生时代的最后一个假期了，今后的几十年决不会找到这样的感觉了。每每想到此，珍惜之感油然而生。

走在路上，我经常看看骄阳想："我大概就是在它的目光下成

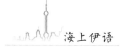

长起来的，既然这是上苍的眼睛，我还犹豫什么呢？"我感到苦涩而满足，孤独而无畏。漫长的假期悄悄地走了，只在我留恋的记忆里甩下一个虚幻的微笑和稀疏的倩影。返校那天听说我的两个同桌在北京学数学竞赛的时候都病倒了，我实在不能相信，两个如此剽悍的男生竟被折磨成这样！同一时间，我开始疑惑，高三的序幕尚且如此，余下的三百个日夜又将怎样？

以前，我总喜欢把得失的账算得很清，只是高三的账是谁也算不清的。

02

时间如流水，把夏天装进秋天，把秋天再装进冬天。

上半学期说来即来，没有丝毫迟疑。我记得是秋天把它带来的，秋风卷着残云，含着秋雨，夹杂着那些起起落落的回忆。

刚到九月，月考便张开双臂，等我们投入它的怀抱，哭着或笑着。与其说张开双臂，倒不如说张开"罗网"。第一次月考我的英语错了十道阅读题，从小最怕被别人看见哭泣的我一直在反复对自己说："这算得了什么，没什么可伤心的……"但是上自习课的时候我还是忍不住啜泣了起来。下课后，我把脸擦得干干净净的装作什么事都没发生走出教室。第二天中午，我打开手机看到一条短信：

"伊，是不是遇上什么不高兴的事了，可以和我说说。语言要越高兴才越能学好，咱什么都不怕。"

是班上的一个好朋友给我发来的，我记得她英语也没有考好，但同样是面对困难，我突然觉得自己在坎坷面前很渺小也很卑微。今后的路还很长，高三的日子谁也预料不到会发生什么，只是每一次陷入困境我都会想起来她说的——"咱什么都不怕",还有同桌总唠叨的那句老掉牙的话:"上帝为你关闭一扇门的同时一定为你打开一扇窗。"虽然那时我觉得自己从来没有见到窗。

但我依旧带着持久的韧性在波涛翻滚的岁月里过着属于自己的宁静的生活。一切都会过去也都会归于完结,正如眼前的秋天和即将到来的寒冬。如果所有的挫折都像突降的冷雨,那么谁能保持一颗干燥的心不被淋湿,谁就注定能坦然地接受幸福。

也许,这就是那个秋天想教会我的吧。

03

过年了,在每天穿梭的柳巷里我已渐渐感到了它的气息,可我太明白不过,这个春节根本就不属于我——我只想躲在家里。参加过高考的人都明白,考前最反感的无非是别人以"关心"的名义向父母问起自己的事情。

大年三十那天晚上,我一个人站在窗口看着烟花冲向夜空,散开,又落入不知名的镜头,照亮了那个冬夜。至今,那陨落得无影无踪的烟花依旧照亮着我空寂的心灵,在寒冷的冬夜,在寂寞的荒原,在最艰辛的岁月。不论来年发生什么,我都无惧无畏,它们总会替我烧毁所有的怯懦与苦难,点亮荒野,让我以一种澄澈而安详的姿势立于生命中那些难以描述的时刻。

天下着大雪,但我知道春天就要来了,一切都会过去,所有的梦想已在枝头的白雪下孕育了。我把来年的岁月砌成一个新的容器,任它盛放完全不同的新的内容。

柳巷的万家灯火还未熄灭,我们便开学了。我是一粒尘埃,每天又要飘过这花花绿绿的商业街和熙熙攘攘的人群,我孤零零地站

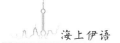
在这里，如站在一片水的中央，没有一丝风和波澜却也没有岸，我只盼望尘埃落定，落在一片遥远而幸福的土地。

04

高中的最后一个学期是追着朔风的尾巴来的，我们坐在教室里，静静地让日子流着，眼中是看惯的夕阳和水波。

在学校的要求下，长跑代替了做操。每天都在跑，每天也都在等，与其说等待解脱的一天不如说等待宣判的一天——铁锤一敲，归于结束。五圈过后，人群涌向教学楼。夕阳下，操场满是年轻的剪影，所有的影子都被拉得很长，很美。唯有此刻的高三生活让我怦然心动。

我不记得"理综"是以何种方式在我生活中掀起轩然大波的，大概是在某次考得一塌糊涂之后吧。事情发生在四月，我呆呆地看着可怕的卷子，心如死水。我前面的同学比我多考了100分，同学们唤他为"神"。坐在神的后面，我像一个铁铸成的给神守门的小鬼，完全不知道自己答题的时候在想什么或者应该想什么。相当长的一段时间里我只想发呆，有人说：把青蛙放进开水里会猛然跳出来，但在温水里缓慢加热它会被煮死。如果我是开水里的青蛙，那么我知道我应该跳出来可不知道如何跳，但我又不甘心被煮死。于是，那段时间我天天做梦，梦境中的地点永远是考场，监考的永远是班主任，情节无一例外的是打铃了我仍在奋笔疾书，不过不同的是，我梦中没有答完的题目一次比一次多。

像所有人一样我额外买了很多卷子，每天晚上一进家就开始卡时间，时间到了，妈妈来收卷子，对完答案再去向妈妈汇报分数……我知道，这是一条必须走的路，但我并不知道路的尽头会是什么：

花园，田野，抑或还是路。

05

还剩 100 天的时候，教室里挂上了倒计时牌，我的记忆一下被带回了三年前。中考前我们也是从 100 天开始计时的，过后发现100 个流逝的日夜只在眨眼间。

逝者如斯，我却仍在做梦、发呆和走神，我本以为看看墙上的标语就可以振奋起来，可紧接着我发现自己发呆的时候竟是直勾勾地盯着标语，不过我的脑子一点都不空白，想着的全是理综，偶尔也会有数学。

我一直记得四月的某个星期一和教导主任在监控室里的谈话，他很平和地告诉我，其实高考就是一条人人都必须过的鸿沟，你的品质、性格、人生观在高考之前就已经决定了你将来要走一条怎样的路，和你高考这一关是怎么过的关系真的不大。有人是一步跨过去的，这并不意味着未来的路也是坦途；有人是蹚着水过去的，这并不代表后半生也要蹚着水走。他说这些道理可能过十年、二十年我才能明白，我想说其实当时我就懂了。

这个四月异常冷，下起了鹅毛大雪，我穿着棉衣绕着操场在未融化完全的跑道上走，想起这一个月来做的卷子、习题，突然觉得：我什么都不该怕，要相信当自己为一件事情坚持很久的时候，就会有一件事情开始为我坚持。人重要的不是在哪里，而是面朝哪个方向，我愿意向着太阳一直走下去，不管这一路有多苦……

06

100 天，30 天，10 天，3 天，明天。

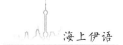

高考的脚步一天天逼近，从老师、家长的反应中便可以感到它的气息。

常常希望自己像男生一样可以从缝隙里挤出时间去打篮球，但事实是我不能。五月初我们拍了毕业照，阳光下，大家笑起来真的很可爱，像一群孩子，可是这意味着我们就要说再见了，但似乎谁都顾不得这些。

拍完照片回到教室，大家又开始讨论刚过去的月考、估分、成绩……像是一切都没有发生过。我又照常窜到物理老师办公室让他给我讲那根本讲不完的题，我是他的常客，每次他都让我找一个凳子坐下，然后说："老师能不能先喝杯水？""杨伊问问题是大事，我应该把手头的事情都放下。""你来问问题老师就不去开会了……"

一开讲就是 45 分钟，天天如此，有时一道题要讲四五次，我很无奈却很感激。有时我会惭愧地说："我总是向您请教问题打扰您"，他纠正我"是讨论"；我说我物理总学不好，他补充"但其他都好"。

因为自己很普通，所以尤其感激。现在没什么机会再回学校了，但我的老师一直在我记忆里。

07

所有的日历都翻到了 6 月 7 日。

到处都是三年前中考的模样：雪白的摩托车，严肃的老骑警，焦急等待的人群……高三轰轰烈烈的故事此刻真的结束了。6 月 8 日下午走出考场，心里前所未有的空白。别人说：你学的知识可以忘了，可是我不知道该怎么忘，都交给时间吧。

考点越来越远，转个弯便消失掉了。手里的《报考指南》此刻可以翻开了，尽管每一页都写满了未来，但是翻它的人很茫然。我依然沉浸在高三的故事里，忘了时间也忘了空间。

08

那条熟悉的上学路此刻又绿树阴浓，在它的佑护下我走过春秋和冬夏，两旁的小树又是一身戎装，恰若三年前军训的孩子。

岁月说：光阴让小树悄悄发芽。

命运说：历练让孩子一夜长大。

六月说：很快乐送学子最后一程。

我想说：很幸福和绿色一同守望春夏。

2010 年 6 月 16 日

补记：

那个六月，暖暖的；那条短信，在我的手机里睡了整整一年。

小时候我最喜欢的词曾是"化茧成蝶"，事实上我迷恋和习惯的生活却是像毛毛虫一样藏在一个地方讲故事，想春天。

真正懂得做梦的人梦醒后不会绝望，那么这些年时间赋予我最多的应该就是做梦的本领，不会因为告别而悲伤的个性。你说是我长大了，证据就是落定在稿纸上的故事，深藏在季节里的秘密，由炽热走向低吟，由低吟走向无声。

这是夏日里的告别，这是应该终结的记忆，它不同于任何一段日子——难得没有波澜却迟迟挥之不去，难得没有强音却久久余音未息。

春夏年年如约而至，可如是的聚散和守望唯有一回。

后来……后来低眉看尽水东流，仰天望断雁南飞。

2013 年 4 月

"原谅我把岁月甩在远处，尽管那里有我诱人的少年。"

趁我们还经得起聚散

中午，玻璃窗外依旧是喧哗的柳巷，从北边到南边上学的孩子和从南边到北边工作的路人，我年少如春的记忆和光亮如初的梦想就丢在了这条街上，蒸发在了没有规律的嬉戏和喧闹里。

我的老同学坐在对面，一样看着窗外，叹息声落问我："一年了，你能感受到时间的力量吗？""怎么会感受不到？尽管毕业才一年。"

一幕一幕仿佛昨天，一问一答恍如隔世。

不知什么时候起，我们懂得了那些注定的离别。小时候，你要考五中我要考十中，我们会很悲伤；长大了，你要学理科我要学文科，我们会很难过；之后的某一天，我要去和小 A 坐同桌而你的同桌要变成小 B，我们默默伤感了一节课；可最后呢，你要去天涯我要去海角，忽然明白原来之前那些都不算离别。世界这样变化，孩子如此长大，在一代人此起彼伏的苦难与感叹里，在一个时代随风飘逝的激情与哀愁里，岁月用磨难教会我们扼杀不幸披荆斩棘，时光用流逝教会我们滋生落寞体验苍凉。

自从上大学起，一年被天然地分成两个阶段，假期便是界限。每次回家都会从身边的人那里得到很多意想不到的消息，每一次惊讶过后都让我感到一切早已不是从前，都会不自觉地思念起那些过往的少年。

小时候妈妈教育我："W姐姐考十中了，你将来要像人家一样!"后来："W姐姐考清华了，看人家多优秀!"今年："W姐姐结婚了，在清华百年校庆的那一天……"我看着婚礼的照片想到刚认识她的时候硬要变成男孩娶人家当老婆，那时候我高高地扎着两个小辫，她还穿着实验中学的校服；那时还是新世纪的初年，中国刚刚加入世贸，世界上还没有"水立方"和"鸟巢"；那时候马路还很狭窄，还没有这么多车辆，公交车还很拥挤，一群更小的孩子还在围着我喊"杨伊姐姐"……十几年了，我没有变成一个小帅哥，曾扬言要娶的姐姐也嫁给了别人，一切都很可笑，可一切又是那样真实，刺眼的真实。

昔我往矣，杨柳依依。今我来思，雨雪霏霏。这是不是传说中的沧桑？这是不是我珍藏的过往？

我们坐在玻璃窗后面看着熙熙攘攘的人群，我说："当年你在这儿告诉我要适应高中生活，越快越好；是在这儿你说一次考不好没关系，人生毕竟充满着假设；也是在这里你说你想考北大。"似乎是昨天的话题吧，捡起来依然带着岁月的温度，可温度还没有归零的时候我们又不得不说新的世界了——将来的打算，未来的路怎样走，今后期望怎样的发展等等。

十几年转瞬即逝，我们想想那时一切又将怎样：每个人都会走出一条自己的路，有人幸福有人不幸，有人快乐有人悲伤，有人嫁有人娶，有人有了家庭有人孑然一身。"可能那时候你都有孩子了，或者

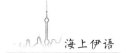

你的哪个同桌都有家了，带着一个和自己长得很像的孩子……"听着这句玩笑话我脑子里浮现出高中每一个同桌的模样后忍俊不禁！那不可思议的人生百态，不可思议的世事无常。

有时候，我不想看到这样的场景，我不想那样无声地长大，可我们要的究竟又是什么呢？其实我也不知道。可能是再逃课去打一次篮球，可能是一边骑车一边看着手表再穿越一次青年路，也可能是听着一个同桌再开一次另一个同桌的玩笑，可能是好多好多吧。

再见面便又是一个半年，分开的时候只能淡淡感慨一句"终须一别"。是啊，趁我们还年轻，趁我们还快乐，趁我们还禁得起聚散。原谅我把岁月甩在远处，尽管那里有我诱人的少年。

2011 年 8 月 4 日

"如果优雅的白鸽忘记了天空，如果磊落的天空忘记了包容，如果一条路还可以重新走过，只是岁月从未有过这么多如果。"

尘封的《读者》和遗忘的鸽子

昨天我在找一本旧书时无意中掉出一本十几年前的《读者》，印着图画的扉页因浸泡而变得皱巴巴的，像饱经沧桑的老人的脸，其纸页也泛起了黄色。我似乎已经有好多年没有买过它了。没有任何仪式，也没有任何碑文，它就在我中学时代的一阵忙乱中悄然退场。

我确实迷恋过它多年，当时我认字不多，每篇文章都要妈妈念给我，之后还要把近三分之二的字标上拼音才能读懂，不然就会像天书一样了。每次"卷首语"是必须要背会的，可是时间一久原本倒背如流的东西竟被庞大的单词群体、繁琐的公式一一取代，我很无奈。不过倘若这本书能言语，它定比我更无奈吧。十几年后的今天能想起来的貌似只有一篇《阿尔及利亚人的鲜花》了。

在我不完整的印象里，书中的爱情很单纯，我爱你就意味着你一定爱我；书中的友情也很高贵，我的执着定会换来你的忠诚。不得不承认，那是我幼年关于"邂逅""情爱""遗憾""永恒"这类虚无缥缈的词语最早的理解，它很早便把单纯的人生情感灌入了我蹒跚学步的人生，其影响一直延续到离开家乡独自面对他乡生活的那一天。

随手翻开扉页的照片：三只鸽子向绿色的窗口飞去，可玻璃冷冷地挡住了它们的去路。老师曾经拿着它让我们写感悟，每个高中的大哥哥大姐姐都写得那么深刻那么唯美，有一段我并不理解却一直没有忘：

"如果优雅的白鸽忘记了天空，如果磊落的天空忘记了包容，那么满窗的绿色又怎能化作希望的回眸？"

如今，写下这句话的姐姐已嫁为人妻。我曾不顾一切模仿她，可对于十几年前的我来说毕竟是一种无聊的模仿，我梳着四个小辫在一群比自己年长好多的人面前很有感情地念着自己写的语句，最后特别自豪地以"这就是命运"结尾。

一个姐姐问我："小丫头，你知道什么叫命运么？"我默不作声，老师搂着我说："宝贝，告诉哥哥姐姐，就说你知道，快说呀……"不管别人怎么说，那一次我一直沉默着，而那天大家漫不经心地等待我回答的寂静也深深地烙印在我的记忆里——形式上在逗一个不谙世事的小毛丫头，可实际上却在等我开口，谁都希望我说出的话证明的是自己的定论。那个问题、那段时间就这样洞穿了我的童年和少年。在每一个转折的岔口，在每一个尘埃落定的瞬间我都会想起那天纸页上的三只白鸽和纸页外我一直没有回答的问题，也会想到飞翔的动作承载的身不由己，想到那一片从来就没有属于过自己的绿色，一片希望的诱惑。

没错，我根本不明白什么叫命运，我也不敢明白。就像我至今也不敢假设那三只背对镜头的鸽子会带着怎样的眼神——哀怨，愤怒，无助，期待抑或其他什么。

如今孤独的时候我也会看着窗外发呆，遥遥地望着满眼的生机和一段永远缩短不了的距离。窗外灰色也罢，绿色也罢，断壁残垣也罢，红灯绿酒也罢，我没有白鸽那么纯粹，也没有它们那样圣洁，更没有什么执着有力的翅膀，但和它们相似的是，我们都是独立的个体，都有一个和环境不相干的美梦。当我看够了就会低下头，正如鸽子顿悟了就会飞走。

如果优雅的白鸽忘记了天空，如果磊落的天空忘记了包容，如果一条路还可以重新走过，只是岁月从未有过这么多如果。

2012 年 1 月

我们是怎样学会了自己骗自己

别人问我："除了男人一些必备的人品，你择偶有没有什么特别的要求？"

"有头脑，爱学习。"

"没了？"

"没了。"

"真不正常。"

这段对话不知道重复了多少遍，可至今只有两个人问过我"为什么"，然后不约而同地告诉我："今后若再有人问你类似的问题你要换个方式回答他们，别说爱学习，要说有上进心。"之后我改变了自己过于直接的回答方式，虽然实质上没有丝毫变化，但起码别人听起来会舒服不少，于是我莫名其妙地从不正常的人群中被拉回到了正常的人群。不得不感慨，言语的艺术给我赤裸得受人嘲笑的答案披上了一件华丽的外衣。

其实对于这些问题我从不避讳也从不遮掩，一向回答得很干净很直接。有时别人会替我开脱："呵呵，你所谓的'学习'一定范围很广吧？比如聊天看电影什么的都是学习……""真不好意思，我单指读书。"正如教育的定义有广义狭义之分，学习的概念也有，我从不否认从社会、电影、明星那里都可以学到很多东西，如果我们可以用广义的概念审视身边的人，会惊讶地发现世界上没有人是堕落的，但对于自己，我们真的有必要这样无限制地放宽"学习"的外延吗？

上小学的时候国家提出了一个词叫做"素质教育"，所有人就跟风一样把"综合素质"挂在嘴边："我们家孩子的时间全都用来培养综合素质了。"可倘若你再追问他什么是"综合素质",他定是全然不知的。折腾一阵,中考,一道分数线;高考,又一道分数线。总有一刻你会悲伤地发现,原来一个物理学得好的人政治也可以学得好,原来一个优秀的学生同时可以拥有很好的口才、很美的歌声,可以把学生工作做得风生水起。而所谓的综合素质,被很多不愿在学习上付出努力的人歪曲成一块遮羞布,就像后来很多人分明是不够用功,非说自己是"情商比智商高"。

多少时候,我们都在自己骗自己:借口"社会实践也是学习"逃避努力,消耗自己的青春,借着在恋爱中也可以学习的谬论一连换了十来八个女朋友。其实现实就摆在那里,就算不想承认也完全没有必要辩解,因为你的谎言大家都懂。我一直相信学习不是一个人唯一的谋生手段,闻道有先后,术业有专攻,不是所有人生来就擅长做相同的事,既然如此,我们又何必对自己的弱点不坦诚?

多少时候我们是在自己骗自己:得不到就说自己是不想要,做不好就说这件事没有用,做错了就说很多事根本没有对错。我们常常安慰自己"幸福不排名次",但又总是有意无意地忽略后半句"成功必排名次"。我们承认一个乞丐也许会很快乐,但至今没有发现谁是如愿以偿地成为了一名乞丐。

昨天夜里我和一个好朋友聊天说到了交朋友,我对朋友的要求始终只有"不嫉妒,不自卑"。其实我至今无法理解为什么要去嫉妒比自己优秀的人,为什么有人不能容忍身边人的晋升。嫉妒是世上最可怕的情感,它会让一个人一点点消磨了斗志然后开始欺骗自己。我朋友不多,但我真心希望他们都生活得好,就算对于一件事我们一起努力过,但结局你得到了我却没有得到,我会难过,但我的难过来源于我的失败而非你的成功。甚至我们参加同

一场考试，我的朋友比我努力和聪慧，于是比我成绩好，即使他在我面前津津乐道我也不会生气，因为我没有自卑心理做背景，所以我认为这只是单纯的讲述，我不认为别人是在炫耀，更不认为别人是在鄙视我。很简单的因果关系：因为别人付出了所以收获了，因为别人如愿以偿所以有了资本。不论以什么眼光看这都是一件好事。

人人都有平等的机会去努力，多看自己少管别人。我相信世上每一个为梦想奋斗的人不论结果如何都是值得尊重的，但前提是你有梦想，前提是你在奋斗。小学低年级的时候我嫉妒心特别强，那时候无非是老师表扬了班上的女生我就不高兴了，但爸爸告诉我："如果你没有努力就不要对别人的成功感到不舒服，想炫耀就先积累资本，而且永远不要去嫉妒你的朋友。"至今别人问我："什么是朋友？"我的回答依然是"那个我永远不会嫉妒也永远不会嫉妒我的人。"

我不知道我的想法是不是正确也从来懒得替它辩解，但我可以确定的是我一点都不会变。十几年以前别人对妈妈说："你这样严厉地管教你女儿她将来肯定不会有出息。"但我妈妈说："也许她将来没有出息，但肯定会比她的妈妈有出息。"经历总是这样出奇地相似，别人也对我说："你的孩子要是完全听你的话将来肯定不会有出息。"如果我可以反击，我最想说的依然是："也许他将来没有出息，但总归会比我有出息。"至少我会让他坦诚面对自己的优劣，坦诚接受别人的优秀，至少他不会骗自己。

同意也罢，不同意也罢，我一笑了之。我会等着时间一点点过去，澄清所有的是非，虽然恋爱、结婚、生子对我而言尚且遥远。

2012 年 5 月 5 日

补记：

如今已工作、结婚的我看到九年前自己写下的文章忍俊不禁，不自觉地写下这段补记。

我很佩服自己大二时能有如此坚定的认识，能对大学多元的选择和各种模棱两可的答案保持清醒的态度。直至今天我都认为是自己对学习的执著和近乎"狂热"的追捧给了我今天的生活，给了我三年博士毕业的勇气。

当年立志读博，别人说女孩子读博嫁不出去；后来别人给我介绍男朋友，我直接问人家本科院校（第一学历）并上网查其科研成果，别人说你这样就单身一辈子吧。但后来我不仅嫁出去了，还嫁给一个教育背景很漂亮、成果很多的博士。我们用科研的思维与热情把生活打理得井井有条，把爱情经营得火热甜蜜，用这样的方式回应十年前的自己。

我想对那个二十岁的自己说：成功的路确有很多条，走你认定的，做你所爱的，不要骗自己。

2021 年 5 月 15 日

一别到天涯

每年都是夏秋之交，每年都是不变的地点，玻璃的一边依旧是那条走了无数次却从未认真端详过一次的商业街，玻璃的另一边是在年复一年的嗟叹中成长起来的少年。

"总觉得这座城市陌生了，你看它变了吗？"为了寻找一个答案，我转过头去，第一次在晚上细细凝视这条本该最熟悉的道路，努力回忆着它几年前的模样。

"我忘记它从前是什么样了，或者从来就没有知道过。"在这温暖的灯光下，在这繁华的背景里浮动的大概只有当年那两个穿着蓝色校服，一路骑车谈笑飞驰过一个个路口的少年。我们想去盘点，可记忆毕竟太零碎，回得到那个情景却未必找得到那个心态，谁也难以说出这一路丢下过多少轻狂的承诺和隐秘的梦想。

晚饭后我们决定沿着这条上学路一点点地追溯，本已静谧流走的日子突然间随往事肆虐了起来，一次次冲击着我们关于回忆的防线。

2008 年 5 月 5 日，这个日子是我后来从日记本上查到的。那是一个炎热的下午，有人为即将到来的北京奥运会兴奋着，有人为高二的文理分班焦躁着。我们一起骑车上学，在路过一家服装店门口的时候他突然很严肃地说："有件事我还是想第一个告诉你，我已经决定了，我要去学文科。"面对这个没有任何预兆的决定我一时不知道该说什么，大概这是梦想对他的一次不可抵挡的召唤吧。"因为……"他补充道，"我想考北大，这样，可能性会更大一点。"

四年了，那家小店的生意不怎么好却一直挣扎地生存着，小店的牌子是黑色的，可以很清晰地看到在岁月的深处，它已蒙上了灰尘，那个悄悄做梦的高中生如今已实现了梦想，我们却已不再年少。当年我们是同桌，高一最后一节课上我小声告诉他："那就祝福你了，原本我想两年之后好好写一篇文章作为毕业的礼物，看来要提前两年给你了……"他摇摇头："还是两年以后，以后下课了你可以来我们班找我一起回家啊！""那终究是不一样了呀！"我辩驳道。

他顺手拿过我做了一半的数学报纸，用铅笔在空白处写下"知君仙骨无寒暑，千载相逢犹旦暮。"我是在毕业后整理东西的时候又一次看到的，那一刻我默默地坐在书堆里，一页页翻着，看着很多边边角角都用一样的字体写着各种诗句："菩提本无树，明镜亦非台，本来无一物，何处惹尘埃。""落魄江湖载酒行，楚腰纤细掌中轻。十年一觉扬州梦，赢得青楼薄幸名。""一切有为法，如梦幻泡影，如雾亦如电，应作如是观。"……看着已经被岁月打磨得不再清晰的诗句，我合上报纸，想：是啊，我还承诺过一篇文章呢，什么时候可以兑现呢？

一晃我又食言了两年，并非真的忘记，只是有一天我希望我的文笔能够有能力写出一份无瑕的礼物。想到昨天聊天时他感慨道：几年后也许回得到那个情景却回不到那份心境。我想，趁我还能抓住那个心境的侧影，此刻除了提笔大概别无选择了吧。

后来分了文理，虽然我很少上楼找他，但放学还是可以经常遇到。回家的路并不短，但相比要说的话就远远不够了。有一个路口红灯时间很长，我们常常因为津津乐道一个话题而转眼发现又是一个红灯。昨晚又一次路过那里，红灯还是那么久，马路依旧没有拓宽，我们站在路边，一边等待一边讲述着高二毕业会考前我放学去找他补史地政的日子。

离考试只剩下不到两个月的时候，我带着几乎没有笔记的课本在放学后溜到文科班，整整一个月，他每天给我讲一个小时的课，讲课、划重点，他代表了我高中时代关于史地政的全部记忆。有时候我无论如何也搞不清一些事理关系，看着他一边吃晚饭一边给我讲，我就吵吵嚷嚷地发火："就因为你一边吃一边讲我才听不懂的！"他把晚饭放在一边又重复了一次，我还是没明白又支支吾吾地埋怨："你怎么都不吃了还是讲不清啊？"他合上书小声地一字一句地说："读书可不能焦躁，不管你有多不喜欢。"上大学以后，读书彻底成了自己的事，时间久了，看着一本书不免有一种莫名的火气。可我知道，身边不会再有人这样轻轻地提醒我"读书不能焦躁"，也再不可能有谁在我学到烦躁的时候不计较我火爆的语气继续给我讲课。在相隔很远的地方，那个当初像孩子一样的女孩正在一点点成长着，承受着，正如那天他在 QQ 上告诉我的："承受终究还是一个人的事，越长大，孤独就越难于分享了。"那一刻我才懂得，原来时光是可以用来思念的。

最后一段路上的一草一木似乎从未改变，每次骑车到这里我们都想着今天的话题该如何收尾，一旦走到分别的路口没有聊完就会停下，再聊多久便不得而知了。正因为此，这个普通的路口承载了最多的话题和感慨。

高三那年寒假补课的最后一天很寒冷，十字路口的风尤为猛烈，高三的我们站在那里聊了近一个小时。拐弯的汽车一辆接一辆，我们像游击队一样不停地换地方，从天亮一直聊到天黑。那天晚上在围栏旁边他说："最后放假的一个月为了北大我还是可以再冲刺一下的……"说这句话的时候四处都是汽车嘈杂的鸣笛，脚下是并不平整的地面，周围是一亮一暗的车灯。昨天我们低下头细细端详着那几块陈旧的多边形地砖，这里曾经承载过一个沉实的梦想，一句对未来郑重的承诺。而今，地面的苍老在一遍遍提示着我们：岁月总是这般残忍。

所谓成长的代价，大概就是就是一草一木的枯萎，一树风华的凋零，一幕一幕的物是人非。

面对着这条街道，我曾在五年前问他："你对未来有过恐惧吗？"

"那我先问你一个问题，你能肯定地告诉我明天的这个时候你会在哪里吗？"

"我不知道啊。"

"对啊，今天尚且不能估计明天，更何况多年以后的未来呢？你要相信，人生充满了变数，我们现在说什么都是假设，而我们假设的又往往不是最终得到的，我们现在想要的那个将来也往往不是将来真正想要的那种生活，所以你怕什么呢？"

之后一个人远走他乡的日子里，我常常想起这些话，想起很多年以前那个天寒地冻的下午，面对着川流不息的车辆和熙熙攘攘的人群，我听到的关于未来的最干净最富憧憬的言论。昨天我们提起来这段话的时候都笑了，因为这些年它一次次被戏剧性地验证着，让我在命运摇摆不定的时候，道路身不由己的时候，至少内心还可以荡涤出一个相对踏实和稳定的未来。

去年我参加大学一个实验班的选拔面试，我清楚地记得面试我的人问我关于将来的规划和实现的问题，我说了自己详尽的规划，至于实现我只能说这是我期待中的道路，但今天尚且不能估计明天，三年之后的事情更是难以预料。我不能预计未来三年里会经历什么，大学会有什么机遇或转机，但我可以承诺我会一步都不停息地每天离这个梦想更进一点。

只是过后我才明白，这并不是面试官想听到的回答，他们更希望看到我像一个小丫头一样笃定地告诉全世界："请相信我一定能成功！"尽管你可能不知道成功意味着什么，但只要知道有这个词就可以。由于我的答案太过真实，面试官们断定我未来不是一块做科研的材料，最后我落选了。也许彼时我的几句善意的谎言才更值得期待，但那一天我没有意识到我应该撒谎，我的每一句话都那样直白地对着自己的几年来的信仰，并且那一天我承诺的努力也没有在今后的某一天甚至出门的那一刻成为泡影。后来我意识到，这样的"良心"也许只有我自己才会如数家珍，即使别人未必介意听我的一两句假话，但我介意欺骗自己少年时站在这个路口培育的人格。面试结束那天夜里，我想起了这座城市的某个角落，想起了多年前的几句耳语，想起了面对路口一问一答的思索与虔诚。我从来是相信自己的，我相信自己可以并愿意在科研道路上走下去，在无数不确定的因素中坚持我的确定。

昨天晚上站在夜幕里，眼前是每一次告别的路口，拐弯处就是去年冬天说再见的站台。回忆了一路，我们都没有勇气继续回忆下去了，只是像几年来的每一次告别一样，我先走。

"现在半年就只能见一次了，有话讲至少说明缘分还在。杨伊，珍重啊！"

"你也是。"

"过马路吧，我目送。"

我穿过马路，回头看到那个橘红色的亮点依旧静止在夜幕里，我笑着招了招手，我知道这一步跨出去就又是天涯海角了。尽管我可以收到北京的来信，尽管我也会写信到北京，尽管字迹语气都是那么熟悉，但我们毕竟都已不是十七八岁。

千言万语，终须一别。

说得没错。

2012 年 8 月 10 日

"这些年我已迷恋上了自己的故事，无论其悲欢，正如这天空可以容纳每一朵流云，无论其美丑。"

只要你过得能比他们好

故事都是真实的，若非亲眼所见，我很难相信这就是生活。

昨天晚上我在妈妈单位楼下等她下班，因为时间比较久，我就在二楼一个民办辅导班的办公室里一边看书一边等待。来补课的基本都是小学和初中的学生，昨天正好是年前最后一节课，预交学费的家长络绎不绝。这时进来一个三十多岁的男家长，魁梧而和善，穿着黑色的羽绒衣，匆忙的脚步卷来一团屋外的寒气。"我交费。"说着从单肩背包里拿出一个保鲜袋大小的白塑料袋，里面满满地包着六沓钱，每一沓都有零有整地按面值排列着。周围的人不免有些好奇，我也用余光观察着：他小心取出其中的一叠数了一遍有些尴尬地说："不对，这是奥数。"换了一叠继续数："不对，这是外语。"第三次终于取对了，轻轻放在桌上："这次对了。"交完转身就匆匆走了，再没多余的话，今天的任务可能就是把手里的六沓钱都交出去吧。没来得及看清他的长相，但那个背影和不多不少的几句话让一旁的我心里突然沉甸甸也空荡荡的。

　　另一幕大概是几分钟以后吧，一个四十多岁的女人没有背包，手里只握着一个很旧很旧的钱包，周围已经磨起了毛边。她用带着乡音的普通话低声问了一句："我能每节课交每节课的钱吗？""是不是因为不能每次按时来啊？""嗯……不是……两个孩子，一下交不了那么多……"门外一对双胞胎小男孩在乖乖地等妈妈出来，我突然知道她为什么把声音压这么低了。那两个男孩半张着嘴向里面张望着，也许他们不会知道妈妈在和老师说什么，但他们相信，妈妈一出来就说明他们可以进去听课了。那个阿姨说着脸红了，和围巾红成了一个颜色，老师有些犹豫却也答应了。她欣喜地打开钱包，冻得通红的手抓出一把皱巴巴的纸币，面值最大的是五块钱。办公室里安静得只能听到寒风敲打窗户，我死死盯着书却一个字也看不进去，我觉得有热热的液体在我的眼眶里——那个叔叔，那个阿姨，还有那些拿着银行卡穿梭于辅导班之间的朴实的家长，我瞬间明白为什么每个父母交学费时都忌讳让自己的孩子看到。

　　门外的椅子上有两个阿姨一边等孩子一边聊天，我虽没有抬头，但听得一清二楚。

　　"今年过年的衣服你买好了吗？"

　　"给儿子买了，他期末两门考了100，就当鼓励他一下。我看上一双鞋倒也不贵，想想算了，一双鞋等于他的四节英语课，最后我和老公都没买，我打不打扮也就这样了……"

　　"你儿子学习好，现在省点就等着将来享福吧……我姑娘报班开销太大了，本来和她爸商量好一开学就把国际象棋和舞蹈停了，只取了语数外三门课的钱，结果看见孩子挺喜欢下棋，昨天陪她上舞蹈课看她跳得挺好又舍不得停了，回去和她爸一商量，算了，喜欢就学吧，一咬牙上午又取了一万块钱……"

之后就是两个家长的笑声，默契而辛酸，里面满满都是坚定的憧憬。有句话叫痛并快乐着，那种期待紧紧地系在孩子求知的路上，可在门的那一头，那些正在看着黑板的孩子会懂吗？我不禁回头看了看两个阿姨，她们很满足，可那满足的神态美得像童话一样。

《新语文读本》小学版有一个单元标题是"看生活的艰辛"，题下收录的是一些名作家记述早年艰苦生活的文章，每一篇都很感人很震撼，却终究是属于那一代人的哀凉：三年自然灾害，"文革"十年动乱……如今的一切纵然不涉及生死，可时代用冷峻的目光打量着无数普通的家庭，无数沉默却充满希望的年轻父母。我习惯了坐在教室看着黑板，若非看到，我永远不会知道一墙之隔的地方在上演着什么。当然，也许会听到几声偶尔传来的欢笑，听不到原因和结果，只知道父母因为聊得开心所以笑了。

十年前，在我读中学小学的时候补课费用还没有现在这么高，虽然辛苦但学什么不学什么基本上还有一点主动权。我经历过最残酷的就是补课的地方按排名分班，按报名先后排座位，为了给孩子抢一个好座位，那时候就已经有家长凌晨去排队。我印象里有一个连续几次都考前几名小姑娘一次分班考试考砸了，报名那天我从报名室门口路过，一个留短发戴眼镜瘦瘦小小的阿姨从里面开心地出来，边走边说："我求了×老师一上午，她终于答应把我家××调到一班了！"原来她就是××的妈妈，别人说她排了半个晚上的队。

事情过去十三年了，那个瘦小的阿姨只和我打过一个照面，可她欣喜若狂的神态和带着血丝的眼睛却一直刻在我的记忆里。关于她女儿，我只是听说过，因为那个名字很大众化我一直都没有忘记。之后每一次提起她甚至听到重名重姓的人都会想起那对母女，

我发自内心地祝她一切安好，一切顺利，让她的妈妈能真正享受到如愿以偿的快乐而非绝处逢生的欣喜。

日子一天天流走，上大学以后这些事就渐行渐远，最多就是在电话里听妈妈说说表妹的近况。那天我遇见了小姨，因为急着去接表妹就没有多聊，无非问问期末考得怎么样，假期课补得多不多。她成绩一直很好，我说："她今年中考留本校应该没有问题吧？""话是这么说，可考试这个东西不到最后谁能说准呢？真要百分之一的考砸几率被碰到了也没办法……"我只能点头，的确没有绝对的事。我说："考砸了那就掏三万块钱择校进呗。"她叹了一口气说："真要是她发挥失常了如果钱能解决问题，再掏三万也得让她留在本校啊……"

回家路上我妈说表妹现在每天从早晨七点半补课补到晚上七点，寒假的费用比学费都贵。以前过节回姥姥家我在屋里学习她在外面看电视，后来她被小姨也骂着进里屋学习，再后来一进门她就一声不吭乖乖做题。我长大了，她也是。三年前，她妈妈每天把她的成绩加了一遍又一遍看能不能保送到重点初中，现在又在根据每一次摸底考试的成绩估计中考能考多少。这些日子谁都不容易，也不知道是银行卡上的数字还是考卷上的数字就把父母折腾老了。很小的时候小妹儿问我："紫薇和小燕子为什么要替容嬷嬷求情？"去年过年她问我："你说我万一留不到附中是不是特别丢人？"其间谁也说不清发生了多少，又或许什么也没发生过。没有剥削也没有了压迫，面对着这个梦寐以求了很久的世界太多事反倒不知道该抱怨谁了。

最辛酸的并不是付出，而是付出了却不知道能不能收获。父母和普通人最大的区别就是别人给你的一切都是一种投资，而父母做的一切都不求结局只求心安。倘若考前问父母最大的愿望是什么，很少有人会说让孩子考上哪所学校，而是说让孩子能好好睡一觉，太辛苦了。奉献的时候每个人都想过回报，但奉献太多了回报反倒变得不重要了。记得有一个阿姨和我妈妈聊天的时候说过："以前总想着等孩子有出息了给我多少东西，后来一算，等他出人头地的时候我的年龄估计也享受不了什么了，做这些无非是将来心里踏实，觉得不欠孩子的。"

　　这世上大多是普通人家普通父母，为了一个心安要搭上太多珍贵的东西，我并不仇视我们的教育制度——它是为生命的平等而存在的，从未丧失过对生命的关怀。只是一代人有一代人道不明的苦衷，正如一个家庭有一个家庭难言的伤痕，现实越是刺眼就越不知作何评价。父母，也许他们是大学生，也许他们连小学文化都没有，也许是拿着一张银行卡到处透支，也许抓着一把零钱一点一点攒着学费，但每一个人都值得我们致敬，因为他们不是不心疼钱而是拮据的时候只剥削自己，他们不是花钱从不犹豫而是犹豫的时候不会让你看到。他们只会告诉你："学习吧，我们有的是钱供你。"但不会让你知道那张卡上变化的数字里透支了多少辛劳，不要把他们当成智慧的投资者，他们根本什么都不要，只要你过得能比他们好。

2013 年 2 月 3 日

补记：

　　2013 年过年前夕，我把这篇文章发在了人人网和 QQ 空间里，短短几天阅读量就超过了 10W，那时候，正在读大三的我并不知道 10W+ 意味着什么，只自得其乐地沉醉在各种文末互动和悄

悄话留言中。

后来几次偶然的机会，我再浏览到它的时候，大家已经渐渐淡化了作者和出处。在些许无奈之余，我也为它给人们带来了延续多年的温暖和感动而默默地欣慰。但正是从这篇文章开始，我被很多未曾谋面的读者不断"怂恿"着出个人文集。九年以后的今天，而立之年的我终于实现了这个理想，我也终于可以让这篇文章从九年前的网络"红文"变成永远珍藏的铅字。

在书中，我隐去了原文真实的城市与学校，而当年生怕自己中考发挥失常的表妹也在几年前如愿以偿地成为了重点大学的医学生。未来有一天，如果我的孩子问我："妈妈，当年你们是怎么读书的？"我会把这篇文章递给他，然后用意味深长的语气告诉他："只要你过得能比我们好。"

2021 年 11 月 20 日

因为她送我一只青海

一个半月之前我就收到彤的来信了，信里说五一她要去青海旅行，于是半个月前又收到了她从那里寄来的明信片。她寄给我的每张明信片我都一一珍藏，更确切地说是在珍藏背后那一段段对照片和生活的注解。

我还清楚地记得大一那年圣诞节她在祝福我的贺卡上一面抱怨基础科学的大作业有多难写，通宵的日子有多悲剧，该死的自习室是怎样让她手脚冰凉，一面还劝我要乐观，所有的罪都不会白受……那还是我来上海的第一年，那年冬天下雪了，我一个人坐在外面呆呆地看着雪花吝啬地从天而降——在水里，在枝头，在屋檐，在发梢。那个岁尾我经常看着她长长的"祝福"傻笑，但形式上我只回了一条同祝的短信，因为大一那年没有谁的道路不是迷茫的，像高中时候一样，我依旧会常常发呆，没什么结果亦没什么理由，不一样的是再也不会有谁把我从自己的世界里推醒。

大二暑假她一边留在北京准备托福考试一边做夏令营的辅导员，暑假结束的时候，她从那些打算寄给即将升入高三的孩子的明信片里挑出最漂亮的一张寄给我，背面是图书馆的一面墙，墙壁上爬满了火红的枫叶：我甚可以看清支撑生命的脉络，看清战胜萧瑟的年轻。她说里面一定坐着很多孜孜不倦的人，还说每次看到这个就会想我，只可惜有那么些时候我真的受之有愧。七月我也没有回家，夜深人静的时候我们偶尔在QQ上聊天，我们像几年前一样聊着梦想和未来，最后一致认可的梦想就是"一要瘦，二要当一个纯女人，三要当一个学霸"，于是就有了"瘦瘦的女学霸"。之后不论是过节还是生日，私下里发短信我们常常用它表达祝福。可生

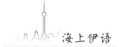

活就是这样，总有那么一些东西我们曾经那么不顾一切地走近，可走得很近的同时也走得很累。但不论如何能成为信仰的终归是圣洁的，就像猎鹰在追着太阳一样，没有人会无知到赌一个结果，只有那个向往的姿势却定格成了图腾。

她去青海前给我写过一封长信，之前常常抱怨因为数学专业的缘故自己的文笔退化得一无所有，可我收到的仍是飞扬的文采和丰富的精神内核，正如她一直拥有的饱满的灵魂。梦想又一次成为了我们避不开的话题，我很希望像之前每一次通信一样提笔洋洋洒洒几千字，可事实却是那些日子我和她一样落寞，她的问题也把我难得一塌糊涂。是啊，很多年前的高中的黄昏，遗留在操场一边的台阶上的梦想早已蒙上了灰尘，一年前的深夜萌生出的"瘦瘦的女学霸"的梦想也常常搁浅，那么现在呢？消解了梦想却徒有一个做梦的权利。

我常常炫耀地认为自己早已不是那个为小小的得失就或喜或悲的小丫头了，可事实上我又是那么真实地希望生活能给我一个欢呼雀跃的理由，哪怕这个理由只是一块糖。

半个月前我看着她从青海寄来的明信片：天空是永远平静的湖水，湖水是永不平静的天空，天水之间的界线是一对雪白的翅膀，和一零年圣诞节的大雪洁白成一个颜色。

她说青海美极了，那种鸟儿每年都会飞好远的路从俄罗斯来这里过冬，未曾谋面却似曾相识。我知道，这世上最美的也许不是因繁花似锦而争奇斗妍，而是在凄凉单调的世界里看到生命的色彩。骄傲大概就是那样一个词语，不是穿着夜玫盛放的旗袍昂首挺胸踏过红灯绿酒，而是在午夜散场后用半生洞穿离合沧桑，在风里，在雨里，在没人看得到的地方。

你看啊，天气又转暖了，这是没有枫叶的初夏，也是永远不会冷清的南国，但我又似乎是见过了白色的飞雪和白色的翅膀，因为她送我一只青海，因为若是她说很美，那一定是美极了。

2013 年 5 月 24 日

翻过二十岁的围墙

从小就觉得这世上最美的发型莫过于及腰的长发。

读小学的时候我的班主任就是一位留着长发的女老师，从背后看，那乌黑的头发像瀑布一样迷人，于是在特定的年月里"女人"的概念是等同于"长发"的。那些年每当被人问及梦想：医生、老师、科学家还有大总统，身边此起彼伏的稚嫩呼声，热血沸腾的纯朴呐喊，而在我的脑子里总闪过一个贻笑大方却终未能说出口的念头，便是有乌黑及地的长发。

如今，我已跨过了二十岁的墙围，昔日里呼喊着医生老师科学家的小伙伴们都已长大成人，当初的人生梦想因无人问津而湮灭难寻，我亦然，二十多年长发从未及腰。

"待我长发及腰"今已是一个风靡的玩笑，只是之于我，这个玩笑一直那样真实地存在着，沉实地生长着，无声地敲打着那一个一个孤单的岁月。我当然知道，长大却未能成为自己想要的模样，这结局太过寻常，因为我们都是平凡人，对于平凡人，如愿以偿本来就是一件奢侈品。可更茫然的大概是梦想成真过后却突然忘了这为什么会成为我们的梦想，我们拥有的不再是想要的，而人早已不是那个过去的人。

对着声势浩大的春天，我期待着这一年会因期待而美好起来，在最绝望的时候明白，有一个叫春天的季节总会如期而至，总会守候在一个地方，等待着那个长发或短发的自己。我一直相信着，并且相信了很多年。

也许有一天我欣喜地披着及腰的长发站在镜子面前，却猛然发现那根本不是我想要的样子，那一刻我一定会听到一个什么东西被摔碎的声音，在我心底摔得粉碎吧。那么摔碎它的又何止是长发？

幼年的时候，每次考砸回家的路上就会幻想从云层里钻出来一个可以把我带到天顶的东西。那时候我期望的只是单纯地逃离自己的故事，只是侥幸地和一个注定的结局擦肩而过。

日子一天天过去，天顶的流云依旧安详。我知道，在那安详的云朵身后从来就没有什么救赎，有的只不过是安徒生留下的一座座永远不会被找到的殿堂。它能给我的没有王子没有野兽，有的只是一场让人清醒或绝望的冷雨，和每个清晨都不会失约的阳光。

是的，我明白了，没有人可以逃离自己的故事。读中学以后我便再没有想过逃走，渐渐的，我不再问候那些陪伴过的片片云彩，久而久之，在我的视野里除了真实的生活什么都没有了。

十八岁生日的前一天，高三的我很想像之前一样记录下十七岁一整年的故事和对十八岁的祝语，充满希望地迎接长大的自己。可深夜我看着桌子上翻开的卷子和横七竖八躺在一旁的草稿纸，无论如何不知道怎么讲述。我只好迷迷糊糊地拿来一张纸写了一首长诗迎接着自己的十八岁，我只记得那一刻我有太多话想说却一句都说不出来。今天我整理抽屉的时候看到了那张皱皱巴巴的草稿纸，背面是乱七八糟的曲线，是很丑很丑的椭圆，还有解了一半的方程；正面却是我十八岁那年的梦想，是我朦胧的睡眼里看到的难辨真假的生活。读到诗的最后一节，我突然觉得脸烧得通红，突然觉得，时间你可不可以带我看看那个四年前的自己。

有谁会记得那个不知长短的子夜

我守住了泡沫般的幽梦一帘

往事散落成绮

记忆化作云烟

我向着霞光撒网

这一次

结局照海依天

离开家以后懒得再去想那守望过的日子，尽管阳光依旧欢乐地敲打我的窗口，我却很少欢呼雀跃，更不会记得自己曾说它照海依天。今年暑假我没有回家，晚上回到宿舍把椅子拖到阳台上捕捉一点点吝啬的小风，一边背考研政治一边盼着第二天快一点来。可是有一天傍晚，在我抬起头的瞬间发现那一刻的天蓝得好清澈，我怔怔地坐在那里。云是雪白色的，像莲花一样纯净而圣洁。我突然想起童年那些尘封的联想，彼时我似乎又愿意相信在这背后有一个容纳着无数希望的世界。我知道这里不会跑出天使和王子带我逃避自己的故事，事实上，这些年我已迷恋上了自己的故事，无论其悲欢，正如这天空可以容纳每一朵流云，无论其美丑。

《兰戈》里说，没有人可以逃避自己的故事。

你知道吗？翻过二十岁的围墙，天好高，云好美。

2013 年 9 月 28 日

"原来这里就是上海，我来过并爱过的上海。"

爱或不爱，上海就在这里

作为一个标准的北方女孩，在来魔都上学之前我似乎从来没有喜欢过这里，或许是因为流传在市井里的不切实际的评价，或许是因为潜藏在书页间对人物个性夸张的描写，以及许许多多不知从何而来的根深蒂固的概念。2010年以前我从未踏入过这座城市，也并没有打算和它有任何交集，毕竟在年少的我眼里，中国的北方足够大足够好，足以承载很多年轻人在这里翻转跳跃。

2010年秋天，Z96火车带我缓缓来到了这个只存在于假想中的城市，成为了我过去二十年里最意外的转折。驶入站台的时候车厢里弥散着《弯弯的月亮》，歌声让身边的一切都缓慢了起来，包括时间空间，包括人躁动而期待的神情。上海的老火车站和家乡没有太大的区别，可走出来的一刻，它庞大而真实的形象就开始一点点擦抹着曾臆想出来的图景：繁华却繁华得很真实，不虚伪也不浮夸，我要在这里度过至少四年时光了，于是我开始心甘情愿地接受着一切注定的东西，然后告诉自己——

爱或不爱，上海就在这里。

　　至今电脑里都保存着我来到上海的第一张照片，照片中的自己像一个匆忙而疲惫的游客，一半属于过去，一半延伸向未来；坚定着努力奋斗的意义却也开始怀疑努力奋斗的意义。那时最让我困惑的不是南方炎热的气候，不是身边费解的方言，更不是独立生活的诱惑，而是我不知道今后的生存是不是与中学时代遵守一个法则，未来的荣辱与过去是不是还套用一个逻辑？可生活不同于游戏的是，它没有暂停的机会，拥有怎样的心态是你的事，而往前走是时间的事。我的脑子里混乱地存在着很多的东西，一半是中学还没有来得及忘记的知识——公式、单词、古诗文，它们纯粹得几乎百无一用；另一半是从生活中无意搜罗来的消磨意志的词语——拼爹、地位、潜规则，它们卑贱肮脏却成为一个投影，那些不幸生活在阴影中的人误把它们当作时代的属性向更多的人传播。于是许多人一起怀疑，许多人一起相信，许多人一起在生活里看看想想，走走停停。

　　在上海的每一天都会有感慨也都会有惊喜，四年我看着这座城市的朝霞和黎明，那些刻板印象被冲淡、洗刷干净，我开始以自己的方式重新构建对人对物的看法，在很多别无选择甚至走头无路的时候，我收获了对真实的上海最珍贵的认识。后来每当别人说起这里，我的评价永远客观而没有任何偏见，以分享百科全书的态度介绍着我所了解的风土人情。当我结束大学生活再次踏上回家的路时，才突然意识到自己已经深深爱上了这座城市。那天下午透过车窗看到列车驶出站台，我突然感到在这世上除了生我养我的家乡还有一个地方会让我不舍和想念，而这又是四年前我从未预想过的结局。

　　当然，我爱这里不止是日久生情。

　　这些年大家开始交流未来的走向，交流对生活的看法，大家变得即使没有资格决定社会的走向也有底气评价社会的发展：繁荣的，悲哀的，高尚的，龌龊的，豪情万丈的，百废待兴的……可是我终究很感谢这座城市，即使我知道这里不是人间天堂不是一方净土，即使我知道越是繁荣的都市越是无法避免悲剧的上演，但是四年我却越来越相信"年轻""理想""信仰""奋斗"这些看似会输给"现实"的词语，其实可以战胜很多的东西。我也越来越相信生活会赋予每一个人伟大的使命与意义，即使是一个小人物。我一边羡慕地看着奢靡到极致的生活一边听着菜场讨价还价的声音，一边目睹着子夜气场逼人的灯光一边钦佩着一个个小人物骄傲的奋斗史。怎么说呢？想堕落，上海给你最充足的借口；想拼搏，上海给你最充分的理由。

也许你会说："你相信它是因为你见得太少。"没错，相比一生的长度，四年短暂得不值一提，但在青春岁月里，它足以把最现实的法则写在无数人心里，同时也把坚定的信仰灌进很多人还在襁褓中的人生。上海总是用别人的故事反复告诫我们：活着是一个漫长的过程，谁都不会因为一件事赢得或输掉一生。很多人因为一次失恋就不相信爱情了，因为大考失利就不相信教育了，因为一次不公就不相信社会了，因为一次失败就不相信人生了。可事实上，我从不相信有哪一件事可以强大到让我们怀疑整个世界，可以强大到让一个人最终的成败南辕北辙。记得有一个好朋友聊天时候和我说过这样一句话："一件事不可能改变一个人，只有持久的正向积累才能真正决定我们的命运。"我觉得对极了。

在这里，每个人都有自己的坐标和轨迹，起点四处散落——子承父业或白手起家；终点从不重合——一贫如洗或衣锦还乡，道路独一无二纵横交错。每个人都用生命演绎着一场生动的戏剧，告诉

我们：不要轻易全盘接受人人追捧的道路，因为没有哪一条放之四海而皆准。不要去抱怨这世上已无理想可言，放弃理想会成为随波逐流的前奏，之后就是被碾碎和被放逐。我一直觉得上海是一座只有眼睛没有耳朵的城市，它只会注视着扎扎实实的奋斗而屏蔽你的一切怨言。

列车上，周围的人又在津津乐道着在上海或长或短的旅程，之于我，窗外的城市已变得既熟悉又陌生。窗边隐约看到四年前的自己，那个穿着短裤短袖一副高中生模样的小姑娘。和绝大多数人一样，魔都的旅程悄悄地开始，将来的某一天也会作为一个小人物、一个微不足道的过客默默地收场。但我想我会永远感激这里，也会想念在这里遇到过的所有人，不论是爱过的还是恨过的，我们都要承认自己身上已有了彼此的影子，因为今天的模样都是拜生活所赐，而一切的过客即便曾恶语相向也实实在在影响了我们的生活。

离开上海的那天很晴朗，像那样晴朗的日子很容易让人产生希望。我扫过一眼窗外的阳光，心里突然生出一句话：

原来这里就是上海，我来过并爱过的上海。

2014 年 7 月 12 日

学画小记

1999 年 12 月的一个深夜，当我听到妈妈说："画完第五个人的轮廓就去睡觉吧。"我困倦的眼睛里满是得以解脱的欣喜，完全没有意识到一个巨大的错误正趁虚而入。年幼的我完全忘记了自己面对的是一张完成了三分之二的长卷，忘记了每一笔都不能修改，忘记了动笔前的每一个决定都要对过去一个月的心血承担责任，稍有草率就意味着前功尽弃。

我几乎是唱着得意的歌画完最后一个老人的轮廓的，她手中甩出了长长的绸缎正如我被批准睡觉后难以抑制的幸福感，我用惺忪的睡眼知足地扫过橘色的长卷，又充满成就感地看了一眼闹钟上的 2:00，转身就去睡觉了。

爸妈对着长卷嘀咕了一阵把我从床上重新喊起来，他们神色慌张地看着我："你的绸缎占了这样大的空间，下一个人打算画在哪里？"他们很希望年幼的女儿这三笔是心中有数的，他们不相信我会在这样关键的时候犯下一个如此愚蠢的错误，尽管我已经在四开纸上练了很多遍，尽管我已经有过一次长卷上练笔的经验，可看到我一身冷汗的时候他们知道这一次是真的完了。

我盯着开头如此漂亮的构图，看着右边接近终点的空白，一张原本打算出征新世纪的第一场大赛的长卷竟然要永远停留在 20 世纪的末尾了。接下来便是爸爸妈妈恨铁不成钢的巴掌、我绝望而恐惧的哭声了。那个晚上我钻在爸妈那屋的被子里一直啜泣到天亮，而在我的屋子里，爸爸妈妈围着我的长卷，旁边的台灯亮了一夜。他们打心眼里舍不得让女儿重新熬过一个月，于是拿着刀片一点点打磨那三条长长的蓝线，不得不说这个最最笨拙的办法确实是当时

挽回错误的唯一途径。

第二天清晨太阳像什么都没有发生过一样爬上窗口，我听着没完没了的责怪，看着画纸上三道细长的疤痕，心里却是一种说不出来的感觉——安静地画了六年，只焦躁了一次，就那么一次。

后来的整整两个晚上我努力用最密集的装饰掩盖纸上的疤痕，挽回了我差点丢掉的荣誉。巧的是我的辅导老师无意中把这个故事讲给了比赛的主办方，于是我歪打正着地登上了报纸，成为了大赛侧记幕后花絮的素材，我从未和人提起过第一次上报纸是因为这等傻事。尽管记者当年是以讲述年龄最小的作者艰辛学画为主题，从父母含辛茹苦陪读的角度来挖掘的，但对于我而言，每当我看到那份被小心翼翼收藏起来的发黄的报纸都会不禁回到十四年前的凌晨，对焦躁的惩罚是深入记忆的烙印，其余的空间依旧平平淡淡地卧着我寂静的童年。

那张橘红色的长卷挂在我家里已有十四个年头，其实之后的几年里我画了很多远超越它的作品，墙上的画更新过无数次，唯有这一张一直守在我的身后——因为它必须在，因为这里有最辛酸的往事，这里有我爱上画画的全部理由。

每当阳光明媚的时候，站在画的一侧望去，玻璃下都会有三道折痕一样的印记若影若现，横穿了一个老人的衣襟，又从扇子的边缘切过，最后融入和消失在散口碎花裤子的一条褶皱里。

不得不承认我的老师教会我画这种不能修改的长卷的同时，也带我走入了一个很残酷的游戏。几年之后当我练到手不再颤抖，长线没有了结点，细密的平行线不再相交，我发现自己已经爱上了这个游戏——这个最容易前功尽弃并伴随着淘汰出局的游戏，但它却像一个巨大的磁场让我再无法抗拒。在这里，焦躁是最大的敌人，静是致胜的利器。我喜欢它因为每一笔都没有回头路。我的老师说得很对："真正的高手不是不会画错，而是画错了总有更妙的办法挽回，把错误融化在画里……"

既然爱，就深爱。

一幅长卷便是几个月的旅程，我生命里最初的十多年便是融化和消磨在寂静的花纹里。那些年没有现在这样好的作画条件，没有现在那么齐全的作画工具，那时候几米的画纸要去印刷厂定做，一盒马来西亚带回来的荧光笔陪我画了无数个日夜，一大套彩铅用到多半都没有了颜色，油画棒染过的砂纸摞起来可以高过家里的屋顶，滴在围裙上的颜料已经辨认不出围裙本来的色彩……那些年我还没有记日记的习惯，也不喜欢仔细观察身边的人和事，毕竟我从不认为那时候的生活有多么美好和无忧。但每次讲起陈年往事，尽管往事里几乎没有人的影子，但我还是会去骄傲地回忆，因为"爱过"原本就是值得骄傲的记忆。

90 年代网络不像现在这么发达，想临摹一张作品还要等我的老师去看画展时用相机拍下来再把照片洗出来借给我，五寸的照片会把繁琐的装饰缩得很小很小，我总要拿到放大镜底下一点点对照放大在四开的卡纸上。因为我临摹得最像，画得也最用功，老师对我很照顾，借别的小朋友一周的照片通常会借给我两周。临摹的第一张丁绍光先生的作品就是这样来的。那一次临摹让我深深爱上了"人与自然"的主题，可惜他的作品只有那么一张照片，我就一连临了三遍。

2002 年，幸运的是我从楼下一家烟酒小店经过，看到小店墙上的挂历每一页竟然都是丁绍光先生的作品！我从来没有见过那么清楚的线条，终于不用拿着照片和放大镜看了。爸妈几乎同一时间也发现了那个不起眼的挂历，看到我恋恋不舍爱不释手的样子，就和卖烟酒的叔叔商量能不能把挂历卖给我们，叔叔人很好，说既然小女孩喜欢就送你们了。之后的三年那幅挂历就是我的陪伴——《贝叶树下》《巴厘岛的新娘》《美丽的西双版纳》《樱花·春雨·京都》……挂历中的每一幅画我都从头至尾临摹过很多遍，还很开心地拿着刚刚画好的一幅跑去商店，给送我挂历的大胡子叔叔看。叔叔是个纯粹的外行，看着我颇有成就感的样子，就笑眯眯地抖着胡子连声说好。

中学以后就很难拿出来整天整夜的功夫画画了，用五个月完成的《美丽的西双版纳》是最后一幅。停下画画最初的一年我觉得生活像是被抽去了什么，放掉了画笔像旅行者搁浅了游船，依旧背对着身后那幅橘色的带着疤痕的长卷，感觉却不一样了。我不敢去想象再捡起画笔要等到多少年以后，甚至在无数考试和无穷的学业压力之下，我还能不能有机会捡起。可单调的青春岁月里我会情不自禁地在草稿纸的背面画下每一个人的喜怒哀乐，那时候只要有一只笔，粗细不重要，只要纸上有一片空白，大小也不重要，重要的是画纸上无限的寂静像一条默默荡开的河流，曲折却从未间断，一点点渗入生命里那些干涸的岁月，冲洗着很多的难于表达的无奈和哀愁。

妈妈办公室楼下就是画院，是全省知名画家云集的地方，小时候我只要跟着妈妈上班就拿着画找画家叔叔们换，现在我明白，十几年前他们都念在我是一个小丫头，觉得有趣才愿意完成那些"交易"的，年幼的我并不明白他们的大作还有价位一说。后来他们一见到妈妈还是会询问女儿还有没有坚持画画，都说停掉就可惜了。事实上我从未奢望过成为一个艺术工作者，更没有想过它和艺考可以有什么联系，也从未想过这样的功底会带给我什么实质性的帮助。有人笑我太傻，有人说一切太可惜，我只视其为生命里永远无法割舍的部分，我的一生所爱。

对，只能这样讲。

我很珍惜这种缘分，这种只有约定而没有交易的缘分，或许就是传说中的陪伴。我爱它赋予我不可抗拒的寂静，也爱它教给我用时间去体验的孤独，更爱它在残酷的游戏里扮演的冰冷角色——让我学着犯错更学着静静地面对和修改，让我相信错误永远不会毁掉一幅画，所以不要让悲伤轻易到来。

今年夏天我又一次拿着画笔，二十二岁的自己站在太阳光下，一切一如 21 世纪的初年。我似乎还可以看到自己背着画板坐在妈妈自行车的后座上满城市学画的日子，还可以感到夜深人静时坐在灯下一点点丈量画卷的沉寂，只是十年里的得失让人总归不一样了。

抖抖画纸，遍地月光与阳光的碎片，遍地高山与流水的清幽，遍地苦难与苍凉的印记，遍地是我来过与爱过的记忆永不休。

2014 年 8 月 16 日

第二篇
研途·你是否还相信天道酬勤

"你还是要优雅地活着，起码你要让自己活得依旧那么值得被爱。"

2015 新年献词 | 最宽厚的日子

今天是 2015 年的第一天，可今天又是一个那样普通的日子——北方的飘雪和天空暂别却依旧若无其事，南方的暖阳和寒冬抗争还是会姗姗来迟。历史从未承认过世界会在哪个特定的时刻发生改变，只是我自幼就喜欢这个日子，只是我和很多人一样，愿意在心里给生活寻找一个开始。

十二年前的那次跨年我收到了第一封真正意义上的来信，我妈妈的同事也是我的老师，突发奇想寄了一封信到我的小学，那时我并没有欣喜若狂，只觉得很神奇。我把信封研究了一遍又一遍，而之后的无数次默念却是长大以后的事情了。如今我几乎可以背得出其中的每一个标点，记得信里面说："这些年我视你为我的女儿，我不仅要看你上大学，还要看你红彤彤地坐进花轿，我好想在你身上得到我未曾拥有过的幸福和快乐……"这句话恰好被我同桌的小朋友看见了，那一整天他都在嘲笑我："你们看啊！杨伊结婚居然不穿婚纱还要坐花轿！"我瞪了他一眼说了句："幼稚。"

时间自顾自地走，如今我已大学毕业，她也年过半百。五年前她准备编书，很多次问我要那封信，只是我至今都没有答应，因为里面有太多随着时间流淌，只能让人热泪盈眶却永远没有机会实现的梦想，而这样的梦只可以被激活却休想被冲淡。

大概就是从那一刻起，跨年被赋予了一个华丽的意义。当真实的生活潜藏着与日俱增的幸福和骄傲，同时又推动着与日俱增的痛苦与不平；当真实的世界威胁着人朴实的憧憬和最低层次的渴求，让一个人在不经意间知道生于人间正道的坎坷和沧桑，让他在其中降生，再用不谙世事的思路去解读和参与一场痛苦而辉煌的涅槃。是的，真实总会让人很难堪，正因为如此，新年的阳光才愈发值得去爱，因为只有在这一个节点上很多人才可以名正言顺地直一直腰，可以暗自期盼或许来年一切都会好。

新年的阳光大概是一年中最明媚的，因为它只有足够亮才有资格庇佑所有生命的来年。它浓浓地照在一个人的脸上，你甚至会感到未曾感觉过的光芒的分量，和你的梦想一样沉重而飘渺。

我从未在跨年的夜里和伙伴狂欢过，若是将来有一天可以选择，我想我会毫不犹豫地选择新西兰，那个被新年的第一缕阳光照射到的地方。虽然我知道光明不是如此就可以争取来的，但是顺从自然敬畏宇宙，总归会有一种无以言说的深层优越感。

冬至那天晚上我和一个好朋友聊微信，说起留学生活诸多不易。和我相比，她才是真正意义上的身处他乡，看着身边的人们在为即将到来的圣诞节欢呼雀跃，在国内的时候我们很开心地借圣诞的由头玩耍，可是真的有那么一天它需要你全身心去庆祝的时候，才觉得那终归是异地的庆典。

我努力感知一种复杂的乡愁，可有些事终归只能分享不能分担。暑假我和她在公园门口告别的时候，我们想象两年之后大家会不会都有了男朋友，会不会突然变得很成熟，会不会经历的变化要谈三天三夜，会不会曾经坚持的事情开始质疑而曾经不敢想的生活却近在眼前……我们很开心也很酸楚，两年，真的要被这么多事情填满才可以过去吗？我很喜欢她的微信签名——你来这人间一场，你总要看看太阳。高一的时候我们约定过每年跨年都要彼此祝福，是的，都是热爱阳光的人，即便是不同时间看到太阳，所有的情绪都会因同一种幸福散去。

新年都是在黑暗中降生的，阳光一寸一寸把所有的人间悲欢丈量完毕就会赐予一个新的开始。我会欣然接受这样的开始，在这个浪漫的起点上我依然有梦，愿意相信梦和现实有一个暗道，所以人才有必要活着，好好地活着。

新年的阳光总是直直地照射着每个生命心中秘不示人的珍藏——城市很大，大到所有人的梦想叠加起来比阳光还要密集；可生命很小，小到不经意间就会被熙熙攘攘的人群挤到摩天大楼投下的阴影里。但我依旧会像年幼时候一样去做梦，毕竟这是一个小人物追求幸福和尊严的崇高权利，高贵得让人不舍得放弃。

太阳要升起来了，你会不会感到它的温暖？光芒以最快的速度穿过记忆的轨道，所有许过的愿望——那些已经实现的和永远不能实现的，都会在同一时刻变成金色的浪潮拍打着你关于生命的认知。我能听到岁月轨道里此起彼伏的回响，捕捉到被珍藏起来的声音："她二十年后要坐花轿……""我要看着你长大，看着你上大学……""我们以后每年跨年都发一个祝福好不好？毕业之后也是……"

转眼又一次跨年，说我坐轿子的小同桌十年已再无音讯，我的老师至今都不会想起她岁尾的信里究竟写了什么，我和远在异国的

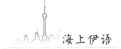

姑娘依旧彼此等待漂洋过海的祝福，但阳光终会穿越渐行渐远的往事，在多年之后的早晨洒在故事里每一个角色的脸上，唤醒微笑的神情和坦然的姿态。

此刻太阳已经照亮了上海，这是一年中最宽厚而柔韧的日子，值得依靠，亦值得深爱。

2015 年 1 月 1 日

和命运周旋我向来厚颜无耻

这几天早晨我总做一些很愚蠢的事情：一早兴冲冲地跑到图书馆的书架前挑一摞"闲书"放在桌子上，随后拿出自己带去的书开始做"正事"。我不是装样子，只是想每完成一项"正事"就拿十几页"闲书"当奖赏，可结局常常并不如人所愿。当我有资格看那十几页书的时候又舍不得打开，和自己商量要不要再做一点"正事"就可以接连看几十页了。结果忙碌到天黑也没有看，回宿舍的路上我就和自己闹情绪。

一天完成了那么多任务，或许你会觉得我该很有成就感才对，可惜我什么也没有。这很像中学的时候，晚上常常和自己商量做完这张物理卷子就去背一小段文章或者写一小段文字，学生时代这一度是多么昂贵的享受。五年过去了，当年解过的题没留下一点印象，可子夜背过的零零散散的段落和有理或无理的随笔反倒随我浪迹天涯，幻化成守护我的精灵。

考研后的半年道路上满是褶皱和坎坷，每天在迷茫中除了做实验就是发呆和游荡，你也可以理解成思考自以为能想明白的人生。你知道的，迷茫一旦遇上闲散便只剩下恐慌了。当然，不论如何我都不会容忍自己活得有一点点的颓废和窝囊：每天清晨依旧很认真地打扮好才出门，整天整天地坐在图书馆对着电脑拼命地想不停地写。我不想也很怕停下来。纵使岁月悠长信念单薄，我还是用半年的时光刻画了梦想由生而死的每一个细节，直至故事有了结局，可那时结局早就不重要了。

自2010年来到上海就再没有奢侈地花时间审视过自己，直到有一天，时间不再是最珍贵的东西，我才用它想明白很多事。至今回想起来我都坚信那半年时光是上天的恩赐。面向新的生活，其实我们很难定义过去的磨难究竟是下马威还是见面礼。在天塌下来的日子里，只觉得自己捞到一只大天鹅，虽然被砸得很痛，但毕竟是天鹅。

是的，和命运周旋我向来厚颜无耻。

顺风顺水的时候我感到自己在骑着天鹅，一无所有的时候便落地丈量一下生命的海拔。这些年做的无非就是两件事，要么骑着天鹅，要么拿着直尺。我当然不喜欢失败，倒也没有太畏惧它，因为相比失败我更恐慌的是因忙碌而疏于自知，疏于生活，每天被琐事推推搡搡着老去。

而自知和生活都需要时间和平和的心态，这就是我为什么喜欢安稳。

很多人说年轻就是要奋斗，而奋斗就等同于加班出差披星戴月。可我真心感到用工作和谋生的压力把时间塞满，那样的"忙碌"和真正的"奋斗"还是存在很大差异的。真正的奋斗是一个逐步认清自己的过程，而暗无天日的奔波大多会归于自我的迷失，这就是开篇说的为什么正事常常给不了我太大的成就感。如果有一天我已经忙到来不及思考今天怎么去生活，忙到我对镜子里的自己都感到陌生，我将彻彻底底沦为生活的失败者。

人和生活不过两种关系，不是你主宰它便是它奴役你。很多人把享受自己的时间定义为胸无大志，把安稳的工作定义为"坐吃等死"，可我觉得这太一厢情愿。因为"坐吃"或许是工作性质决定的，而"等死"必定是你自己选择的。

我并非有意打翻你关于奋斗的鸡汤，也不是在为稳定辩护，只想表达一个道理，奋斗是一种生活方式，但不能机械地等同于任何一种工作。在奋斗中你会更明白自己是谁，要到哪里去，会更清楚地认识身边的每一个朋友和敌人。当然，不幸来袭时，你也自然会"厚颜无耻"起来。

精神家园和物质世界之间还是要保留一堵墙的，这样任何不能预知的变数即使毁灭了真实的生活，起码还可以保护精神家园不被摧垮。

我从未奢求过安稳的生活，也从不相信什么注定的毁灭，只知道和命运周旋必须要学会厚颜无耻。

2015 年 9 月 12 日

不管心里多烦，出门一定要打扮

小时候我在家里总是挨揍，被打了自然会哭，但我和我妈似乎从不记仇，因为在我的印象里都是我犯错误在先，可能这个错误很小，但肯定存在且也确实不冤枉。之后就是长达一两个钟头的说理，让我想叛逆都没有机会，然后我哭得梨花带雨地认错，主动和我妈和好。所以在我们家没有青春期没有冷暴力也没有隔夜仇。写到这儿我都不禁想自恋地感慨一下，我脾气真好，将来能有一个如我一样脾气好的女儿我真的幸福到爆。

我妈知道我忍受了皮肉之苦又在精神上受到了谴责并且已有悔改之意，为表她翻篇的决心，一定会马上带我出去吃喝逛街买衣服，远近价钱都不重要，重要的是表示一下友好。不过每次出门前她都会做一件事——把我拽到镜子前说："你自己照照你现在的样子……"我看到镜子里的自己眼睛肿成两个桃子，脸涨得通红，头上的小辫一上一下，有时甚至散掉了，头发被眼泪贴在脸上。衣服撕扯得皱皱巴巴，很多扣子就是这样找不到的。是的，这就是战败后的残局！不过我会自己去收拾，因为我妈每次都说："你什么时候打扮好了再出门，有的是耐心等你。"我会乖乖地把自己收拾干净，换上干净的衣服，拿着梳子去找妈妈，她会帮我把头发重新梳整齐，然后说："再去照照镜子。"我站在镜子前的时候彻底是另一个人了，再牵着妈妈的手出去时会像什么都没有发生过一样向院子里的每个叔叔阿姨问好。

后来我独自去陌生的城市读大学，狼狈落寞的时候我还是会像小时候一样对着镜子，也总能想起那句"你看看你现在的样子"，然后把自己打扮好，即使烦恼不能从心里过去，从脸上也一定要过去。

很长一段时间我都是六点多一点就出门背书，晚上过了十一点才刷门禁回宿舍，冬天即使摸黑起床我也会留出来足够的时间化妆打扮。有一次一个男同学开我玩笑："你说你都累成那样了还有工夫化妆，我要是你宁可多睡那一个小时。"我被说得有点不好意思，但他有他的说辞我有我的道理。那些年在爸妈身边我从来没有过灰头土脸，他们是很要颜面的人，我们选择不了生活，但可以选择面对生活的姿态。

2014 年元旦妈妈来上海陪我考研，不巧的是前一天我突然发高烧了，睡了一晚上也没怎么见好。新年的早晨我对着镜子觉得自己好丑好讨厌，就要见到妈妈了，无论如何也不能让妈妈看到我狼狈的样子。

我把自己打扮好，也许你会觉得不可思议，但我真的还化了淡妆，拖着行李箱很阳光地去找妈妈。穿过校园的时候尽管身上没什么力气动作很慢很懒散，但我还是心情很好地和每一个老师、学弟学妹说"新年好"。其实那天我妈一看到我脏得不成样子的羽绒服袖子就什么都清楚了。她也拖了一个箱子，回到宾馆，她一打开是一箱很干净很漂亮的衣服、帽子还有包包，那都是我不在家的半年她和爸爸给我买的。她说："不管能不能考上我女儿都不能蓬头垢面地出去。"我洗好澡换上漂亮的毛衣和半身裙，我妈像十几年前一样对我说："女儿你再照照镜子……"

以前我并不明白：为什么别的小孩子可以在马路上大哭大闹，我妈再生气也总是把我抓回家再揍我？为什么我们已经和好了她还偏要我洗干净脸才可以出去？我也是离家以后才明白女孩是一定要照镜子的，即使真的压抑和负重，甚至有时我自己都控制不了目光

的游离，但我还是会洗干净脸照照镜子。在遭受生命的围困与冲突时，只觉得生活都在为难我了我又怎么可以不善待自己？我更不能容忍别人扫我一眼就同情地问："这是出什么事了？"

我不能理解因为某次考试经受了打击就愁容满面萎靡不振，我不能接受因为一次分手就变得自暴自弃不修边幅，我也不能理解因为家道中落就自甘堕落蓬头垢面。如此，在失去爱与财富的同时把做人的尊严都交出去了，收获的一点点同情谁又会稀罕？

前年冬天我的一个同学分手了，分手后既不打扮又不注意身材。一天晚上她终于忍不住跑来找我哭诉："当年追我时候他怎么说的，现在劈腿你说他是不是个混蛋？""是啊，"我说，"可是你每天哭也不是办法啊，自己还会变丑。""我就是要惩罚他，让他看看把我伤害成什么样子！"可我想她的前男友如果有这份觉悟当初就不会抛弃她了，看到她现在的样子，他不仅不会感到有亏欠，反倒还会庆幸没和这么一个邋遢的女孩修成正果。

后来我教她，既然已经这样了她反倒应该比以前更漂亮，更注意打扮注意身材。我当然知道，与前男友再次擦肩而过时，她心里定会翻江倒海，但无论怎么伤心都要很优雅且昂首挺胸地走过去。所有的社交圈子都不要发表任何分手抱怨的东西，也没必要再对别人没完没了控诉他的罪行。遗忘、轻描淡写、精心地走好接下来的道路才是争取尊严的最好办法。夜深人静的时候怎样难过都好，但一醒来就一定要把脸洗干净，照照镜子把自己打扮到最光鲜亮丽去开始忙碌的一天，越忙越好。最重要的是，不许哭。

我想我妈妈是对的。若是我有女儿，无所谓漂亮与否，我都会以一种方式自幼让她明白，不论贫富，也不论生活待我们怎样都要打扮好自己再出门，因为女孩有两样东西是绝不可以放弃和摧毁的——一是精神，二是脸，脸和尊严血肉相连。

即使有一天你觉得所有人都不爱你了，生活也不爱你了，可你还是要优雅地活着，起码你要让自己活得依旧那么值得被爱。

2015 年 9 月 13 日

你是我今生的女神

每年妈妈生日临近的时候我都会犹豫是不是要写篇文章作为生日礼物，只是这样的主题动笔即长文。最初的十八年从未有过大把的时间去构思这么"奢侈"的礼物，离家之后我又怕回忆为接下来的小长假注入太多乡愁，故一拖再拖，我只顾专注地长大，她只顾专注地盼女儿寒暑假回家，在相互的等待和守望中竟又是一个五年。

2001年母亲节老师布置了一篇作文题目是《妈妈我想对你说》，我对着作文本发呆了一个下午却迟迟没有动笔，晚上我妈替我写了作文交差，几天之后还被当成范文在班里朗读。但我当时并没有丝毫的脸红和羞愧，只觉得庆幸，因为拿心里的秘密去换一个表扬那宁可算了吧。2004年母亲节又上演了一样的故事，她一定比任何人都想知道我究竟想对她说什么，只是日复一日的生活会冲淡所有的疑问，更何况是年复一年？

她总是不经意地出现在我之前的很多文章里，或许是她在我身上的烙印太深，以至于我的每一个信念追根溯源大概都潜藏于她的性格深处——那些合理的、任性的、温婉的、强势的、冷漠的、热情的元素在旁人包括爸爸眼中都极富传承的意蕴。她对我很严厉，应该说是极其严厉，她从不在家门外对我动手，但幼年因为没有礼貌被扔在路边，因为撒谎被赶出家门，因为做错了原本会做的题不敢回家……这些奇闻却也瞒不过旁人。

妈妈年轻的时候是个大美人，也很喜欢打扮，印象中每次出门前她都会花很长时间试衣服化妆，再像打扮洋娃娃一样把我装扮好，所以她教训女儿的场面大多数人只能脑补。事实上，和我一起学画画学播音的小朋友的妈妈们背地里是经常谈论我俩的。那几年我在地方台做少儿节目主持人，播音课老师自然会让我领大家读。一天下课一个小男孩举着手冲到老师面前大喊："老师老师我知道她为什么念得好，因为我妈说了她妈是法西斯！"老师赶紧捂他的嘴："回去让你妈别瞎说！"回家以后我兴冲冲地问妈妈法西斯是什么，她问我从哪里听来的，我当成夸我的好话特别神气地讲了出来，我爸不冷不热地挖苦道："法西斯，就是你妈干的事儿呗……"

其实我也是很多年后才感觉到她每次教训我心里的复杂和矛盾，只是那种血脉深处的心疼总无一例外地输给恨铁不成钢的恼火。

2004 年初，小学给毕业生安排了一次月考，我至今都记得我数学错了两道简算和一道口算，于是只考了 93 分排到了 96 名，而那一次我们全年级有 19 个满分，回家以后的故事可想而知。但其实妈妈心里明白，那段日子她很少有心思关心我的学习。早几年生意上的巨大挫折让家庭突然陷入窘境，之后外公重病我又面临升学，她一面赚钱养家一面和爸爸日夜轮流在医院陪护老人。富有的时候我们谁都不介意钱是什么，觉得亲友皆是路，可后来我们才明白原来什么都需要钱，而所有的资源与人脉又偏偏在此刻变成陌路。自那时起我便意识到我们三个人便是全世界，而全世界又似乎压在了三个小人物的身上。

自打他们不能再替我"铺路"的那一天起，她便最恨我不珍惜学习的机会，最恨我不够独立不够自强。我深知同时做一个尽职的母亲、一个孝顺的女儿和一个乐观坚强的妻子多有不易，所以我从不忍心顶撞妈妈。她上班的时候我从不愿偷偷开一次电视或玩一次电脑游戏，是的，我几乎没忤逆过她。妈妈不是教育家，坦白地说她对我的管制现在看来纵有苛刻、专权甚至错误的地方，但我从

未对她有过哪怕一瞬间的怨恨。别人经常开玩笑说："你肯定是迫于你妈妈的压力不敢承认，哪有小孩子挨打不在心里咒骂几句的？"可每当我深入岁月深处便会找到那种舍不得埋怨的感觉，因为有十多个年头，她年轻乐观的神态和言辞就是我和爸爸的全世界。

那次月考出成绩的当晚，我被揍了一顿哭着哭着就睡着了，第二天一早桌子上扔着一封很厚的信，那是她熬了一个晚上给我写的，之所以记得是因为信里她头一次向我低头。开篇便直言我没有考满分是她不好，之后洋洋洒洒几千字里包含了很多她从未说过的话，她要我别埋怨她不能像过去一样陪我："女儿，你天天都在进步。如果妈妈每天就会洗衣服做饭，什么都不学，你从心里还会尊重我吗？如果妈妈对家门外的世界一无所知，你过几年还会和妈妈有共同语言吗？"她说她并非气我做题马虎而是气我连这点生活的变故都担当不起，那么轻易地就被干扰，将来怎么一个人在更大的城市立足？后来重新翻看的时候才发现，原来她那时就打定主意让我远走高飞了。每次别人问她你就这么忍心把你唯一的女儿放到离你们那么远的地方去啊？她都会说："不是我不想让她回来，而是我根本不允许她回来。若是我想留她在身边，那打小就不会让她挨那么多打。"

我心里很清楚她不是狠心的人，反而比谁都爱我。每次回上海，她和爸爸一定要等到飞机起飞或火车驶出站台才离开。去年在机场她悄悄对我说："每次送你的时候我都后悔自己当年为什么没有像你的老师们一样好好学习，如果妈妈也是博士也是博导，也能从一开始就把你生在最好的城市，就能每周见到你了……"今年暑假她要我给她一个书单，我要是不给她，她就把我考研的书带到办公室去看，这样我们的共同语言就更多了。可我还是劝她算了，现在我们每次通电话就要两个小时以上，她再和我多点共同语言那手机都要打爆了。同事开玩笑："你再怎么学也不会比你女儿进步快，你四十大几了想读个博士啊？"但我妈妈从不理会这些。是的，她一定不可能比我进步快，但她自强自尊自律，又近乎可爱的执着，是她毕生追赶的女儿心中的女神。

我学画早，老师怕我误食颜料要求我的家长必须陪读，于是画速写的时候她给我当模特，画水粉的时候她帮我洗颜料盒，画砂纸画时她帮我裁砂布，后来画装饰画她可以给我打下手，一晃便是十一年，她几乎可以临摹出来我所有的作品。播音老师让她监督我练声，她没有上过舞台，但是也会念《喇嘛和哑巴》。为了鼓励我背古诗，她和我比赛，白天去工作赚钱晚上就回来和我一起背。每个周末都要骑很久的自行车从城市的一端到另一端送我去画画，一路骑我就背着画板坐在自行车后座上，和妈妈一起把一本古诗正着背一遍倒着背一遍。妈妈总说那几年生活最狼狈却最幸福，所有突如其来的困境都会把人推到孤立的状态，没有外援可以求助，我们能做的便是向生活内部去挖掘和索要一种深层次的幸福，这正是那些年她传递与我的最宝贵的财富。

年轻时候认识爸爸的人都知道他很有福地娶了一个很漂亮的女人，而认识妈妈的人也知道她嫁了一个心地善良又出手阔绰的男人。妈妈坚决反对做全职母亲，她总是说不论嫁给谁都要保留养家的能力，不是担心被抛弃，而是有树依靠那就去依靠，若是没有，你的阴凉便是一家人的佑护，事实证明她是智慧的。

爸爸出名地疼老婆，但妈妈也很尊重他，在过去的二十四年间不论爸爸是赚是赔她都要我明白——你爸爸是最值得尊敬的男人，他生长在军人家庭，正直善良又极有尊严。妈妈很漂亮但不是那种爱慕虚荣贪图荣华富贵的女人，即使在最苦的时候她也经常对我说，嫁给爸爸是她这一生最幸运的事情，二十年不论历经多少大风大浪，最初都是我爸爸把她从一个极其普通的家庭带入了一个更上层的圈子，我爸爸是她生命中的第一个贵人。那时候她因为没有事业，家庭又没什么背景，所以一点自信都没有，但自从有了女儿，她牵着我的手便自信了起来，直到依靠自己融入了更好的圈子，所以我是她生命中的第二个贵人。前天打电话她和我说："你知道每天下班我从咱们家楼下过，看到在咱们家的阳台上，你爸爸已经从公司赶回来开始做饭了，我觉得这些年我的幸福别人根本不懂。"妈妈很喜欢和我在一起聊婚姻聊未来，她说起来"幸福"两个字时的样子总是很美，但只有我自己明白，那种美是多么圣洁和值得钦佩，她对我的感染在灵魂深处，身教胜言传。

每当别人七嘴八舌地给我介绍男朋友，和她说再不找就会剩下的时候，她也从不催我，她觉得这是女儿自己的事。那次一个老师问她："你女儿要是找了你觉得不合适的怎么办？"她说："我女儿从小就不是任性的姑娘，不论她找谁我和我老公都相信她一定考虑过我们的感受，这就够了，其余的冷暖自知，我们不干涉。"她似乎是很强势的人，但我和爸爸在她那里永远是独立而有尊严的存在。

其实，她的强势只对命运而不对人，在她心中自己和女儿在外都是不可以掉眼泪的人。她最敬佩的人就是我的爷爷，也一直希望我能传承来军人的一身正气，军人的坚强不屈。和爷爷不同，我没有见过战火，但一样可以拥有一个战士的气魄和胆识，特别是深陷困境的时刻，她希望我在所有的失败面前都像一个男孩。刚读高中时我不论怎么努力都不如身边的同学，于是回家就总躲起来偷偷地哭，当妈妈的看到女儿那么辛苦哪有不心疼的。高一的某天中午她把我从屋里喊出来说要给我念一段话，那段话我在很多场合都说过，在很多文章里都引过："在岸上生活着两种鸟儿，一种是海鸥一种是黄雀，风雨来了黄雀会马上起飞，可海鸥要滑翔一段才能起飞，但飞越大西洋的是海鸥而不是黄雀，因为海鸥能一直飞。"我既喜欢这段话，却又在漫漫冬夜怀疑是不是大西洋太难飞越，为什么迟迟没有彼岸？只是我从不认为这是一句虚构的童话，也从不怀疑妈妈给我的这个梦不会开花。

我从不去想她有多想我，她也不希望我体会到吧。若不愿重复父辈的生命轨迹，这样的乡愁便是两代人必须承担的相思之苦，但我们都不考虑退路更不会打退堂鼓。在上海我总会收到她和爸爸寄来的漂亮的衣服，我不在家的这五年她看到一条裙子的第一反应都是"我女儿穿上会不会好看"。之前别人说我养尊处优惯了，根本不知道花钱攒钱买东西是什么感觉，那一刻我心里真的默默在说："我明白贫穷和富有的时候你在哪里？"没错，我不喜欢别人这样说我。我不过是想穿着他们寄来的漂亮的衣服拍点照片给他们看，让爸爸妈妈感到他们的女儿至今都是因为他们才漂亮的啊，即使遥远，我依旧能体会到他们混杂着思念的幸福。

若是再让我写一次《妈妈我想对你说》，用第二人称或许仍不知道如何下笔，只是这些年每每遇到一点点值得骄傲的事情心里都会默默地想：妈妈，你看，我在飞过大西洋了，你没有骗我……我不想感激她而只想感激命运，感激命运让我今生来做她的女儿。妈妈知道我在外一个人要承担很多东西，她总说自己当年若能再努力一点把我生在大都市，起点就会高很多。但我真的不在乎，因为她赋予我的福祉足以伴我一生披荆斩棘筚路蓝缕，我们默默相伴二十

多年的冰天雪地的日子凝成一颗坚硬的狼牙，让我一生站立。

从未告诉她，其实她也是我今生的贵人，是我今生的女神。在一往情深的日子里，谁能说清，什么是甜，什么是苦……

2015 年 9 月 30 日

二十四岁，原谅我今晚没有愿望要许

如果没有别人提醒，我常常忘记自己的生日，是因为老了还是原本就没有情趣，我自己也说不明白，但个人更倾向后者，因为即使倒回到十年前，我也依旧活得很糊涂。对于日复一日的生活我可以切割得很精确，对于林林总总的计划也可以在漫长的时间轴上找到明确的归属，可唯独对于生命里值得纪念的日子我似乎从未觉察到它的到来，今天我才突然茫然地问室友："你们一般都是怎么过生日的啊……"

其实每年的今天我都是会给自己准备礼物的——我会写很多话给自己，正如此时。但我唯独不会许愿，借这个特殊的日子向命运提一个遥远的大尺度的要求，这样的公主梦貌似我十几年前做过，后来便没什么底气做了，更没什么实现它的勇气。

离开家之后的每个深秋，每个年岁渐长的时候，我会一手持着不变的初心，一手把着岁月的脉搏，默默重复着这样无声无息的庆典。不论身处何种境遇，也不论顺风顺水还是患得患失，这一刻我还是要憧憬一下未来的——向现实求不得便深入岁月深处，向岁月求不得便深入灵魂深处，这种憧憬一度成了我在陌生城市的坚实依靠。不知你是否也会明白，希望的力量可以把人的承受限度撑得很大，装得下贫穷和富有，繁华和孤独，丧失和收获，正义和不公。倚着希望大概才会一直骄傲地站着，一直温暖地活着，一生感恩于阳光可以照在凡人的脸上，感恩于每个秋天或甜或苦都没有剥夺一个姑娘做梦的权利。

提笔之前我把这些年给自己写过的话读了又读，读完反倒下不了笔了。在生日的前夜我其实期待着给自己的祝语可以柔情似水一回，找一次所谓"小女人"的情调，不过一切都归于《无间道》

里的那句话：有时候人不能改变事情，但事情可以改变人。那样的话我已经很久写不出来了。

这世上所有脱离保护和依靠的人都是没有资格成为公主的，有的只能用一生学着长大，学着像公主一样去期待，像男人一样去担当。看到那些年的今夜写着"我要对着灿烂的阳光撒网"，"我要去看猎鹰是怎么生存"，"我要去找一个不会下雨的季节，只是谁的季节不下雨"，"让我和岁月一起守望春夏"……重读每句的时候都觉得脸变得很烫，我回忆着当年写下每一个字的处境和细节，那时候，连逆境都是温暖的，如今我更没有理由说什么寒冷，没有理由不好好经营生活。

来到这里，外滩是我最喜欢的地方，但我一直不大好意思和别人讲，因为之前他们总会嘲笑我："一听就知道没怎么玩过，那么多好玩的地方你都不知道……"其实很多东西是很难解释的。我永远都记得一零年的秋天第一次去那里玩，夜里浓郁的繁华气息和美丽的灯火分解着一个人所有的期许和骄傲，会让人觉得自己卑微得还不如尘埃。时至今年再一次找到相同的角度，景色还是那个轮廓，我依旧可以看到那个十八岁的自己，人还是渺小到什么都不是，而与之相关的幸运与悲哀又算得上什么呢？太阳升起的时候阳光会照着所有的人，微风吹过时每个人的头发都会摆过相似的角度。在讲一个故事也罢，在想一个故事也罢，都会随风飘逝。我依旧怀有憧憬，因为憧憬是人这一生的福祉，它会把生活守望成温暖，把生命冲刷成骄傲。

此刻原谅我没有愿望可言，原谅我头一次不知道该对自己说什么。我想我会感谢生命中起起伏伏的安排，感谢生活在我身上留下的所有烙印，感谢漫长的岁月一度待我很好，感谢不灭的希望把肩上的世界变得很轻很轻……

2015 年生日前夜

"你会不会明白，所有那些关上的门不过是在为你指路，看到路标的时候你还会悲伤么？"

2016 新年献词 | 愿跨年的酒杯依旧盛满你的信仰

为一句有力而温婉的祝福我想了整个岁尾，除去"有尊严地生活"再找不到一句可以宽广到温暖所有值得温暖的人。

这一次我不讲故事，因为过去的一年我们已无数次分享了生命的传奇——惊奇的，震撼的，平淡如水的，轰轰烈烈的，啼笑皆非的……这一天我愿与你一同走过岁尾，一同期待阳光照进我们的心房，它会为你掸去旧年的微尘，为你填平岁月的沧桑，为你蒸干酸涩的泪水，为你滋养向善的脸庞。

今天我们也不该讲故事，我也是长大后才明白新年的阳光是那样珍贵，不足以回顾过往的是是非非。我们要用它来修补心中因坎坷而残缺掉的世界，重新照亮你因失意而黯淡了的信仰，重新坚定你的某个梦想诞生时圣洁的初心，甚至只是一个朴实的冲动。

在新的轮回里，或许你的梦想是考理想的大学，无愧于父辈十几年的辛劳；或许你的梦想是和心爱的人白首不相离，无愧于崭新的时代为青春赋予的自由与热血；或许你的梦想是努力工作赚钱衣

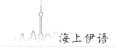

锦还乡，无愧于年复一年远走他乡承受的风霜雨雪；或许你的梦想是给留守家乡的子女买一件和城里人一样的衣裳，无愧于生活的压力催生出的不得已的思念与分离；再或许很多年来你都不再有梦想，你的梦想就是子孙的梦想……这一切我们怎会不懂？与你降生于同一个时代，自然会理解你要的展翅高飞，也会懂得你要的倦鸟归巢。

此刻你若与我一样抚着岁月的吻痕，自然会与我一样热泪盈眶。

辉煌或平淡，狼狈或耀眼，过去的一切在新年面前已被压成了深深的纹路，欣慰的是黑夜淹没了你的眼睛却没有摧毁你静候钟声的坦荡，幸运的是磨难褴褛了你的衣衫却未能腐蚀你的尊严。新年之时，阳光之下，我们不说不公，因为一切不公的烙印都未能让勇敢而正义的你丢掉做人的属性落荒而逃。所以，新年的第一天不论亲爱的你来自哪个阶层，来自哪个岗位，正在憧憬着什么，正在追寻着什么，我们都该向自己致敬，深深地致敬。

新年我们不讲故事，只守望阳光——在中国大地，在大洋彼岸，在繁华的都市，在偏远的村庄。能在阳光下直起腰是这世上最好的事，敢与明天对视的人是这世上最勇敢的人。

新年愿你依旧有尊严地活着，没有什么能比尊严与信仰更珍贵，它是为勇士壮行的烈酒，不是抚慰的断肠人的鸡汤；它让你我走过那么多的磨难，却还怀抱着那么多的希望。

2015 年 12 月 31 日

杀死你的是琐事还是星空?

那天我和一个多年不见的朋友聊天,我突然问他:"你工作以后还有理想吗?"他说:"好久不去想这么仰望星空的问题了,你让我想想。"之后他在微信上给我打了一行字:这些年,有目标,无理想。

其实我知道这样的问题是多么难以回答,所以毫不犹豫地抛给了一个我所认为的很优秀的人。我们认识十几年了,他的答案从未让人失望,即使是对于这样仰望星空的问题。

事实上我经常在想,人们惧怕在陌生的城市独立面对真实的生活,究竟惧怕的是什么,是钱不够花?是要几个人挤在一起像电视剧《欢乐颂》那样?还是害怕遇到辨认不了的渣男?其实对一个二十几岁的人来说,任何一个如上的困境都是不足以把人击垮的,因为当静下来分析每一种恐惧似乎都不能等同于走投无路,只不过当所有的恐惧叠加起来,大概一切都不一样了。

记得读大学的第一年寒假我和一个中学同学聊天,他说:"你知道能把人击垮的是什么吗?不是灾难。"我问:"那是什么?""是琐事,"他回答,"人在灾难面前常常是你想象不出的强大,而在琐事面前是你想象不出的无能与卑微。所以杨伊啊,你将来或许会琐事缠身但千万不要被琐事淹没……"

后来我常常想起这些话,在每一个忙忙碌碌却碌碌无为的时候问自己:我是不是真的有所收获?倘若不是,我会追问自己:是不是也要死于琐事?这就是为什么曾经的我觉得读书是一种义务,是每一个从普通的城市考出来的孩子都有的朴实的觉悟,当然也是一种难说对错的认知。曾几何时我猛然感到那是一件让我安心的

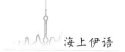

事，让我和琐事划清界限的事。再后来，我明白我不能脱离那些"仰望星空"的问题，毕竟，年轻的时候总该被一些东西牵引着才好飞。

前几天是高中母校的110周年校庆，我有空就去刷曾经各种让人笑着哭又哭着笑的视频。中间有一段对高三毕业生的采访，问他们二十年后的样子："我一定有自己的孩子有自己的家，我也许在好的城市，也许住大的房子，也许有赚钱很多的工作……"他们的脸那么单纯，单纯到让你觉得任何理想即使不合理也都是可以被谅解和包容的。想起高考前，我也曾设想过十年以后的自己，内容已经忘得一干二净，可对未来那种若即若离的感觉却在之后日复一日的生活中浓厚了起来，与视频里十七八岁的孩子并无二致。不得不承认，这种单纯而可爱的幻想只属于某个特定的年龄和群体，那种白纸一样的人生态度被天然地赋予了无限可能。

现在的我真羡慕，真想偷窥一眼他们头顶的星空。

我们习惯了想象未来令人憧憬的外壳，却忘记了它令人生畏的剖面，这就是为什么先前的《蜗居》以及后来的《欢乐颂》总给人一种说不出的感觉：你会觉得生活不止流光溢彩，有时也可以渗出血来。坦白地说，我现在也是困惑的，我只求有一天当自己独立面对人生的时候能做到那句"忍生活之苦，保天真之性"，能记得去问一些仰望星空的问题，而不是问"星空是什么"，抑或能像我的好朋友一样，即使抛开理想，生活也填满了大大小小的目标。

南国的星空和家乡一样灿烂，背景是一样的宝蓝。每当我和它对视的时候，一切都仿佛还是十八岁的样子。既然不愿成为琐事的刀下鬼，那就去仰望这永恒的星空，神秘却满载福祉。

2016年6月3日

致敬生命里那些关上的门

高中我读的是理科，当年班上的同学大概有三类，一类是各地市招来的中考前几名，一类是中考前就名声在外故而被"挖"走的天才，还有一种就是像我一样完全倚仗中考拼命考进去的当地的学生。那时候我们全班几乎都学竞赛，因为保送可以多一重考名校的机会，但是对于竞赛失败的同学来说，要尽快从失败中走出来面对高考意味着更大的压力。

当年我的同桌想要走数学竞赛保送，他天分高又肯下功夫，可是有些事谋事在人成事在天，复赛他只差了一点点与保送失之交臂。知道结果的时候他很久都没有说话，突然问我："杨伊，你说关上一扇门真的就会有一扇窗打开吗？"我不知道该怎么回答，因为那些年我压力也很大，那是我们省最好的中学的理科实验班，那三年对我这种非天才非神童的学生来讲是又爱又虐的。爱是因为每一次被贴上这个班级的标签，周围人不论长幼都觉得你整个人在闪光，虐是因为我自己总会感到，我不过是在反射着天才们的光，我常常觉得自己在死死地撬着一扇很可能撬不开的门。突然他自问自答地说："肯定会的！"另一扇窗不出所料地在他高考的时候打开了。那年我们都刚刚十八岁，对于门和窗的道理或许都只是听说过，然后只能在走投无路的时候喝下这碗鸡汤，但究竟是不是救命的良药？其实我们也很困惑。

我不记得是从什么时候开始变得相信这句话了，我开始感到这不是什么莫名其妙的成功学而是一个实实在在的真谛。我发现离家以后的这七年里，成长从不是在推开门的一瞬，而是那些被关在门外的日子。当你重新思考你的道路的时候大多是无路可走的时候，当你想着怎么样上山的时候大多是身陷谷底的时候，当你开始寻找光明的时候大多是被黑暗包围的时候。所以，我没有理由不感谢那些为我关闭过的门的，不论那一刻是多么的失落、愤怒、伤心，都必须承认——在我如今的个性深处流淌的一半是我走过的路，一半是拒绝我的门。前者是我的战绩，后者是我的故事，而我喜欢讲的恰好又是后者。

高中每次班主任找我谈话都会暗示我将来一定要去做擅长做的事，她说人最幸福的事情就是在学生时代找到自己喜欢做什么，然后用一生去做这件事。她劝我去学文史学传媒，劝我去写歌词写小说，劝我在人生道路的选择上要顺势不要执拗……而这些在我们那个年龄是不能理解的，在我所生长的那种传统的二线城市也极为罕见，在所有人都期盼着高考改变命运的地方更是小众。

后来我独自来到上海读大学，在这个英雄不问出处的都市，没有人认识你，也很少有人再去关心你曾经是骄傲还是卑微，于是所有的曾经就都藏在我心里了。我只记得老师嘱咐我的，去做你适合做的事情，去过你喜欢过的人生。于是我成为了当年高中班上罕见的读研转到社科的学生，却实实在在感到活着是那么刺激的一次历险。所有的风风雨雨飞沙走石越是逼着你放弃，你就越不能毁灭。征服可以，断送绝不行。

大学我经常在夜晚坐在楼门口的石阶上发呆，总会想起来很多不能言说的人和事：成功的，失败的，还有至今不能定论的；悲伤的，欣喜的，啼笑皆非的，不论哪一种都真正让人成长过。人是那么神奇的存在——眼神和话语，皆是拜过去的生活所赐。记得我的一个好朋友曾对我说："有时候我觉得生活太快，来不及思考。"刚听到的时候我觉得突兀，很浓的北大中文系的气质，我回了他一句："你怎么这么徐志摩?"渐渐地,我觉得他是对的。有时候你需要放思维去游历,对着一棵老树,对着一片星空,甚至是对着人群,那一刻你会感到整个世界都被施了魔法。有句话说"越长大越孤单",孤单大概就是这样一种体验:曾经可以说的如今便只能想,以前倾听的是父母朋友,现在倾听的是日月星辰。

后来我有了自己的学生,课间我们经常在一起聊天,那些十八九的孩子总是有那么多和我当年一样的困扰。是啊,那时候失恋、被老师误会、被同学排挤,哪一个都足以让人泣不成声。可有些话我不知道怎样让他们去相信,能把人打败的事情很少,即使所有的失败和不公叠加在一起,人也都是可以独自走过去的,回过头来看的时候除了致谢没别的,致谢你经历的磨难,遗忘给你磨难的人。

你会不会明白,只要你不停下就不会有绝路,因为生活的本意是让我们好好活着。

你会不会明白,所有那些关上的门不过是在为你指路,看到路标的时候你还会悲伤么?

2016 年中秋

你是否还相信天道酬勤？

两个月前我和 L 有个约定，她会努力年底顺利毕业，工作落定之后回国来看我。今天我刚刚起床就连收到三条微信，能在早上五点半找我的人一定特别了解我。她让我安慰她，导师给她的计划是明年三月答辩，这个学期压力那么大，如果想年底毕业就不要命了……我知道她忧伤的是那个回家过年的 flag 泡汤了，更确切地说是回家听我讲故事，这个自信我还是有的。我总会拿出来表演的功底绘声绘色地给她讲离别的日子里我各种神奇的历险，她总说如果她有了小孩一定不要她再学什么基础数学，送到我这里学写剧本，我讲的故事是《一千零一夜》，每次都留一个结局，对结局的好奇是她接下来的一段日子认真做科研认真建模型的动力。

然而，女孩的兴奋总会输给现实，这可真是不变的定律。

高中我们在一起最常说的话就是"我不想再学习了，好累啊！"可是每次说完我们就又悻悻地做题去了，那时候我以为这之所以会成为谎言不过是因为除了学习没有别的事可做。读大学以后我们仍然在深夜生出这样的抱怨，但再抱怨也不会把闹钟推迟哪怕是一个钟头，那时候我以为这之所以是一个谎言不过是因为想过更好的生活，除了学习并无别的入口。再后来生活与学习的界限日渐模糊，日复一日的岁月里突然多了那么多诱惑，工作和学业的线条绞在一起，于是我们跨越时差延续那个古老的抱怨——我真的不想学习了。我们也会提起谁没有读书也过得很好，谁去做什么工作了比我们更光鲜亮丽，可有一些事已经改变不了了，比如习惯，比如观念。

所以，女孩的谎言总会输给时间，强调越久越说明是假的。

直到我读了大学，直到真正去陌生的城市从零开始，我才意识到其实所有的书都是为自己读的，原本就与他人无关。

"天道酬勤"最初是从妈妈口中听到的，那是我中学时觉得世上最动听的词语。很长一段日子我对它近乎迷信，现在回看，大概人总要有一个质朴的阶段必须去相信一些随时有可能被推翻的定律吧。

那时妈妈总说老天是有眼睛的，你晚上做了多少题老天都记着呢。所以夜晚我常常会透过写字台左边的窗户向外看，因为我怕做题的人太多老天看不到我。

大学我不再这样张望了，因为我意识到世上还有一句更真实的话叫"尽人事，听天命"，如果天命和人事的关系不是天道酬勤那是什么呢？这个问题一直困扰着我，一困扰便是很多年，并且每一次陷入逆境它就会悄然撼动和瓦解着我对明天的种种憧憬，告诉我，天命如此。

然而不论后来经历什么，也无所谓命运怎么质疑我，我依然感到活着是件很有趣的事情。或者说如果天道酬勤真的是那么严谨的定律，严谨到酬劳的多少和反馈的时机都像预设好的一样，活着反倒没那么有趣了。生活吸引人的地方就是你永远不知道下一刻是起是伏，就是我们谁都捉摸不透的天命。

六年前我同学告诉我：当你不知道做什么的时候就去读书，这是一定不会错的。我一般不怀疑他讲出来的道理，所以后来在离家千里的地方，各种不能预知的挫折、委屈、风险、压力都会让我想起来那句"读书学习是永远不会错的"。我明白知识单纯，学问无罪；我更明白，我可以和一个人一件事过不去，但我不可以和书过不去，因为任何人、任何事既然不能成为永恒，那就是插曲，唯有装在脑子里的真理才能帮一个人走好接下来的路。我为没有走完的

路活着，而不是为已经走过的一段经历活着。

是的，谁都没有理由愧对自己的生活。最近几个月我突然迷上了健身，每天午后都会去健身房待些时间。以前老师说过运动会产生"脑内吗啡"，这样一来大概我上午写东西靠咖啡下午写东西靠"吗啡"吧。现在当我再去想我为什么要读书，为什么要这样生活而不是那样，天道究竟会不会酬勤……即使想不明白也不再为之困惑了，因为当一种选择已内化为一个人的生活方式的时候就没有为什么了。

后来再听到有人说"天道酬勤"，我仍然愿意相信那是对的，也愿意以此来劝慰更多的人。虽然我自己在与生命的赌注中尚无结局，只是有些时候我们只有活得像一个孩子去相信一些东西，如此才愿意去尽人事。就好比童话，即使我们都知道那是骗人的，但还是会坚信公主和王子一定会过上幸福的生活。当学会了套用一个小孩的逻辑的时候，即使不能幸运如孩童，起码能幸福如孩童吧。

你是否还愿意，和我一起相信天道酬勤？

2016 年 9 月 30 日

十年，是一次现实与梦想的小别离

记得十年前我写过一篇文章叫做《十五岁的天空》，其实它的原名叫《今年，我十五岁》，后来编个人专辑的时候老师问我把哪篇放在第一篇，再三协商之下，我坚持选了那篇不是最好却对我有特殊意义的文章，题目也就是那个时候被改掉的。

出书已经是高一的事了，而写下它的时候还是 2006 年，也是一个秋天，我刚刚升初三。中考是我们平凡家庭里天大的事，《小别离》中的情节简直就是我们家的翻版：妈妈每天拿计算器把我的成绩加了一遍又一遍，会因为我掉了一名或模考忘写了一个方程式的加热符号而喋喋不休好几天，爸妈会担心我开卷考试找不到页数而每天轮番地督促我背政治历史，会每天卡着时间让我默写单词表，然后爸爸妈妈两个外语不好的人给我一个字母一个字母地检查直到深夜，那时候他俩总说这都是十几年陪我画画练出来的熬夜工夫，现在终于用上了。

不知道你是不是可以理解不好好读书感觉对不住父母是一种什么样的体验，但那些年我隐隐约约是明白的。我至今都清晰地记得十年前就是这样一种状态：一面是不能拒绝的父辈的希望，一面是我对自己未来的期许；一面是很多人眼里你该成为的那个人，一面是你注定会成为的那个自己。其实我们谁不是一直在这两个点之间寻求平衡呢？

那时候我们还在为神六的发射而兴奋不已，那时候我唯一的娱乐方式就是周末中午和爸爸看一部电影，那时候每天最兴奋的就是听刘心武先生揭秘秦可卿的身世，那时候我的所有本子的扉页贴的都是痴迷的"二战"将领，那个微侧着脸的蒙哥马利……于是某天

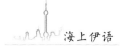

深夜我默默写下了那篇《十五岁的天空》，于是往后的十年，个人命运就这样绑着国家命运变化着，信或不信，十年真的可以改变很多事。

你读的书和你走的路会打破一些憧憬也会重塑一些憧憬，甚至你可能还是十五岁的样子也可能变得自己都不敢相认——我开心地听到新闻里说神舟十一号都要发射了；我遗憾地发现当年念念不忘的电影和原著相比仍有那么多瑕疵；我困惑地感到似乎周思源先生对秦可卿的解读也不无道理；我也不再如当年那么狂热地喜欢蒙哥马利，而因麦克阿瑟在西点军校的演讲"移情别恋"……写到这里我实实在在感到，时间终归是有痕迹的，比秋风还要割人。

后来妈妈的朋友，一个画家叔叔在看我演出的时候为我画了一张画像，旁边就用毛笔顺手抄了一段我写过的话，巧的是又选自这篇《十五岁的天空》。里面的很多豪言壮语换作是现在，我是无论如何都不好意思说出口的，但我还是喜欢一读再读，因为每一个字都在提醒着我，不论生活如何待你，你都是要爱自己的，永远都是。

转眼我就要二十五岁了，每每临近这些特殊的节点我都会独自想很多事情，每一次我都会充满感激地感到，十年来生活一直是在向我示好的，即使是再坎坷的经历最终也变成了梅花的形状。

这些年我明白，和我同行的人终会陪伴我，从我的世界路过的人终会祝福我，我也只为这些陪伴与祝福而快乐地活着。我也明白，很多原以为不可替代的东西都会变得可替代，原以为会牵制自己的东西都不再会成为枷锁，很难再有一件事或一个人可以占据我们的全世界，很难再有什么经历会把一个人彻底击碎。因为我们会长大，长大就意味着和禁锢相比，人终归是更强大的，和牢笼相比，有一些鸟儿是注定会赢的。就像《肖申克的救赎》里说的那样：有一些鸟儿是注定关不住的，因为它们的每一片羽毛都沾满了自由的光辉。

与十年前相比我少了很多的期待，现在我只会记住做过什么事而不再记得做过什么梦，可相似的是我依然如十五岁时相信幸福并守望幸福，依然如当年不论面临怎样的困境都活得如一只会唱歌的小鸟。我略微愧对十年前对自己的预期，想来如今没有长成"水中的白莲"，也没有"举止如月，风韵如月"，而是像个"小男孩"一样悄悄地长大了。那时我一定不会想到这十年就像过山车，我已经记不清有多少次是闭着眼睛闯过了很多不可能的关卡。

我不知道那个十五岁的女孩会不会喜欢现在的我，可是倘若我可以带一句话给那个十年前的自己，只想告诉她——这十年我待生活足够认真，生活待我足够眷顾，那些善待我的人，让我就算经历再多的困境也仍旧怀揣希望。

这十年，是一次冒险与求生的大合体，更是一次现实与梦想的小别离。

后记：

今天翻出了那篇《十五岁的天空》和那张微胖的画像，现在读起来觉得真是年少轻狂。只是希望今后不论遇到怎样的困难，当我点开这篇文章，看到二十四岁的自己，这一切都会提醒着我，你曾这样笑着，你曾这样活着。

每长大一岁之际我都会写一篇文章当礼物，从最初的日记到同时为很多人带来温暖的文章，于是就积累成了一种成就感。只愿多年之后我从年复一年的文字里能捕捉到的不仅是个人的心境还有社

会环境，不仅是个人气息还有时代的气息，不仅是自己脉搏的跳动还有国家脉搏的跳动。

最后以此文致敬亲爱的爸爸妈妈，致敬来到上海的这些年欣赏、善待、帮助我的人，为了这满满的善意，我会好好去走接下来的路。

2016 年生日前夜

"我们可以想你，可你不能想家"

在我离家读大学以前，妈妈训斥或是揍我基本上是不会向我道歉的，即使是冤假错案也不会，我虽然从不顶撞但也绝不低头。结局都是爸爸穿梭于两个屋子之间，一面劝我一面劝我妈。第二天妈妈下班一定会给我买件衣服，然后若无其事地喊我来试衣服，我穿上去照镜子，也必须要说好看，既然妈妈伸出了和平的橄榄枝，我也要完成泯恩仇的"套路"，最后重归于好。所以我是没有什么青春期的，那些年我一面保留着对电视、网络、早恋等等禁区的好奇，一面又不敢挑战爸妈给我画的红线，于是那十几年就这样无趣、好奇而又忙碌地溜走了，直到我离开了他们。

自我和爸爸妈妈分散在两个城市的那一天开始，我觉得很多事情都变了：我的地位得到了提升，我和妈妈电话里的一切大大小小的争执都终结于她的无条件退让，即使真的是我任性，即使真的是我不讲道理。直至现在我也很难说清是什么磨掉了他们存在十几年的严厉的棱角，直到去年我生日，妈妈在零点给我发了一条很长的微信，开头就说："女儿啊，转眼就是第五年不在我们身边过生日了，但每年你生日这天爸爸妈妈还是要在这边为你庆祝一番……"那天晚上我躺在床上想，2010 年秋天当我忙着适应一个人的生活的时候，爸爸妈妈大概也在忙着适应没有我在身边的生活吧。

妈妈同事家的小孩几乎都不在父母身边，很多还在国外。我读高中的时候妈妈经常和同事抱怨："教育孩子太辛苦，真希望她赶紧出去读大学。"每到此时叔叔阿姨们总会说："史老师啊，等你女儿考走了你就明白我们现在有多羡慕你了。"我离家之后爸爸妈妈变得很害怕闲着，有时候我很晚打电话妈妈还在学校，爸爸还在公司。过去不到下班的时候他们就看时间，恨不得马上飞奔回来问我：模考多少名？理综多少分？物理的大题写到第几步？后来就只能通过电话问问：你们那边冷了吗？你现在每天还能学够八个小时吗？我给你寄的裙子有搭配的衬衫吗？寄的书呢，看完了吗……

我不是一个多么恋家的人，大学寝室有一个东北女孩，刚刚开学的几个晚上总趴床上想家想得悄悄哭。有一天半夜我醒来看到她点着一个小灯在床头写东西，轻声问她："你干嘛呢？""给爸妈写信。"她说。"沈阳要写信？"我困惑着睡着了。我是在爸爸妈妈身边长大的，在他们身上蕴含了我关于家乡的全部理解和情分，可是这些年我从来没有和爸爸妈妈说过"想你们"之类的话，因为我隐隐感到他们不喜欢听，他们甚至一直都享受着这样一种状态：他们一心一意想着我，而我没心没肺地闯荡我自己的生活。

没错，这并不对等也不公平。可对于离开家的人而言，这种关于家乡很潇洒的态度反倒是种很宝贵的个性。后来我渐渐明白，当你面对着陌生的土地，面对和你不大相关的拔地而起的高楼，面对那些朝朝暮暮的红灯绿酒，能做的只有专注于生活，专注于一个小人物的命运与悲喜。我感到所有关于未来的患得患失和眼前华丽的霓虹交织在一起只会让人更茫然，更不知何去何从。所以，我什么都敢想，唯独不敢想家，特别是落入逆境的时候，乡愁就是一把盐。

我意识到这些还是大二那年五一，那天图书馆闭馆，我就跑到老师的心理实验室背书，晚上临近门禁的时候我就趴在桌子上睡着了。不知过了多久老师锁上对面办公室的门回家，扭动门把手的声音让我突然坐了起来，清醒了几秒钟我才反应过来这是在科研楼不是在家里。那是我第一次觉得自己被一种莫名的感觉掏空了。我的左面是一扇窗，巧的是在我家写字桌的左面也是一扇窗，每到深夜窗户都会变成这种深邃的宝蓝色，这样的情形总会暗示我不要打瞌睡，一过晚上 11:30 爸爸妈妈要轮流不定时查岗了。于是中学时代我一听到转动门把手的声音就又敏感又烦躁，离家以后，这种声音再轻也仍旧会把我唤醒，不过只剩下敏感却再没有烦躁了，代之以一种让我很想哭的温暖。我觉得我好像回家了，那是我第一次真正意义上想爸爸和妈妈。

那天回到宿舍楼下已经 12 点了，我看到手机上十几个妈妈的未接电话，还有问我在哪里、为什么不接电话的短信。我打通刚响一声妈妈就接起来了，不由分说地对我一通斥责。我坐在寝室楼下的台阶上一边委屈地哭一边拿着电话嚷嚷："人家都过节去了，连图书馆都不开门，我去实验室学了一天到晚上睡着了……"我抱怨她从来不懂得心疼我，还问妈妈知不知道我每天是怎么过的。然后她就把电话挂掉了。过了几分钟她又把电话打了回来，那天晚上的谈话我至今都记得，妈妈和我道歉了，可是她对我说："杨伊啊，读书也罢自习也罢那都是你愿意的，其实过程和结果都是你自己选的，你愿意一直往下走爸爸妈妈绝不拦你，但你辛苦不能和我俩撒火。第二，你得像个男孩子一样，我们可以想你，但你不能想家。"

那天深夜我在电话另一边一直点头，我不知道妈妈要有多看得开多放得下才能和我说出来"我们可以想你，但你不能想家"这样的话。所以每当别人说我"你太听话了"，其实只有我自己知道，这无关乎个性，只是这些年我越来越感到，其实他们比我承受的压力还要大。特别是我一个人在上海遇到挫折或不公的时候，我是当事人起码可以实实在在去想办法，去反转去抗争，可爸爸妈妈作为局外人就只能关心和着急。他们用十几年的时间让我学会乐观而勇敢地生活，让我相信这个世界的公平与善意，让我相信努力与阶级、地域之间流动性的必然联系。其实并非他们生活得不够好或不富裕，只是他们不愿我留在家乡重复他们的人生轨迹。

这些，我理解。

在爸爸妈妈身边的十八年他们恨不得把我当一个男孩子去教育，他们让我遇到任何事情都不许哭，要能一个人扛得住各种压力和风险，扛得住失败和孤独，要能容得下很多回避不了的人和事。可后来每次回家他们都会和我聊人生聊未来，又是那么希望我能有一个女生该有的最最上乘的幸福和快乐。可是我们都知道，很多事情是不可能求全的，我能做的只不过是去经历，去历险，去等待所有该来的人和事把我冲刷成我自己也想象不出来的样子。

我很欣赏一个人面对苦难时逆流而上的姿态，所以对于明天我一直怀揣着一种憧憬，不论眼前上演着什么，我必须很开心很努力地活着，因为我没有不这么做的理由。

我学会了忘记给我磨难的人而记住所有的磨难，这样就会很快地成熟却不会活得很累；我学会了不因弯路而后悔或难过，因为这些年我明白当一些困难不能克服的时候，绕道也是一种智慧的前行；我学会了大胆地忠于自己的所想所爱，追求的过程不再患得患失；我学会了毫不妥协地和命运周旋，因为李敖说过"英雄从不失败，他在天塌的时候也会捞到天鹅"……对啊，这些年让我成长的似乎不仅仅是读过的书和文献，而是走过的路和遇到的人。想要成长有时几年都做不到，有时一个别离、一个转身就够了。

六年过去了，我和爸爸妈妈已经习惯了这些注定的依依聚散，他们相信自己的女儿即使会任性地和他们讲话，还是会很谨慎地对待自己的道路与人生。我如其所愿独自走过了曲曲折折的长路，对路上的一切我们都已坦然。

我不会是爸爸妈妈的全部，可我明白，我的出现让他们走过了迄今为止最幸福的二十五年；爸爸妈妈其实也不是我的全部，但我更明白，今生今世，我们从未别离。

2016 年 10 月 28 日

"我想给过去写一封信，告诉她：这些年一直很温暖，一直被祝福，停留在我眼里的只有远方，只有远方的无限晴朗和日暮。"

2017 新年献词｜我于岁末留声，愿你阳光未老

这是 2016 年的最后一天，对于每一个生命而言最强的仪式感莫过于对岁尾的纪念，因为在这平静的纪念里，是每一个人对不大平静的岁月浓情的追忆。

你是否还记得 2016 年的第一缕阳光是以怎样的方式穿透尘埃，洒在了你的心上？那一刻的你思索着什么，在意着什么，承诺着什么，又经历着什么？今时今日，那些思索过的是否有了答案，那些在意过的是否如愿以偿，那些承诺过的是否随风飘逝，而那些经历过的是否刻骨铭心？

你是否还记得 2016 年令你动容的细节和操控着你悲喜的起落？那些或津津乐道或不愿提起的故事实实在在地串联成了一个普通生命的成长史，我们安心又惶恐地把个人命运的沉浮搭在时代的脉搏上：我们安心是因为我们相信时代不会委屈每一个奋斗的生命，而我们惶恐是因为它下一刻的跳动永远写着未知。

你是否还记得 2016 年在你的旅程中那些进进出出的人们？有的带着一段未完待续的故事，有的悄然重塑了你的梦想，有的用某种方式让你一夜长大，还有的你至今不敢相信他可以出现在你的生命里。而是是非非在今时今日都黯然失色，重要的是我们已经学会了坦然接受所有的相遇与离别，满富诗意地承认：所有的相遇都是久别重逢。

当你回想起这一切的时候你只能幸福和感动，因为你生命的脉络又执着地伸向了远方，即使想到最落寞的境遇也不该在今天潸然泪下，因为越是如此，你越应当骄傲地致敬自己——致敬自己战胜了困境，致敬自己学会了在磨难中永生。

今天是 2016 年的最后一天，岁月流逝，阳光未老。有什么比这更值得欢呼雀跃？

今天是新年的序曲，国家蒸蒸日上，温暖着你我生生不息。又有什么比这更令人心潮澎湃？

是的，生命需要一种仪式感，那就让我们在今天尘封一切爱恨与得失，共同等待，并肩祝祷。明天，新年的第一缕阳光又会从海的尽头千里迢迢来拥抱我们，当我们接受了它的问候，就坦然地接受了最至纯至善的憧憬，接受了人间最惊喜的不期而遇。

彼时，我愿与你一起——

一起守望光明，一起守望幸福，一起眺望着太阳初升的地方，充满希望！

2016 年 12 月 31 日

多少"怀才不遇"不过是"志大才疏"

前天在看一个公众号的时候突然看到一篇很标题党的文章，大概就是总结七种不能嫁的男人，大概不少人都难以挡住这种标题党的诱惑吧？即使你只是看看从不分享。

其实类似的主题八九不离十，无非是上一两代人喋喋不休的经验整理成文，聪明的作者再扯上点所谓的心理学依据（其实就是一些常识），能否经得起推敲不重要，重要的是多数人觉得有道理那这篇文章就成功大半了。

其他六种人都很有代表性，而我感兴趣的是最后一种——"志大才疏"。

读书的时候对于志大才疏我倒没什么感觉，毕竟，人不轻狂枉少年。幻想会因为年轻被包容，错误会因为年轻被谅解，甚至贫穷都可以因为年轻而被救赎。可时间一天天过去，我渐渐发现一个满富同情与惋惜的词"怀才不遇"正在被一类悲观而奇特的人在不知不觉中模糊、玷污、替换。他们把长年的贫困归因于时运不济，把所有的失败归因于命途多舛；他们热衷于把规则歪曲成潜规则，以受害者的语气让你相信那是真的；他们总是以"圣母"的姿态跳到众人面前，却惮于为任何一句言论承担责任；当然，最重要的还是以"怀才不遇"遮掩他们本质的"志大才疏"。

记得刚上大学那年听到最多的话就是"我高考没考好"，我发自内心地相信很多人是真的，也并不觉得这么说哪里不妥。毕竟有一些场合还是有必要为自己开脱的，不论在哪个学校这句话都显得很万能：对于当下处境好的人，说这句话可以显得自己更强，对于当下处境不好的人，这么说可以显得自己本应该很强。言语本来就可以用来自我包装，但同时，它也会让很多听到这句话的人对你寄予厚望，因为你埋下的"时运不济"的种子总归需要后续的事实自圆其说的。比如，你大学的学习习惯、每门课的成绩、甚至每一件事的细节，都会被附上"本应很强"的影子，所以"有言在先"的人活得要异常小心。

现在回想起来，每进入一个新的环境其实所有人都被摆在了待定席上，不论是先前的名声还是自我的标榜，抑或谦逊的退让，这些都会被摆在一个悬而未决的位置。遗憾的是很多人总是那么热衷于那个初来乍到时的标签，却忽略了之后漫长的证明过程，用了那么多努力为自己的"怀才不遇"辩解，却不愿用努力去证明，最后被众人鉴定为志大才疏。

记得几年前的暑假我和一个中学好友聊天，我很清楚她当年确实是没有发挥好，压线去了一个不错的学校但并没有学到心仪的专业。她说那都是过去的事情了，大一时候她带走了我们高中的校服，于是整个冬天都穿着它去泡自习室，这样一来，不想坚持的时候就可以找到高三的感觉。一年之后她告诉我她以近乎满分的平均绩点拿了全系第一，然后如愿以偿地转到了最好的专业。她是最该为自己的高考辩解的人，我不知道她是否向别人辩解过，但在结局面前这都不重要了，因为对于年轻人而言，时间可以洗清所有的遗憾，也可以逆转所有的怀才不遇，前提是你要真的有才。

还是那年暑假我去看一个老师，她说了一句很有趣的话，至今每次想起来都觉得犀利得很："不要嫌弃自己在的地方录取分数高，如果你考研改变命运了别人说不准会信上三分，也不要总觉得别人得到什么而你没有得到，这就一定有内幕，因为你在没得到的那些人里好像也不是第一。"我们那里分数线其实也不算低，但在我记

忆里，我身边没有哪个同学因此而活得怨声载道或苦大仇深。老师说话很直接，但那些年她用一种直接的说话方式让我们明白：知识改变命运，或者说知识总能改变命运。所以我们对于"地域""阶层"这些敏感的词汇一直抱有积极的态度，对阶层间的流动性一直抱有美好的憧憬。

相比相信自己，我更相信时间，因为时间可以证明所有的真伪，谁都可以为既成的事实辩解，却绝不能从心里和事实作对。后来的很多年，无数看到的、听到的生命轨迹都让我感到：怀才不遇是难免的，但它终究可以被时间洗清，而连时间都无法淘洗的怀才不遇大多就是志大才疏。

所以，很长一段时间我都感到，"怀才不遇"这个词，其实挺无辜的。

2017 年 2 月 17 日

向阳而生

对于春分我常常怀着特殊的好感，因为过了这一天阳光照射的时间就会越来越久。从学生时代起我就一厢情愿地把它理解为藏匿在季节深处的祝福，于是在我十多年的概念里：春天就像杜甫的诗，总是可以在字里行间开辟出一片属于凡人的疆土，让每一个人找一个位置，默默伫立或悄悄直腰……这疆土的边界或是灿烂的星光或是浓黑的哀凉，但这都不重要，重要的是有一种与季节相连的仪式感，总是年复一年地默诵着：春天来了，一切又开始了。

每年的三四月我都喜欢把自己写过的小文章读很多很多遍，虽然脱开那年那月的情境我再也还原不了写作背景，但我仍然能摸得到一条妙趣横生的生命脉络，一种变化却又永生的情怀。那情怀是一个人念念不忘又不可轻易示人的珍藏，它是一个人的过去也是一个人的未来，暗示我曾以这样一种方式路过着，生长着，沉默着，眺望着。

春天来了，即使在封闭的教室里我也能感到她姗姗来迟的问候。每当油油的绿意爬上自习室的窗口，那个瞬间总会带我回到青春年少，回到和严寒斗争不休的北国。

我知道，春天是认识我的，正如我的记忆里有她一样。

她总是以最阳光的姿态在每一个河开燕来的时候提醒我——当你走在荒凉的小路上，却一直活在春天的视线里。在阳光下大朵大朵开放的是我最昂贵的怀念，在风雨中一节一节拔高的是我记忆中的春天。

有句很大众却很唯美的话，说"生命有了裂缝，阳光才能进来"。这是 2013 年的最后一天我在大学的期刊室里从一个年轻美丽的老师那里听来的，听来了便再没舍得忘记。那是旧年的最后一天，是我大学生活的最后一次跨年，也是考研倒计时的三天。之后的日子里，每一次与大大小小的裂缝不期而遇，每当面临着不能躲闪的残缺，我都会回到几年前那个阳光明媚的冬天，从冷风里收集来所有的光明，我好像又坐在期刊室晶莹透亮的玻璃旁，抱守着某个小小的角落。那年月，我走过了无瑕的安宁，极度的喧嚣，最颠簸的惊涛骇浪，以及那极致的波澜不惊。

渐渐地，我知道，时间不会和人一起长大，故事不能随着四季轮回，最好的小说总是意料之外，正如最好的生命总是在起起落落中闪现出无限可能。

我学着无视那些细碎的裂缝，它们纵横交错，就像裙子上的花纹一样平常。在每一个灿烂的晴天，生命里的裂缝就幻化成窥伺阳光最天然的视角。而一切相伴而行又无法征服的苦难或许会成为庞大的残缺，成为险峻的断崖，静默在一个人迹罕至的地方。可是有一天，我无意中看到断崖边上开出了小小的野花或泛起了油油的绿意，换作是你，会不会觉得欣喜甚至热泪盈眶？毕竟所有的苍凉终于还是输给了希望。你发现春天还记得你有过的残缺，还记得你坚守着一个峭壁，也还记得在万紫千红的花园之外把生命的机遇送给一朵向阳而生的野花。

这样的瞬间即使有一次也足够让一个人一生都昂起头，因为能永远被春天祝福着是一个人最富有的际遇，这冥冥中的祝福总会在某一刻披荆斩棘，筚路蓝缕。

在我心里，春天就像杜甫的诗：抚慰着太多琢磨不透的情愫，庇佑着太多冷血或多情的生灵。即使千年之后的阳光再不比千年前的草堂，但我似乎是看到了——

泥融飞燕子，沙暖睡鸳鸯。

后记：

昨天下午，考博终于结束了。

春天之于不同的人总带着不同寻常的含义，对于我它代表了一个个有尊严的梦。把题目定为《向阳而生》或许大众化了些，可我笃信，一年，十年，几十年之后，当我再想到这四个字仍然会回到这个阳光浸染的阳春三月——备战考博的我几乎没怎么化过妆，没怎么穿过裙子，没怎么换过外套，却也从未失去过憧憬；我也会再回到三月的每个深夜——在带着寒意的宿舍里裹着被子，一点点编辑着这篇文章，就像编织着点点滴滴的希望，每天有限的几百个字渗透着我对于得失的全部理解。

春天是那么温暖，今天我认真对着镜子化妆打扮，换上新的裙子，继续和每一朵花每一缕阳光问好，继续像年少时对每一个春天致以崇高的敬意，继续"但行好事，莫问前程"，继续向涛而立，向阳而生。

2017 年 3 月 27 日

生活是谦谦君子，我只知一往情深

2014 年也是毕业季，我像之前的几年一样，每天依旧去图书馆的期刊室陪翟老师上班和下班。那时候除了来借书的人基本上就只有我俩了，四年好像都是这样度过的，那些年我一度被误以为学工部安排在翟老师身边做兼职的学生，甚至别人送给她的零食都会多一人份。

在所有人眼里我大学的毕业季是很无聊的，在组团去玩的事情上我可能是个边缘化的存在。之于我自己，那些沉默而平凡的日子却是串在时光项链上的钻石，珍贵而明亮，沉甸甸地坠在记忆里如同星星一样永恒。

翟妈妈总说我们的期刊室是图书馆最贵重的地方，因为里边保存了好几十年的旧报纸，用深蓝色的硬壳装订好，一排排陈列得壮观极了。我自习用的桌子在期刊室的尽头，一面靠窗，一面就靠着这些书架。最后那半年我经常推着翟妈妈的小梯子爬上爬下，翻出了我出生那年所有的报纸。每一页几乎都成了暗黄色，但那个世界好像比眼前的还要新奇：1991 年的物质生活原来是这样，父辈对未来、对国家的希望原来是这样，人们的措辞和话语方式原来是这样，我降生的时代原来是这样……

那些百无聊赖的时光在我四年大学生涯里却是无可替代的好日子，翟妈妈说旅行能让人想明白很多事，于是毕业季的周末她带我去过很多地方。她是土生土长的上海人，喜欢四处旅行，知道很多世外桃源。我们扮成母女拍照玩耍，穿一样颜色的针织衫，一起戴大大的太阳镜，一起系五彩的丝巾。每次在市郊她操着一口地道的上海话问路、砍价的时候，我都装作能听懂的样子在一旁若无其事，默不作声。

她说得没错，旅行真的可以让人想明白很多事。

那个毕业季我一边看世界一边写了很多小文章，多到不好意思天天在人人网上更新和刷屏，多数就默默保存在电脑里了。在那安静到无声的岁月里，我学着感知春夏的交替，学着去人迹罕至的地方踏青，我明白了把毕业季用来思考是对年华的尊重，我更明白原来在镜头前除了微笑还可以有很多表情。

我毕业的那年夏天期刊室的桌子上新添了盆栽，于是在拍学士服照片的时候，我和翟妈妈的合影里除了窗户、阳光、书架，还有一抹抢眼的绿色。后来几次回母校，我发现那盆栽长得越发漂亮了，看来那里的阳光除了佑护我，还可以佑护很多生命。

前段日子我用一周的时间走走停停，在许多留过影的地方故地重游：喧哗的地方依旧挤满了过客，安静的角落依旧等待着归人。赶在小长假到来之前我便结束了旅程，每个深夜我都对着电脑，终于可以有机会沉下心来去续写和憧憬崭新的岁月，这样的日子我似乎是盼了很久的。所有的经历——晴朗也罢，黯淡也罢，侥幸也罢，苍凉也罢，最终的形态都会如同河流，上游曲折漫长，中游缓缓流淌，而下游波澜壮阔，最终奔流入海却消失在远方。

念哪本书，遇到什么人，去哪里旅行，坐哪一班地铁……这些点点滴滴从生命里略过的时候，多数根本不需要选择，但正是这些无从选择的直觉送我们搭上了开往春天的列车。正因为此，我才那样热衷于检视岁月，毕竟我常常在"列车"停留的间隙窥伺出"驿站"存在的意义，就像翟妈妈说的："毕业需要些长长短短的旅行。"我想，大概是因为路上的风景总是可以把往事淘洗得很干净吧。

小时候作文课上，老师说："每一段记忆结束的时候都要为它

挽一个鲜亮的蝴蝶结。"长大后在每一个有意义的日子我除了写写画画再找不到更多铭记的方式。于是在每个生命的转角处，对每个"蝴蝶结"我都曾认认真真地系上，虽然每一个都显得既单调又无趣，也从未真正鲜亮过，在我眼里却一直精致着，随风飘荡。

这些日子，我看到桃林背对天际，看到樱花飞落云端，看到流水穿过石桥守望着古镇，看到高楼向着太阳融入一片蔚蓝……

读研后我依旧活得不大热闹，但我承认，对生活我一直带着特殊的情分，在这一往情深的日子里，我很少去区分什么是甜，什么是苦。每次仔细端详那一条来时的路，就像端详着我的谦谦君子。没错，这些年，生活就是我的君子，我坦诚相待，它便温润如玉。对于它的每一份大大小小的恩典，不论甘之如饴还是五味杂陈，我都如数家珍，因为我始终相信，每个人的眼睛里都闪烁着一条走过的路，而他的眼神便是他对这条路的态度。

当我像梳着长发一样缓缓梳理着漫长的来路，才发现梳子一直就只有一个方向。那些转角与弯道、黑夜与光明、风雨如晦与春去秋来，始于风霜终于清朗。然而，那年那月，当每一个情节出现在现实中的时候，我还以为是再平凡不过的际遇和时光。

后记：

虽然论文已送去盲审，这些日子我仍然过着起床开电脑、开Word 的生活，从日出敲键盘到日落。

不过，我渐渐相信，看世界与写东西都是让人细心打理生活、编织记忆的好办法，特别是在毕业季留下文字，就像梳了很久养了很长的头发终于可以缓缓挽上一个精致的发髻了。

2017 年 4 月 4 日

那些接踵而至的烦恼多是杞人忧天

前些日子我遇到一个小麻烦，然后就满腹怨气地打电话给妈妈，我越陈述越生气，越生气语速越快，然后还臆想出了一连串的困难，最终得出一个结论：我怎么那么倒霉！

其实我极少有特别负能量的时候，即使在所有人都会有挫折感的情境里，我也很善于自我调节。不过抱怨的话我还是要说完的，既然不能说给别人，那就说给我妈好了，反正她向来对我"忠心不二""守口如瓶"。事实上，每次我用飞快的语速喋喋不休地声讨某个人某件事的时候，之于我只是一种调节和发泄，放下电话一切在我心里就都过去了。我妈对我太了解不过了，所以每次她都一边听着一边和我一起声讨，毕竟在她眼里，咄咄逼人的声讨总好过自怨自艾的叹息，也就是说如果一定要二选一，她会觉得强势总要好过窝囊，不卑不亢必然胜过任人宰割。

不过这样的态度只针对已经发生的事情，每当我对未发生的事情抱怨时，我妈就会说："打住，还没到抱怨的时候。"那时候我就会觉得应该是我想多了。我妈总说："抱怨未发生的事情就是在过早地透支怒火，拿一个还没有成事实的东西折磨自己才是最愚蠢的。"后来很多经历也让我渐渐意识到：多数接踵而至的烦恼最后都会被证明是杞人忧天。

对明天保留着忧患意识不是坏事，但这种忧患意识具体到哪一种程度就成为了一个学问。我们努力地经营生活，努力地避免一切可能因懒惰而招致的一败涂地，这正是忧患意识对生活的激励。但更多时候，当面临着一些具体的事情，当我们假想出一些糟糕的结局，由此而引发一系列不幸的经历，必然会觉得很负重。而事实

上，这个结局可能根本就不会发生，即使发生了也未必会按我们臆想的进行，即使一连串的悲剧都发生了，它也未必会致人于死地。况且，我们活着是为了转机，并不是为了那些假想出的悲剧。

坦白地说我最怕的就是考试，每次别人问我："为什么大大小小的考试你都准备得那么尽力？""因为我害怕啊！"的确，每次考试之前我都下意识地想如果我考不好会怎么样，因为之前挥之不去的阴影，这一度成为了我克服不掉的软肋。那天我和同学聊天，我问她有没有这样吓过自己，她说只有高考之前这样想过，所以只有那一次没有考好，后来即使录取比例再低她都会想"说不定那千分之一被录取的人就是我呢。"高考之前我也这么吓过自己，那时候我编造了一系列连环发生的悲剧，最终指向一个结果——整个人生就此改变，我将就此走上成功的对立面。

是否真的如此我先不做讨论，我只能说如果一切的幸运与不幸真的可以在很多年前就被精准地测算出来，那生活就失去了很多的乐趣。当我们在困境中为自己的未来编造一连串负面的故事的时候，常常会忽略之后不屈不挠的努力，突然出现的援手，某个岔口的抉择，意外闪现的惊喜……这一切都不会被预知，但每一个都足以改变我们的窘境。所以，过早地透支焦虑和悲伤，其实是很愚蠢且不值的。

很多时候抱怨不过是当下的发泄，但连我自己都不相信那些困难会变成现实，因为在真实的困境面前，反抗是人的本能，谁都不会听天由命的。因此不要低估别人更不要低估自己，幸灾乐祸和杞人忧天都是毫无意义的。你觉得别人生逢绝境人家未必不会峰回路转，同理，你觉得自己山穷水尽说不定下一秒就能柳暗花明。

真实的生活总是比幻想的未来要有趣得多，假想出的东西不过是把你所知道的别人的道路做了一个归纳，然后把主人公替换成自己。我们以为这是必然的结局，其实它只是在道理上说得通，而生活常常是不讲道理的，所以它才会那么有趣。

后来，每当我为一些事情焦虑的时候只会希望它快一些来，虽然我也没有把握能跳出这些困境，但只有把问题摆在眼前了我才可能去找解决问题的线索和突破口。离家读书的七年里，我也渐渐感到，其实所有的困境都是自带解决办法的，不同的是有的可以立刻解决，有的却要久一点，但该过去的总归会过去，只要自己没有轻言放弃。再大的麻烦一旦发生了都并非不可战胜，那些事情只要有因果就必然有头绪。

不论如何，明天都是用来期待的，当我们感到未来的路越来越复杂，往往忽略了走路的人也越来越强大。当我们回望自己过去的路便会明白，那些曾以为事关生死存亡的失败或挫折终究不是致命的，要不然你也不会安然无恙地看到这些话了。

2017 年 4 月 27 日

没有哪一种幸福理所应当

考试、盲审、答辩、毕业照……半年就像长篇小说的大结局，让你总是想知道又舍不得知道。

这些日子尽管仍然有做不完的事情，但在精神上终于不再奔波了。每一次当我从梧桐掩映的道路上穿过，看到地上大片的阳光随时间的推移变成星星点点的光斑，如今只能透出稀疏的亮点，每一次我仰视着头顶蔓延的绿意，光亮的色泽让人憧憬，生长的速度让人吃惊。原来，"逝者如斯夫"竟有这层玄机。

从答辩结束的那个晚上开始我便常常在想，三年经历授予我的除了学位是否还有别的东西？当然有。这些天我不止一次地回想起那个大学毕业的自己，把三年前毕业季写下的文章一字一句重读，突然意识到三年时光教会我最重要的一件事，那就是没有什么是理所应当的。这个道理近似于我们常说的珍惜却又有别于珍惜，近似于感恩却又比单纯的感恩复杂太多，起码现在我还提炼不出一个合适的词语。

研一那年我和同学开玩笑说：你看吧我一定会笑着毕业的。"笑着毕业"，这句话我说得就像捡来的一样随意，对二十出头的自己而言，笑着毕业是那么顺理成章的期待，自然得就像一种注定的守候。

逝者如斯，三年即逝。

拍毕业照的那天阳光刺眼，刺眼到不留情面。整个学院毕业的研究生站在一起，当镜头从我们这个方向扫过的时候我知道一切都结束了，那些我期盼过的、担心过的都已尘埃落定，那些热情的、冷漠的都脆弱地融化在强势的阳光里。就这样，我默默地站着，太阳光执拗地从我的睫毛间渗下来，头发被汗水贴在脸上，我也终于坦然地承认那天的每一秒在我生命中都是幸福的。我认真地化了妆，很认真地微笑。在兑现"笑着毕业"的承诺的日子，没有理由不隆重一点。但转过身，在固执很久，动摇很久，疑惑很久，又思考很久之后，我终于相信了，世上原本就没有理所应当的幸运，所谓的幸福从来也不是什么注定的守候，一切都太来之不易，应该被好好珍惜。

大学时期我常常因不能如愿的琐事而感到委屈，或者把很多小小的羁绊草率地定义为巨大的挫折，但现在想来那可能只算得上一种考验，而这种考验会在未知的将来成为常态，我迟早要学会与它共存。那时候我觉得失去的都只是因为不够努力，而得到的都源于不留余地的付出和强势的争取，于是得到的都是应得的。当然从鼓励一个人奋斗的角度讲，这么想也没什么错，于是随之而来的每一次胜利我都很兴奋，而每一次失败我也愿赌服输，没有任何怨言。但三年还是改变了很多事，我慢慢明白世上的所有获得与拥有都不是理所应当的——不论是顺利的毕业还是读书的机会，不论是友好的同窗还是善解人意的父母，哪怕是一个普通人的赞赏抑或陌生人的支持，这都是一种生命的给予，都远没有想象中的那么天经地义。

大学毕业前我很少提感恩这个词，之于我它只是一句客套话，这要归咎于我对一句话的误解，那就是"越努力，越幸运"。其实这句话作为一种宏观上的期许本没什么错，而具体到某个事件上却时常经不起推敲。我发现其实很多人很幸运但并没有努力，很多人努力了仍然不幸，如果我努力了并且如愿以偿，千万不要觉得那是多么顺理成章的事。我们所拥有的在一部分人眼里根本就微不足

道，而在另一部分人眼里却可望而不可即，事实却是，这些人很可能和我们一样努力。正是因为生活常常这样不讲道理，这样不合逻辑，世界上才多了两个词，一个是感恩，一个是珍惜。

每段长路都会包含很多道门，在"山顶千门次第开"的日子里，谁都很少去在意是谁为我们打开了这些门，也几乎不会去观察每扇门的构造和花纹，更多时候会觉得它原本就该敞开着，没什么道理。直到被锁在门外的那一刻我们才去想它是如何关上的被谁关上的，才学会了静下来观察破解那扇门的玄机，才会意识到原来曾经敞开的门都是一种馈赠，没有哪一种幸福来得理所应当。

在远离家乡，在被经历打磨的年月里，人总是在强迫中长大的，长大的感觉真好，但过程很难说美好。在一次次闪过的相机镜头前微笑，在一次次兑现"笑着开始""笑着结局"的承诺中，人们成熟，强大，然后老去。每一个神秘的微笑都贴着这个年龄的标签，都带着特殊的含义，带着我们从近几年时光里萃取出的感悟：可能对，可能偏执，可能会成为一生的操守，也可能会在下一个路口被彻底推翻。但不论怎样，如果我们依旧可以微笑，那么说明我们依旧幸运着，那些被忽视的幸运里常常藏着最深的恩情。

后来我很少再说自己敲开了哪一扇门，我渐渐意识到一切紧锁的大门都是被里边的人打开的，而敲是永远不能敲开的。如果里边的人愿意听到，一声就够了，如果里边的人在装睡，任你用尽所有的敲门砖最终都毫无意义。所以，当你敲开一扇门的时候，请不要急于在生命中奔走，而是留几秒记住那个开门的人，因为这一切远没有你想象得那么天经地义。

所以，幸运也罢，幸福也罢，那些拥有的，从不轻易，也从不廉价。

后记：

上周三是我们专业论文答辩的日子，两年前我在看学长学姐答辩时就曾想两年后会是多么隆重，可当这一天真正来临了却只觉得那是等了很久的一天。陈述和回答问题的过程我一如既往地坦然，可当我一句接着一句回答完所有问题回到自己位置上的时候，我的腿开始不住地发抖。后来在电话里我给妈妈讲了这个细节，她嘲笑我说："原来你也有害怕到腿抖的时候啊……"我说这明明叫后怕。

无论如何那都是无限美好的一天。

第二天早晨，我读研以来头一次在宿舍睡到了自然醒。前一天以及过去发生的一切就像过电影一样。我抱着枕头，在那个阳光灿烂的清晨，所有在记忆里争先恐后涌来的温暖或寒冷的细节，所有我努力记住和努力忘却的岁月，一瞬间都光亮如初，它们像一件件正在发生的事鲜活明艳，原来做一个所谓知冷暖的人就是这么回事……

也就是从那一天开始，我开始去回想这三年长路我学会的究竟是什么。我想这篇文章里的每一句话我都不是猛然意识到的，应当说是渐渐明白的，只不过在接近尾声的日子得到了论证而已。这个道理一旦用三年经历反复论证并扎根下来便很难再被推翻了，甚至有一天，当我有了自己的家庭，要远离父母独自生存，要面对生活的风风雨雨是是非非，行走到父辈的那个年龄，我也仍不会觉得我拥有的哪一样东西理所当然，即使大多数人都有。

那天我们所有人都被建议授予了硕士学位，作为其中一个最平凡的人我仍然感到了一种不平常的幸福。因为在我眼里，它奖赏的远不仅仅是论文本身，也不仅仅是不屈不挠的努力，还有三年来每一次真诚的行走，每一次对幸福的守望，和每一次对懦弱的拒绝。

2017 年 6 月 2 日

路上遇到一只华仔

我和陈健华认识是在 2014 年的秋天，据说他们广东都是用"仔"来称呼男孩的。最初我还是很一本正经地喊他名字，直到有一次我在教苑楼的电梯里谈论到他的时候，引来了周围人惊异的目光，过后我才知道，他和学院的一位教授荣幸地重名了。自那以后，不论我愿不愿意接受，他都必须被称作华仔了。当然，作为整个专业唯一的男生，我们还是更喜欢称他欧巴，毕竟欧巴比华仔有档次多了。

研一华仔对我说的最多的话就是："杨伊，你七（吃）不七啊？你不七我也不七了。"研二："杨伊，你系唔系又要约我出去七东习（吃东西）啊？"研三："别瞎讲，我和杨伊的情分你们不懂诶。"每次说到这些别人都会笑，包括我自己。可再有趣的事情当在特定的情境提起时往往会化为心酸的一笔，比如告别的时候。

昨天傍晚，借着即将降临的夜幕，我在宿舍楼下最后一次挥手，就像三年里的每一次放假一样，我欢蹦乱跳地大喊："欧巴明天回家一路平安！"不一样的是少了一句"开学见"，华仔也无法再回答："开学再约你去七东习！"

是的，这些年我喊他玩，他便只管玩什么而从不问为什么要今天去玩、去这里玩；我喜欢喊他吃，作为广东人他只管吃什么而从不问我为什么今天要去庆祝；我经常找他倾诉，他只管倾听从不进一步窥探我不愿说的秘密；我们只管像孩子一样玩玩闹闹三年，却很少解释如此纯洁而刻骨铭心的情分究竟源于何处。

若仅是一个玩伴，怎值得我在离别的时候因热泪盈眶而急于转身？又怎会让我在他回到广东的凌晨写很多字送别？

　　毕业典礼结束的那晚我和华仔点了很多好吃的庆祝，吃到一半华仔默默发了一个状态，是一句粤语歌的歌词："荆棘里完成学业/操守却仍然高贵/学懂的会是你毕业的优势。"然后隆重地附上了毕业证书和学位证书的照片。回宿舍的路上华仔问我："别人都只知道这是《开学礼》的歌词，可是你知不知道这是我的心里话？"我说："如果我早些知道这首粤语歌，大概我也会引用这句歌词了。"于是那一路华仔一句一句教我这句话用粤语怎么说，可回到宿舍我还是把学会的丢在了半路。

　　答辩前几天我们一起去领材料，一位老师悄悄说："你们看起来好像姐弟啊。"我出来既得意又有点讽刺地告诉了华仔，毕竟他还大我几个月。但答辩结束的那个晚上，华仔在聚餐的时候把这个故事讲给了我们专业的所有人，他告诉大家："这是我听过的最开心的一句话，我和杨伊的情分你们不明白。"是的，我们出门就像姐弟，最典型的形态就是我像机关枪一样边走边说话，华仔挠着寸头一路小跑跟在我斜后方听着。等我兴冲冲讲完的时候，他用带着浓浓粤语腔的普通话问我："你你你刚刚说什么？我没来得及听懂。"

　　华仔最了解我，知道我做得到什么做不到什么。他最相信我，能明辨真假与对错。他虽不比我能表达清楚自己的所想，但他知道怎样承担生活中的酸甜苦辣，求学路上的艰辛坎坷。华仔是个有良知、担当和正义感的男子汉！这些年每经历求学的一个驿站我们都会认真庆祝，或许是我们都需要一个仪式感来让自己开心，这是我们俩对于有点酸涩的生活无言的回复。

　　我至今仍能听到我们每一次彼此鼓励、干杯的声音，那声音在很多年后仍然可以让我微笑，仍然有强大的力量碾碎我记忆里会流

泪的地方。我想，华仔也是，因为答辩结束的那个晚上，华仔激动得哭了。

其实我从未谢过华仔，他可以选择平淡的生活，却在我需要帮助的时候依着自己淳朴的心性同我风风雨雨站在一起。后来每当我们面临挫折和大大小小的选择，我都会说："你尽管按你觉得合适的去做，不用考虑我。"但每次华仔都说："我只按我认为对的去做。"这样的对话在我们之间往复了无数次。再后来每次在朋友圈里看到华仔还没写完论文就去玩的时候，我都会发一段很煞风景的语音喊他快回来学习，每次他都向我保证一定好好念书，事实上，他也这么做了。当然，作为"报复"，他在我考博的前五天亲手替我抽中了双盲审，用最有力的方式督促我也要好好学习。

答辩结束的第二天他喊我去吃东西，我打趣他说："人家一直监督你学习，你就在致谢里感谢我二十八个字啊？"他特认真地说："你明知道我就不会说话，这也是憋了大半天的啦！"我问："为什么三年我还是影响不了你的普通话？"他说："我进步大得很！上次我在出租车上给你发语音，我们广州的司机都说我普通话说得好赞啊！"当他用粤语的腔调和我说出这句话的时候，我实在找不到合适的表情回应这个冷笑话。我又问他："采访你噢伟大的欧巴，这三年你最开心的是什么呢？""和你当朋友啊！"华仔说得很理所当然，可我从来没有那样一个时候，须臾间觉得《开学礼》歌词里的"荆棘"竟可以软化成泪水，让我不知道说些什么。

昨晚，我和华仔一起陪两个小伙伴去宜家买了好多东西装饰她们的新家，出来的时候我们四个人手上都满满当当的，尤其是华仔，几乎淹没在大包小包里。夕阳下我们四个人就像去西天取经的师徒，那么孤独而渺小。马路两旁是繁华的高楼大厦，我们虽然并肩走着，但在人生的路上已然是踽踽独行了。我们三个女孩不约而同地问华仔明天几时回广东，他说早晨七点，我们都沉默了。算了，其实几点都是要分开的，只是分开便不知几时相见。

送走了那两个姑娘，留下我和华仔在公交站酝酿着终极的离别——我头一次觉得946公交车来得好快，路程怎么那么短，明明下班高峰为什么不堵车，校园怎么这么小，还没走就到了……那一路每一秒都是那么宝贵，宝贵到我们都舍不得谈任何不开心的事。华仔说他帮所有的好朋友都搬了家唯独等不到帮我搬校区了，觉得有些对不起我啊，可是，若这都算作对不起，那么华仔过去与我并肩而立之时吃的所有的苦又算什么呢？

我和华仔拼命挥手再见，看着他消失在夜幕里，那神态动作和三年前来时的一样。可华仔总说，这三年和我一起风雨兼程，他从未后悔参与我曲曲折折的旅程，反倒还很知足和感激，因为他从未成长得这么快。

是啊，善良地来到上海，又善良地回到广东，我们彼此的人生都在他踏上归途的一刻重新开始。

清晨我不想去送他，也不敢去送他，而是默默地写下每一个字。我想，这一次的归去，华仔的行李应该塞满了故事和祝福吧，愿今后的路少些荆棘，愿好人一生平安。

2017 年 6 月 30 日凌晨

我和上海的"七年之痒"

01

七年前，列车第一次驶进上海的时候整个车厢回荡着《弯弯的月亮》，那是我此生第一次南下。

没错，我循规蹈矩的学生时代终究被高考撬开了一个缺口，原来一切铜墙铁壁的生活都逃不过外面世界的诱惑，自古不论是宫墙还是监狱，都是这样。

不论我选择多么传统的交通工具、仗着多么合理的理由来到这里，也不论车厢里的歌声多么朴素和陈旧，该来的还是会来。就像车窗外注定会捅破夜幕的晨曦，一格一格把车厢溢得透亮。

那是我唯一一次在远行的路上没有看一本书、做一道题，就那样傻傻地对着牛奶一样的晨光发呆。老师说过，二线城市的孩子都要努力读书，因为这样才能去更好的城市。于是班上的六十多个同学鲜有留在家乡读大学的，虽然我知道家乡既不贫穷也不偏僻，只是站在众多城市里相貌平平了些，但仅这一点就不够挽留每一个年少轻狂的梦想。

于是，家乡就成了那样一个地方，只有四处碰壁时才会柔软地想起，毕竟只有它才可以永远无私地接纳每个游子的普通、平庸甚至碌碌无为。可那些背井离乡的游子又有什么错呢？就像每个人年轻时都会暗恋一座无法征服的"高山"，直到这座"高山"娶妻生子或嫁为人妻了才肯安心去找个普通人过普通日子，又好比一辆车，即使最终证明你买不起但试驾了又不会坐牢。

当所有的事情成为现实的时候，异地的阳光确如老师描述的一样明亮。可当我眯着眼睛，倏地看到阳光里很多浮游的尘埃，直到火车停下、歌声休止，那些尘埃仍旧浮游着。

02

我无数次地从外滩路过，每次都无一例外地发呆良久。

儿时有一个和我一起长大的朋友，本科在浙大读经济，第一次来上海看我，他说前一天晚上刚去了外滩，觉得上海真好，有那么大的天地可以创造，那闪烁的霓虹和直插云霄的高楼很容易唤醒一个人的抱负。

透过他心驰神往的眼神，我似乎也看到了耀眼的霓虹，看到了东方明珠，看到了滔滔江水。只是我没有告诉他，几天前我也刚刚去过外滩。

"一叠印有女子高傲笑容的日历，一浪浪外滩香艳的歌声。这是一个属于女人的年岁，折折叠叠的洋伞，午后慵懒闲适的阳光，法国来的浓浓的香水，裙裾飞扬，风过尘香……"去之前我默默读了一遍初二那年从一篇文章里摘抄出来的句子，这个华丽的印象在我心里封存了四年，它就像一瓶陈年的好酒，到可以拿出来分享的时候反倒舍不得用现实将其开启了，因为我知道，一旦开启便注定留不住了。

我去了外滩，看到了很多十八年未曾看到的景色——我听到了"香艳的歌声"，闻到了"浓浓的香水"，看到了"裙裾飞扬"，遗憾的是这些远没有文字本身打动我。

我没有像朋友那样，觉得这个天地我可以创造，却也没有觉得自己渺小到生死与这里无关。我知道我和东方明珠的确是扯不上关系的，但看看周围的人这辈子大多和东方明珠都扯不上关系，这么想想也就不兴奋也不自卑了。

那天我看到美丽的游艇从眼前开过，与生俱来的华丽气息与霓

虹一争高下，而在灯光稀薄的地方也有摆着小摊的老人，或许不是老人，只是白了头发。我看到衣着奢华的女人抱着大束盛放的玫瑰与我擦肩而过，而灯光下一个不及我年长的小姑娘拦住了一个青年："哥哥，你买花吗？"

而这些，都和我无关。

对了，我和那位朋友最后一次长谈是在他去美国读研之前，那时候我们都觉得世界不够好是因为留一个缺口给我们改变。对，他曾是想创造这里的人。

后来他回国工作了，不过去创造北京了。

03

我从废弃的人人网里找到一篇《写给十年后的自己》，那是2011年生日的前夕我写给自己的。

我对着自己唠叨了两千多字，无非就是围绕两件事，一是，彼时你若已泅渡到对岸，过得好不好？二是，倘若彼岸不好，宁可继续泅渡也不要放弃前行。

黑夜可以给人很多灵感，我依稀记得那是个寂静的子夜，我敲几行字就看看墨色的窗户，时而我觉得天是藏蓝色的。

至今，六年未满，岁月未央。

其实人都是这样，越怕什么便越关心什么，越关心什么，在什么面前就越渺小。

那些年我真正怕的便是当年给我灵感的黑夜持续太久，天亮得太慢，抑或亮了发现又是个雷雨天。我知道命运是一个很奇妙的东西，它好像给每一个人都准备了一块干掉的墨，在你不防备的时候为你化开。你越是懦弱地哭泣，泪水便把它化得越快，涂得越浓。

不同的是，六年前，我只是单纯地怕它化开，哪怕是一点点，我都担心这些黑暗的夜不能独自面对，这些失败会让我黯然出局。

后来我发现能让这墨汁化开的不仅仅是自己软弱的泪水，还有别人比你多流的汗水、周围横飞向你的口水、以及没有预兆的降水，这些都会把你完整的天空突然染成黑色，大多不能操控又避之不及。

再后来，我很少打这个比方了。因为我发现每一次躲不过的黑暗其实都是吹过生命的季风，初来上海时我觉得自己像一棵小草，至今仍是。我无比满足于这个朴素的比喻，我知道只要我的脚不离开土壤，最坏的结果也不过是一岁一枯荣。

04

有时候我会突然忘了我为什么到这里来，发生过的反倒不及未来发生的清晰。大概是我的眼睛盯着远处太久了，我的脖子已经失去了回头的能力。

其实我是很喜欢回忆的，并不像别人说的，对过去的回忆是对现实的不满，在对现实很满足的时候我仍会不禁想到过去的某个人某件事，即使这个人再无重逢的可能。

十八岁的那一次离家清零了过去的很多琐事，每个浪迹天涯的人都能感到每一次迁徙都是把过去的一个角色抛去。所以，从那年起每一次回忆都像是逆光眺望——我能看到目光尽头处的每一座高楼、每一棵草木、每一个故人，它们却只能是夕阳里一个个镶着金边的轮廓，其中的线条我只能在深夜独自于脑海里修修补补，然后假装一切都未曾走远，我还站在十八岁的岸边。

但我不想时间倒流。

因为时间倒流的代价是把我与上海的"七年之痒"清零，重新

站在一个阳光而干净的起点上，重新做梦，重新幻想，重新长大，我不一定比现在快乐。

<h2 style="text-align:center">05</h2>

妈妈说：你要学会融入你生活的城市，不论在哪个阶层都永远不要抵触它。

我记住了。

可是怎么就算融入呢？我常常陷入困顿。

下班高峰期我乘地铁永远被人群推着走，我真的不想走那么猛，因为步子太大看起来幼稚。但没有办法，我要融入这个节奏。

在地铁上每当我抢到一个位子，随后左边挤一个右边塞一个，我的位子常常只剩下一半，结局是我很理亏地夹在两个理直气壮的人中间。但我不能站起来，因为大多数人能忍我也能忍，融入这个城市从融入这个位子开始。

在地铁上我常常看到穿着十厘米高跟鞋的姑娘，她们多是妆容精致，纤瘦高挑，原来这个城市强大的感染力可以赋予姑娘这般吃苦的勇气，此时她们来自哪里已然不重要了。

那年每次去外边代课我都穿着很厚的衣服还戴着口罩半睡半醒，形象当真是窝囊极了。但是我就是喜欢默默看着她们的秀发和楚腰，如果我是一位男士，这样的凝视定会遭致斥责，而同为女孩，我的凝视让她们更自信了。

我低头看着她们细细的鞋跟，对其中的痛表示同情。我只有演出的时候才会穿几个小时，那已经是我的极限了。很多细节都让我调侃地觉得，大都市的女人对自己狠起来老天爷都会掉眼泪，而男人是永远不会的，因为男人是永远不会穿高跟鞋的。

想着我又睡着了，错过了换乘，一路睡到南站。

每次在南站忽然醒来的时候都是我决定放弃融入这座城市的时候——人家站着我睡着，人家醒着我睡着，人家换乘我还睡着，格格不入说的是不是我呢？

于是困到不想等车的我迷迷糊糊打车回学校，司机自作聪明地说："姑娘，一看你就是南方人。"

我觉得有些滑稽："您怎么看的？"

他用食指自信地指着车顶："又瘦又小，不会是北方人！"

哈哈，原来这样就融入了。原来生活的每个结局都荒诞得像被欧亨利施了魔法。

06

去年这个时候，大概就是我闷头写毕业论文的时候，我担心我的身材会随着论文字数的增长而一道"发福"，塞不到礼服里就再不能上台演出了，于是就开始去健身房跑步。

永远不要奢望脑力劳动同样可以让你衣带渐宽，凡人只会过劳肥。

这让我想起了我大学的毕业论文，大概就是脑力劳动和代谢关系方面的实验。当年的数据虽没有辜负老师费尽心思去长海医院帮我借实验仪器，当显示差异显著的时候，我的仪器、我的被试、我的数据们，不管是不是活的都要抱头痛哭了。哭的原因很简单，至今连我自己都不相信这是真的，我的老师最多也只是相信了我做实验的热情和诚意吧，毕竟后来他再没和我提起过这回事，大概谈数据伤感情。

我常常在想这些笨拙的实验是不是我放弃心理学的原因呢？但

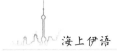

这一次的放弃我显得特别主动和痛快。可能是被我打碎的烧杯、被我四脚朝天绑在试验台上的兔子、被我弄洒的鸡血、还有被我关在代谢仓里哀怨的被试，它、他、她们总是团结一致地在梦里声讨我。所以生活还是很讲道理的，起码来到上海的最初四年，每一刻我都觉得生活在和我谈话。

那追溯到中学时代，生活就没有和那个执拗于理工科的女孩说些什么吗？或许是我冤枉生活了，或许是那时候选择太少，再或许是我太年轻，感受不到岁月给我的种种暗示。而当我成长到能勇敢地接受暗示的时候，我来到了上海，这座城市总喜欢用残酷的方式不断把我引上一条不大残酷的路。

我接受。

07

所以，大学毕业两年后，当我想到那个实验的时候我决定去跑步。

后来，我迷上了长跑。

从一公里到五公里再到十公里，从平路到坡度，在那个小小的跑步机上我跑过了在上海的第七年。

我也不知道自己为什么会喜欢上长跑，只记得当年带我做实验的老师说运动会让人脑子里产生一种"脑内吗啡"，他讲了很多，可我只记住"吗啡"俩字。不论如何，独自一人慢跑总是带给我一种无以言说的幸福感。

跑步机对着窗户，我在不同的时间段看到楼下来来往往的路人，看到不同年龄段的人们走过岁月的一季又一季，他们的生活便成为了我跑步的风景。那种所有人都是你的风景，唯独你不是任何人的风景的感觉真好！

我不知道极速奔跑是不是也能给人这样的体验，当然我这辈子都不会有这样的体验了——因为不论 50 米还是 100 米，我打小都是班上跑得最慢的。每次别人跑出去了我还没有动，我动了别人都飞奔了，我准备飞奔了已经飞奔的人摔倒了，然后我不飞奔也不是最后一名了，所以我即使体验过飞奔的感觉可能也是假的。

当然，最早发觉到这个问题的是我的幼儿园老师，中班的时候小朋友赛跑，老师说："杨伊，你怎么跑起来文绉绉的呢？""文绉绉？"我断章取义地拿出来这个词问妈妈它是什么意思，她开心而笃定地说："褒义词！"我放心了。

也是很多年后我觉得可能是老师用错了词，歪打正着地给我埋下了一颗自信的种子，管它是精心埋的还是因为口袋漏了一个洞掉在我这个坑里的，只要种子是真的就可以，怎么埋进来的倒是次要。

一语成谶。大学时候我的老师看到我天天文绉绉地独来独往，文绉绉地躲在实验室看书，毕业那天语重心长地对我说："这话在我心里很久了，我认为你比较适合找一个运动员结婚，这样你的生活才能有生机和活力！"他很认真，我很困惑。他认真的是：你的终身幸福才是长辈最关心的；而我困惑的是：怎么如此不苟言笑的老师四年憋了这么一句话。

但现在他可以放心了，我算是实现了老师一半的嘱托，我没有找运动员，但我找到了一个"文绉绉"的运动方式——长跑。它成为了我日常生活的一部分，让我每天都有那么一两个小时，奔跑在自己的世界里，不和任何人比；奔跑在自己的跑步机上，我的开始与停止只与我自己意愿有关，与旁边跑步机上的人换了几次无关。

所以，有时候我不想从跑步机上下来，一旦下来了，起码在精

神上，时时刻刻都要奔波。

08

我从未解释过自己为什么对写东西那么依赖，确切地说，来到上海之后更加依赖了。

当年我还在读理科时是无论如何也不会想到我会对这件事坚持如此之久，大概每一件被坚持过的事情到最后都会忘了由头，而那些隆重开始的事情反倒常常没了结果。写作大概就是前者。

七年里每一个"痒"的时候我都习惯性地向文字求助，它们就像不会说话的精灵用含泪的眼睛看着我，乖乖地被我码在屏幕上，又无怨无悔地被我删掉。其实我很感激这些一字排开的精灵，它们屹立成了一个又一个透明的容器，把我愿意示人或不愿示人的岁月封存发酵，无怨无悔地替我负重前行。

七年里每一个"痒"的时候我都觉得自己站立的是这座城市的孤岛，而久了才发现其实每个人都踩着一片孤岛，只是太拥挤的时候我们误以为孤岛连成了大陆。直到有一天，我们发现再开朗的人都有秘密，再高大的形象背后都有斑驳的光斑，那一刻我们会很坦然地接受"路终究要自己走"这句真理。

七年里每一个"痒"的时候我都在自己的岛屿上不停地"酿酒"，有些醇化成了秘密，有些不是。我知道孤岛总会迎来远道而来的客人，他们会在某个明媚的午后误入深处，一醉方休。

09

我很久不坐火车了，轰隆的声音只和某些特定的年月连在了一起，不时地在记忆里躁动一阵。

起初爸妈不放心我一个人来回奔波，而坐火车总会有同行的小伙伴，时间久一点也没关系。后来妈妈说我总要习惯一个人飞来飞去，再后来如她所愿，我习惯了。

每次乘飞机我都喜欢靠窗的位置，当外边是蓝天白云的时候大惊小怪的都是小朋友，我大多在看书，而等到飞机飞出了云层就是我忙碌的时候了。我喜欢脸贴着窗户看下面的河流、农田，喜欢看玩具一样的高楼和蚂蚁般大小的汽车，那个时候不论你有多少理想和抱负说来都好似几句现编的童话。因为人真的好小。

只有这一刻我才会觉得眼前的一切都是规则的，田野有它的形状，河流有它的流向，高楼是那么规整，世界乖得像个安静的孩子。我接受它的理性也接受它的偶然，我接受它赋予的荣耀也承受它施与我的负担。因为世界本就是个孩子。

顺风顺水的时候，我俯瞰着这座忙碌的都市，觉得每一件事都和我有千丝万缕的联系，而身陷囹圄的时候，又觉得它大半与我无关，反倒是意想不到的人愿与我相互取暖。我一直在生长，这座繁忙的城市日新月异，一天一个样，但总有一些事是可以永恒的：比如它让我生出的敬畏之感，比如充满智慧的生活细节和充满规则的运行方式。

我很得意地找到一个角度观察这座生活七年的城市，这个角度让我觉得很坦然也很舒服，因为我终于相信人是浮游在银河的尘埃了。每到此刻我很容易想起在地面相识的人、经历的事，原来种种都是注定的缘。

你知道尘埃与尘埃碰撞的概率有多小吗？

10

第七年，我习惯了长跑，习惯了飞翔，习惯了和文字作伴，也

习惯了躲不开的漂泊。

我不过是用七年的时间画着十八岁的延长线，却未曾敢偏离一个角度。

这样，当我在梦里无意邂逅任何一个年龄的自己，都能坦然地对视，直至黎明到来。

然而，当我习惯飞翔的时候，才发现机舱里是永远不会响起《弯弯的月亮》的。那首歌谣混着火车进站的轰鸣只能在我延续七年的梦境里反复哼唱——

11

遥远的夜空

有一个弯弯的月亮

弯弯的月亮下面

是那弯弯的小桥

小桥的旁边

有一条弯弯的小船

弯弯的小船悠悠

是那童年的阿娇

……

2017 年 7 月 8 日

不经历40℃何以谈人生？

00

有两种方式会让你丧失对一个季节的好感，一是它折磨过你的身体，二是它伤害过你的心灵。

我对夏季的排斥就属于前者。

01

倒退到十年前我是万万不敢承认的，年少时总觉得季节有灵性，我在心里说了它的坏话它一定会让我在这个季节倒霉。所有的升学考试都在六月，所以为了伟大的梦想我必须说服自己和夏天冰释前嫌，故而不论烈日当空还是暴雨倾盆，少不更事的我都一遍遍暗示自己——

阳光让我成长，雨水让我拔节。

事实是，记忆中北方的夏天常常在暴雨和暴晒间徘徊：暴晒的时候打伞不大有用，暴雨的时候打伞也不大有用，至于"成长"和"拔节"，那不过是我用来说服自己喜欢它时贴的违心的标签，每次我总觉得自己像在拍这个季节的马屁，拍得毫无依据，拍得很是猥琐。幸好我在心里偷偷想想就罢了，若是让我故作强大和乐观地说出口，那恐怕我得先提口气。

02

时间是个巨大的沙漏，每到夏天，流沙总因石块的阻塞而流动缓慢。

补课、中考、高考、论文、毕业……大大小小的石块和沙漏碰

撞，在其中挣扎，几声摩擦时的巨响便贯穿了我的二十多年。

03

很多人万分怀念有暑假的日子，但我一点都不怀念，因为暑假常常会摧毁我弱不禁风的人生梦想。

没错，就像很多化学反应要在加热的条件下才能进行一样，再坚定的人生理想在酷热难耐的环境也常常发生化学变化，所谓热到怀疑人生大概说的就是这么回事儿！

比如，我从小就不想当画家，我想当科学家，因为中学以前每个酷热的暑假我都被逼着天天背着画板去上课，太阳残酷地融化掉了我可怜的一点点艺术情怀。

中学我不想当科学家，我想当模特，那种名模，因为中学以后每个暑假我都不得不去补数理化。补课的教室为了节约成本常常只有一个摇头的风扇，对于思维活跃的同学来说他们的大脑好像也可以吸收热量飞速转动，而对于我这样的普通学生在蒸笼里做压轴题，就像一个掉了叶片的风扇，看上去插着电源，其实只是转着自娱自乐。

大学以后我觉得还是要当读书人，因为读书人连发呆都可以在凉爽的自习室，知识分子受尊重看来一点都不假！可是每当回到蒸笼一样的寝室，扑面而来的热浪只会让人觉得当个读书人还不如嫁个读书人靠谱。

如此，我所有的梦想一半在北方晒干，一半在南方蒸熟。

04

来到上海之后，难熬的夏天愈发令我频繁地思考人生，它常常不怀好意地刷新一个年轻人原本就困惑的未来。

我终于理解了为什么人们在地理上越南下，在心理上就越务实。

在我重塑梦想的大学时代里，夏季总是以各种不能抗拒的经历告诉我生存才是第一要务。人们努力奔波，最直接的结果便是在这个挤满了同类的星球上开疆拓土，然后站在空调房间里看着别的同类仍在奔波。

我总是在闷热的夏夜辗转反侧地感悟人生的真谛，我相信这样恶劣的环境下感悟到的一定是真谛。

去年夏天我开题后雄心勃勃地打算在恶劣的环境下完成毕业论文，七月上旬的某个酷热难耐的深夜，我默背了两遍《送东阳马生序》，企图用古人与自然斗争的故事勉励自己。可每每背到"天大寒，砚冰坚，手指不可屈伸，弗之怠"，它就像夏日里一股妖风，我竟心生向往。看来古训不如现代的鸡汤来得生猛，于是我放弃了宋濂的勉励，转看手机。

那时已过了零点，我开始一篇篇看着各类公众号"夜读"里推送的心灵鸡汤，遗憾的是，躺在比体温还要高的床上我仍旧找不到生活的意义。确实啊，如果一碗"鸡汤"就能让我找到人生的意义，那我的人生该多没意义！

蓦地，我发现苟且的人根本没有诗和远方，就像40℃下写不出来文章一样。于是第二天一大早我拖着行李箱搬进了宾馆，像报复世界一样把空调开到最冷，我站在窗边，昔日炙烤我皮肤的骄阳、冒着热气的马路，一时间成了镶嵌在墙上的画。

"无冻馁之患"亦"无奔走之劳"，顿时，我看到了诗和远方！

05

没有经历过酷夏不足以谈人生。

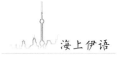

没有被 40℃ 考验过的人生观常常缺一个角。

06

教育我"心静自然凉"，但我静下来仍然热，或者说请告诉我热该怎么静下来。

教育我"不为外物所动"，但理想和现实的差距就是：外物很容易让人冲动！那种感觉就像军训的时候你在烈日下站着军姿，看到别人吃着冰淇淋打着遮阳伞招摇过市，即使心性纯良的人也想扑上去把别人的冰激凌咬一口，而心胸狭隘的人大概想把拿冰淇淋的人揍一顿了。

教育我"君子不食嗟来之食"，但嗟来的空调你要不要？经历过 40℃ 的磨砺我承认我要，也许我不是君子，更或许那时的空调房会挤满君子。

07

于是我越发觉得夏天强大的生命伟力在于它可以悄悄修改一个人的个性、追求以及看世界的眼光。

春暖花开风和日丽，我看到一座楼会想到改革开放宏伟蓝图，城市发展日新月异，高楼如雨后春笋拔地而起；待到秋高气爽硕果累累，这座楼会让我有满满的收获感，激发起一腔建设祖国的热情，激发起实现个人抱负的勃勃野心；然而五黄六月骄阳似火，我唯一能想到的便是这座楼走廊有空调，电梯有空调，每个屋子都有空调，连公共卫生间都有空调！

于是乎在上海最热的时候我搬到外边避暑，在宾馆的标间里我常常走来走去丈量着时间和空间，这小小的空间能有什么可思考的东西，其实我也毫无头绪，大概是诸多无关乎日里风花雪月的东西，一时如潮水不胜枚举……

那么，我非常开心地从一个爱写诗的人过渡成了长辈推崇的那种很务实的人——不讨厌也不伟大，不世故也不憨厚，只是一个实实在在的成年人，一个有血有肉的平常人。

我们应该感谢炎炎烈日，它默不作声地把很多挥汗如雨的年轻人教导成了精打细算的现代人。我们更应该感谢在这炎炎夏日里的一切或喜或悲的际遇，它让人们不仅仅钟情于春花秋月，更专注于实实在在的日子。

08

这都是拜酷热的夏天所赐。

09

半个月前的一个晚上，我躺在宿舍里，周围的空气和黑夜一样绵密，感觉已然结成了固体。我翻了几个身便知道今夜的温度我不可能睡着了，于是我下床拉开帘子，看着对楼同样没有熄灭的格格灯火，我突然想起来画画和看书，或者就这么坐在阳台上，去找那个永远找不到的月亮。

同时，当我再次想起艰难流走的每一个暑假，只觉得每一天的日子都是那么足量，刺眼的阳光吸干了它所有的水分，只留下不能蒸发的固体，被岁月碾成粉末，装进锦囊，在我之后的每一个夏天都散发出一阵阵甜腻的香味。

这香味里有我对成长的困惑、对夏季的谄媚、对一些事的坚信和对另一些事的怀疑。毫无疑问，存在于我生命的一叠叠夏天的日

历都凝成一个香囊，里面是我匆匆而过的童年、同样匆匆的少年和呼啸而过的青春。

现在没有什么再可以强迫我给这个季节贴上一个积极的标签，在这样的情况下，尽管嫌隙尤存，但我终于愿意承认它是芬芳的。

这次是像一个君子去承认，而不是像个讨好它的附庸。

10

当某一刻，我看到对面的宿舍楼后面泛起红晕，看到天边泛起微光，我知道天要亮了。

当某一天，梧桐叶落，大雁南归，橙黄橘绿，天气微凉，我知道秋天就要来了。

当某一年，热到凝固的夏日开始频繁光顾我的梦境，那个翻转着热浪的小风扇不再摇头的时候，我知道我要告别青春了。

那时候我会不会怀念北方倾泻的暴雨和南国融化的黄昏？我会不会埋怨它让我怀疑了生活，丢掉了诗和远方？

11

后来，岁月轰隆着飞过，那些教会我成长的萍水相逢的人们如同飞鸟，在我的生命里聚了又散，我和盛夏的纠葛在升学、毕业、军训、论文的每一次淘洗中褪掉了色彩，成为了青春的切片，多年之后我便是拿着这些切片在显微镜下重走时光的来路吧。

我知道，时间留在我记忆里的都会是最好的，当年不能承受的一切于十年之后也会是平凡而微茫的幸福。尽管夏天很容易给年轻人不稳定的人生加热让其愈发易变，可总有一些经历顽固地挺立在过去，执着地等待在将来，等着被追忆抑或被邂逅。

　　终有一天，青春的大门轰然紧闭，肆无忌惮的抱怨和默不作声的承受终会被密不透风的门隔开，我想我站在抱怨的对立面，站在属于"承受"的那一半人生里终会默念：

　　那些酷热教会我承担，那些暴雨教会我拔节。

12

　　走过 40℃的盛夏，现在让我们来谈谈人生。

2017 年 7 月 26 日

第三十九个开学礼

十几年前我还在学播音的时候曾经有一个很经典的参赛选段，是台湾女作家张晓风写的《我交给你们一个孩子》，它原本是一个母亲送小孩读书的自白，我的老师把它改编成了台词。

2002年地方台的主持人大赛初赛要求正是台词，我的播音老师很坚决地让年仅十岁的我用这个段子，并且让我说到"我一个人怔怔地望着巷子下细细的朝阳而落泪"的时候务必眼含热泪，最好同时潸然泪下。老师说如果哭不出来就想想每年开学我的妈妈送我上学的情景，如果还哭不出来就想想将来读书就见不到妈妈了，如果这样都哭不出来上台前就去吃芥末吧。

然而那些年我不可能理解开学是一件多么隆重的事情，更别提是站在母亲的角度了。我自己也不过是散文里那个挥手和阳台上的母亲说再见的"小男孩"，开学礼不过是交给老师的十有八九不能完成的"新学期新计划"，开学不过是回到那间挤着八十个人却仍有人虎视眈眈想转学进来的教室，不过是重新见到班上所有我想见的、不想见的以及叫不来名字的人们。所以，比赛那天在背台词的时候我是想着完全不相干的事情才潸然泪下的，那种"得逞"让我窃喜了好久。

是的，童年的一切就像江河行地冬去春来一样自然而然，有一些年龄永远不会明白什么是奢侈，什么是珍惜。

两年后，老师的儿子出国留学，临近开学，她又一次带着我们念那段台词，我看到老师真的哭了，像是从机场存满了一罐的眼泪，恰好被这篇散文敲开了一个缺口，而年少的我一知半解又一言不发地愣在一旁。

从那天起我开始相信原来那篇散文那么饱含深情，原来开学不仅仅是"再见"和"你好"，原来很多习以为常的事情于多年后会成为一个牵动感情的仪式，原来并非教表演的老师都多情，而是学表演的我尚年轻。

之后漫长的学生时代里，光阴流转，场景切换，在小学挂着迎新生横幅的校门口，在中学开学典礼的操场，在大学的落着灰尘的寝室，后来在蓝天里孤独穿梭的机舱，每一次开学我都无一例外地想起每一句当年的我无法驾驭的台词，想起曾为这段台词动容的长辈们。

我可以理解的皆刻骨铭心，不能理解的皆随风飘散。

转眼便是我生命中第三十九个开学礼，在一次次的重新开始中我对"起点"的认识无限逼近真实，逼近朴素，逼近成年人的世界，而后像个孩子一样求学，像个成人一样谋生。我的欢呼雀跃，我的五味杂陈，我的斗志昂扬，我的茫然若失，面对开始，每一种无以言状的情绪就像彩虹里的一种颜色，在新学期的阳光里浓郁地存在着，晕染着，桥接着过去与未来，桥接着风雨与晴天。

时间是那么强大，它让幼年一切漫无边际的梦想灰飞烟灭，让少年与父母的每一声再见变得奢侈，让新的起点与旧的终点血脉相连，却又让昨天与今天恍如隔世。开学礼总会从学校的一摞新书变成父辈的几句嘱托，从父辈的几句嘱托变成自己的一种孤独的习惯——习惯性地为自己寻求一个起点，习惯性地沉淀和清零，习惯性地找一个理由像孩子一样做梦并继续长大，然后用这样的仪式感证明我的年华依旧像华丽的燕尾蝶，依旧能"在人世间洒下耀眼的磷粉"。

那些熟悉的人们一直在流动，那些熟悉的场景一直在翻新，直到有一天，当我用手捋着不再及腰的头发，看着似曾相识的人群，

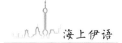

重新小心翼翼地生活的时候，我似乎是收到了岁月寄给一个成年人的开学礼。

这是黄叶翻飞的秋天，每一片落叶都是岁月寄给人间的信件，收到信件的人不仅是我们自己，还有我们的至亲。我突然明白十几年前我的老师为什么会拿着台词潸然泪下了，因为子女与父母总归有一天会收到内容不同的信，大概父母收到的信件上写着的正是那段当年让我难以动容的台词：

"他有属于他的一生，是我不能相陪的，母子一场，只能看做一把借来的琴弦，能弹多久，便弹多久，但借来的岁月毕竟是有其归还期限的。"

今年我收到了岁月寄给我的第三十九个开学礼，大概我的父母也收到了岁月寄给他们的第三十九封信。

2017 年 9 月 3 日

我和我的母亲

00

两年前的今天，我一样坐在电脑前，那是我第一次在妈妈生日前夜敲着键盘默默地回忆我们之间的故事。

我本以为当岁月的流水倒灌时必定会带着污泥和砂石，可当我真的回忆一次才猛然明白，原来能撞开一个人记忆的皆是清澈到让你忍不住触摸的，抑或温暖到让你禁不住流泪的。

01

一场大雨过后就是一个初秋，一片梧桐飘落就是一个离家的季节。

今年九月离家的傍晚，我透过车窗仰望着那座老式的楼房，它就那样安然地静默在这座城市最繁华的地段，像一个对明亮的路灯和喧闹的街道失去了热情的老人。在灯光的干扰下我产生了一种幻觉——它成为了一个鹅黄色的巨大的茧，在茧的另一侧仍然站立着和我告别的爸爸或妈妈。

以前读书的时候我就长住在这个"茧"里，每天清晨妈妈都会在镜子旁边喊我去梳头发，在她的调教下我几乎没有剪过短发，这大概是她生女儿最大的乐趣了吧。后来每次走在路上看到花枝招展的小女孩，妈妈都会忍不住说："你小的时候我也是这么打扮你的！"

读中学以后妈妈还是热衷于给我买衣服换发型，尴尬的是她终于成功地被老师喊去谈话了，原因大概是"女生这样打扮上下学不安全而且还会让她无心学习"。

现在我们每次讲起那个段子都会笑，而我们的笑声和故事似乎

已相隔了几个光年。

02

从幼儿园起，每天清晨走到马路对面，妈妈一定会在阳台上看着我，我总会顶着两个高高翘起的小辫回头和她挥挥手。那时我并不明白能有一个视线追着你是多么幸福，更不能明白父母的视线永远是有极限的。

这条街，这条路，这座城。我永远不能带着这温柔的目光漂洋过海或走到千里之外，因为走得越远便越近似于独行了。

后来每次放假回家整理相册妈妈都会给我看小的时候她把我打扮成洋娃娃的样子，看我刚刚出生时候的照片，看当年儿童医院送我的纪念币和《宝宝纪念册》，然后一句一句读她给我写的日记。每一次我们都心照不宣地感到：我们相伴走过的漫长的十八年里，不论贫穷还是富有，也不论岁月给我们开过怎样的玩笑，更不论长途跋涉中插播过怎样的桥段，截取这十八年里的任何一段或一瞬，我们都仔细而精致地经营了生命的分分秒秒。

03

后来，我习惯了异乡闪耀的霓虹，习惯了舞台上亮起的追光，也渐渐忘记了爸妈目光的味道。

再后来，鹅黄色的茧被我抛在身后，我们之间的故事被很多场秋雨裁掉了一大截。

04

最近一次离家是妈妈把我送到上海的。放假回家我一直和妈妈抱怨新的宿舍又小环境又不好，在我的描述中新宿舍好像还不如之前的一个卫生间大。妈妈说有她在就肯定有办法。于是这次来上海我从爸爸那里把妈妈抢走了，我们终于可以不用在机场再见。看着依依惜别的陌生人，我突然有种莫名其妙的优越感，虽然这种优越感来得很自欺欺人：在哪里离别不一样呢？早十天和晚十天并没什么区别。

我们一起忙碌了很多天，她给我把宿舍每一个角落布置得那么干净和漂亮，就像小时候每一次帮我布置我的小屋一样。

我住在朝南的房间，一大早阳光就会像流水一样溢满整个房间，像是三十度的阳光却伴着二十度的初秋。我好像二十六年都生活在这阳光的眷顾里，我觉得自己幸福极了，甚至比任何人都幸福。我几乎从不奢望经常能见到爸爸妈妈，但每一次他们把我当公主一样对待的时候我都觉得世界待我真好。

回家之前妈妈把我拉到宿舍门口和我说："你看，宿舍大小是一回事，但你要认真过日子，你当心我飞过来检查你。"

其实妈妈也就说说而已，我倒真的希望她会飞来检查我呢，即使数落我一顿我也不在乎。

05

这是我在上海过的第八个中秋节，也是第八个小长假，多年打磨后我对于一个人过节早就没有了感觉，就像一个普通的周末或是接连几天没课的日子一样。

别人总是问我：你爸妈过节也不来看你吗？其实她和爸爸永远不会出现在任何传统的节日或隆重的日子，她说他们的年假一定要用在我最需要他们的时候。这像极了他俩的个性。

今年三月我考博，六月硕士毕业，她和爸爸选择了把年假用在考博的那段日子，毕竟毕业指向过去，升学指向未来。其实我的每一次升学妈妈都是陪在我身边的，虽然我考我的她玩她的，她也不能为我做什么，但她在哪里哪里就是家，她只是想让我在奋笔疾书或考完每一门后觉得总是有个家在等我的。

每一次孤独或磨难她都彻彻底底和我分担，而那些幸福或荣耀她只通过几张照片和我默默分享。

06

有一年秋天我只身在这边遇到了一些挫折，那天傍晚我摸黑跑到一个离宿舍很远的地方，我站在东部礼堂楼下的一个角落里拨通妈妈的电话一边啜泣一边讲我的委屈，讲到后面我都泣不成声了。当天她在电话里没有评论我的委屈，沉默了一会只和我说了一句："女儿，你什么都没做错，这世界上除了生死都不是大事。"我知道当时妈妈其实也和我一样语无伦次，因为放下电话过了一会儿她又打给我说："不论今后发生什么，我和爸爸永远都和你站在一起，你只管继续去做个好人就是了。"

后来妈妈告诉我那天晚上她和爸爸一夜都没睡着，因为我自离家起从来没有让他们那么担心过，在他们印象中我是不会那样难过的。

那天晚上是有风的，似乎是十月里最压抑最残忍的一天。尔后的整个秋天都像悲观的人们描述的那样萧瑟，那样具有摧毁性，而我自己也历经了梦想、信念等等一系列美好东西的崩塌和重建。那段日子，当我在地铁上眼睛突然噙满泪水，当我一个人坐在夜色里突然觉得黑夜那么无边，唯一令我踏实的是：妈妈说我是对的，那我应该就是对的，妈妈说她的女儿就应该不畏惧不屈服，那我自会不屈不挠。更会想起来她对我说的"这世界上除了生死都不是大事"，既然选择去做一道阳光那就应该一直阳光下去：去做对的事，去为自己承担前方的一切未知。

07

一转眼又是一个秋天，去年十月底的一个傍晚飘着小雨，水珠调皮地挂在我的睫毛上，透过晶莹剔透的水滴我觉得整个世界依旧像妈妈一直以来描述的那样温柔和善意。水滴把眼前的校园折射成奇怪的形状，而我知道，当水滴风干，当太阳升起，它依旧会无限洁净无限质朴。

那天我还是跑到东部礼堂楼下的那个角落里，找到同一个石阶，又一次拨通妈妈的电话，不过这一次我们聊的是最开心的事。我告诉妈妈，我终于知道这世界上所有的苦都是有意义的，所有的罪也都不会白受，虽然有时候坚持原则意味着历经很多的艰难，但结局总不会亏待我们。妈妈说要我好好珍惜以后的日子，毕竟来之不易。

我重新想象着一切和善良对峙的残酷，和理想对峙的天真。所有的事都像是一个个加在天平另一侧的砝码，撬动着因年轻而重量不足的我，让我摇摇欲坠。但最终你会发现，命运是正义而公平的，它总会在天平摆动的时候为我这边填一个最重的砝码，让我把另一侧看起来坚不可摧的东西高高翘起。而在这个砝码到来之前的漫长岁月里，妈妈电话里的每一句话都是我在飘摇中不肯放弃的重要理由。

那天晚上我在东校区一个没人的地方默默坐了很久，或许生命中最强的仪式感就是这样无声。我把这一年在公众平台上写过的每

海上伊语

一篇文章都阅读了一遍，才发现提到最多的都是妈妈的话，字里行间都洒满了阳光。

08

毕业的日子临近了，我能感到妈妈也特别开心，因为那段日子我们通电话总是频繁地回忆着三年里经历的每一个细节，回忆着每一次困难，不断在讲述中填补着三年的心路历程，就像小心翼翼地缝着一件印象中的衣服，生怕落下一个花纹。

毕业那天我穿着学位服站在台上主持典礼前的热场，那种氛围远远超过我的预期。我对着镜头挥着手说了很多话，转头望着二楼的家属席的那一刻我突然有点想妈妈了，可很多事情我永远无法解释，比如每一次风雨兼程都有妈妈并肩，而每一次在彼岸挥手的却只有我自己。

我开着手机录下了我在台上主持的20分钟，把录音和所有的照片发给了妈妈，尽管不能代替当天隆重的一切，但我们可以假装彼此在场。

妈妈说我穿硕士学位服的样子很漂亮，说我在台上说话的声音比在私下里聊天的时候厚重多了，让我以后主持要注意把每一个细节的动作都处理好，当然比以前是进步多了。以前我学播音的时候妈妈都是这么纠正我的，后来她经常拿着我主持的录像打电话纠正我说话的姿态，那天她又一次"训练"我的时候我好像又回到了小时候每一次演讲比赛前。

09

今年妈妈来上海送我正好遇上我的两场主持，我突发奇想地说："要不你跟着我去现场看两次吧！"妈妈一想她也确实有很多年没有在台下安静地看过我的演出了。在家乡主持省文联演出的时候她都要控场，几乎从开始到谢幕她都在后台，连给我拍照片的机会都没有。掐指一算上一次她安静地坐在台下欣赏我的演出要回溯到十多年前我参加主持人大赛的时候了，所以那天也欣然答应了我的邀请。

可是我俩一致认为不能说成是母女，这样主办方会觉得不自在而且有压力，那说成是什么呢？化妆师？我另请了。摄影师？哪有拿微单的摄影师！老师？理论上也说不过去。我们调侃说总不能说经纪人吧？这也太可怕了。后来我俩决定各走一个出口，她从观众席进，我走主持人和嘉宾的通道，结束后大厅"接头"，除了没有接头暗号其他都安排得天衣无缝。

那两天我俩过得特别搞笑，不过妈妈特开心能在现场看我，她拍了好多照片还很调侃地发了一条状态，大概是说："第一次在现场看女儿主持，跟班真不好当啊！"其实哪里是跟班，回家都是我给她"打工"。

10

我第二次听到妈妈说那句话是在今年暑假。

六月我飞回太原去探望重病的外婆，现在想来就是去告别，在太原待了不到二十个小时就不得不回上海忙毕业的事了。那天在外婆的病房里，我目睹着平日里光鲜亮丽的妈妈是怎样日日夜夜地照顾着自己的妈妈，那一刻我并不是感动也不是想哭，只是觉得在我身上能流着她的血是多么幸运，今生能做她的女儿是多美好的一件事。

于是这个暑假妈妈做的第一件事就是要求我和爸爸同她一起去另一座城市探望我年迈的奶奶，她对爸爸说："你有空就和我一起回去，你请不了假我就替你回去，你真的不明白有妈妈探望多好。"她让我在家里多和奶奶聊天，让我多听奶奶讲爷爷在战场上保家卫国的事，还有一生清廉如水的事。爷爷是妈妈最敬佩的人，她经常这么对我说，因为战场上他能看懂生死，官场上他能坚持原则。

暑假我和妈妈聊天，聊到外婆时妈妈对我说："我让你亲眼看看我是怎么照顾姥姥并不是要求你也来模仿我，让你亲耳听听奶奶讲爷爷在战场上的故事也不是让你听热闹，我只是想让你知道这世界上除了生死真的都不是大事。"

时隔两年再听到这句话，每个字都柔软地落在地上，又重重地砸在我这一程的人生的旅途上。"这世界上除了生死都不是大事"，尽管善良会让我们吃很多苦，但要我务必做个好人，尽管坚持原则有时会让我们走很多弯路，但要我务必不要放弃。因为结局或许来得很迟，但不能改变的是，我们三个人的生活终会幸福如当年，而我自己终会微笑毕业，一如来时。

11

"这世界上除了生死都不是大事。"

的确，这句话很强，妈妈从内而外都是比这话更强的人。

妈妈和我说那句话的时候语气很平和，反倒是我自己那么害怕和父母去讨论生老病死的话题，因为在我的概念里他们都还是可以把我抱起来举起来的人，还是在深夜陪着我一起画画，白天和我比赛背诗，给我读刘墉、读三毛的人，和他们我似乎仍应该讨论未来，哪怕讨论赚钱都好啊。

12

当我不得不面对自己的长大，就不得不面对和他们的聚少离多，也就不得不面对这些苍凉的话题。或许如今我能做的只有努力让自己活得像她的女儿——

窘迫还是顺利都要认真地打扮好自己然后有尊严地出门，磨难还是委屈都不能自怨自艾随波逐流，诱惑还是压力都不能无视规则放弃底线。

后来，每当我走过一段旅程都会温柔地想起远在北方的妈妈，都会在心里默默地说：我又经历了很多事，但我还是你的女儿。

13

妈妈总说嫁给爸爸是她今生最幸运的事情，生了我是她这辈子第二件幸运的事情：爸爸给了她新的人生，而我让她面对新的人生有了自信。

可每年今日，在妈妈生日前夜我都会深深地感到，做她和爸爸的女儿才是我的幸运！在我的记忆里，在故乡的那十八年，身边的人来了又去，事事冷暖交织，没有什么是恒常的，只有我们三个人彼此温暖，于是对我而言他们就代表了家乡的全部意义。

如果世界是一片大陆，我们连在一起；若世界碎成孤岛，我们仍然不会分离。

2017 年 10 月 1 日凌晨

二十六岁，愿你眼里仍有远方

总有一个生日会成为分水岭，在那之前我们会说"将来我要"，在那之后我们会说"过去我曾"。

——落落

01

今年中秋天气特别好，我去泰晤士小镇拍外景的路上，车里的歌就像窗外的景，在流动中安静地切换。走到某一个路口时，《继续-给十五岁的自己》缓缓响起，摄影师淡淡地说了句："等到你嫁人的前一天晚上再听这首歌，想想这十几年走过的路，你一定会哭的。"我没有说话，但那四分钟里的每一个音符我都听得很认真，我基本可以肯定，摄影师是对的。

短短几分钟，一条十年的长路被音乐软化，被歌词折叠，又被一股神奇的力量夯实，就这样压缩在我的脑子里。

其实我很少如此认真地回忆如此遥远的事，但不论何时，我能记住的总是温暖的，像一个个巨大的火炉，让你与严寒划清界限的同时也会热到让你流泪。

02

此时，我和二十六岁仅一步之遥，而和花季已隔了十年的距离，可我常常天真地感到，十六岁是昨天，二十六岁是未来。

我静静地坐在一个人的寝室，打开电脑，把那条盘旋在脑海中的路解压、伸展、还原。路的一头是那个穿着天蓝色的校服，扎着马尾辫，拿着数学卷子和老师谈话的女孩，而路的另一头是镜子里这个独自生活的自己。

　　我们总是这样，形容过去总是有一千一万句话，但形容眼前却找不到一个像样的词语。倘若时间有灵性，我常常这么假设，我很想给十年前的自己啰啰嗦嗦写一封信，我想带着微茫的幸福把信笺悄悄塞进深夜唯一亮灯的窗口，我想在某个夕阳西下的时候陪着她在红色的塑胶跑道上跑过一切岁月的迷茫，我想对她说前面有很多美好的人和精彩的事在等着你，我也想让她知道她当时拥有的单纯、倔强甚至是口无遮拦在十年之后是多么奢侈而值得怀念。

　　但我知道，我们永远不会在时间的走廊里偶遇，只能在深夜的梦境里：长大后的我回到她在的教室，坐在她的位置，身边是永远不会长大的人们，黑板上画着弹簧、小球和物块，边缘还残留着上节课没有擦干净的数列、函数的压轴题。每个人都伸长了脖子半张着嘴看着黑板，就像一只只戴着眼镜伸着脖子的大白鹅。是的，即使在多年之后的梦里我们听课的姿势一点都不美，但他们的解题速度却永远快得辣眼睛。

　　从花季到成年，那三年留给我的是一个不时重温的华美梦境。我的母校留给我的根深蒂固的骄傲让我走到哪里都不会感到自卑，尽管我常常感到当年自己可能是因为生活在很多金光灿灿的人当中而看起来自带光环，就像月球与太阳的关系。但高中生活让我感到无限温暖的是，那所在外人看来本该最压抑的学校，在学校里的学生看来本该最残酷的班级，我从未因为名次而被分为三六九等而降低对自己的认同。我记住的只有同学们给我的掌声，只有我的老师在每次考试后单独谈话时对我说的："你要接受自己的差距，更要正视自己的天赋。"高考前最后一次谈话她还在对我说："世界上有很多考试反映不了的东西，对于这些东西务必用一辈子珍惜。"那三年更让我感到

持久温暖的是，即使各奔天涯之后，我，或者说我们，都不会仅仅把身边人的言行作为努力的动力，因为我明白不论我有多么努力，我当年的同学和朋友们定在看不到的地方不停地翻书和前行，在孜孜不倦地实验和计算。这是奇怪的幻觉，但也是被证明过的事实。

03

每年寒暑假我都会去看望高中的班主任，她是数学老师，而当年我学得最吃力的也是数学。从毕业班到退休到返聘，七年来的每一次拜访我都在她家里从阳光明媚聊到夜幕降临。别人提起她的时候总会津津乐道她带出过几个高考状元几个全省前十，但我的老师在意的从不是这个。她总是告诉我，一个人学生时代最大的成功就是想明白自己适合做什么，然后倾其一生去做这件事，可是就有人一辈子都不明白自己爱的是什么。

后来我告诉她读研我还是转读文科专业了，成了班上极少在大学之后彻底放弃理科的学生。老师半靠在沙发上，又开心又有些埋怨地说了句："五年前分文理我怎么劝你都没把你劝住，兜一大圈白己知道错了，不过现在找到喜欢的东西也不晚。"

十年前她让班长把一句话"今天计划干什么，今天收获了什么"贴在黑板上方的墙壁上，尽管那时候考北大清华是当年班上绝大多数人的梦想，并且在他们身上也确实存在这样的可能，但我的班主任仍然让我们知道，不论在哪里我们要做的都是一个勤劳地去改变命运的普通人，我们努力读书求的只是一个起点，但起点终归是不能决定终点的，通往终点的只有我们的脚步。

时至今日，每天我仍旧会想起当年挂在墙上的话，大学的时候我把它写在每一本书的扉页上。它不仅仅写在遥远的过去，也写在我的未来。我在过去的岁月里留下了背影，而过去沉淀的智慧在未来变成了发光的星。

我也是很多年后越来越感到，能在一座普通的城市对升学如此豁达多么不易，面对着那么多期待高考改变命运的孩子，却以这样的方式让我们理解未来尤为不易。而我所向往的诗和远方也正是以此为开端的。

高中开学典礼上学校请回了笛安学姐，今年暑假我一个人在宿舍看了之前买下但没时间看的十多本小说还有散文，在郭敬明的散文里频繁地看到了笛安的名字，然后不禁回想起她曾说的自己的价值是如何在母校得到尊重，又是如何以此为灵感写下了《告别天堂》。高二那年学校为我们请来了俞敏洪，半年后请来了王强，当时很多人看来很鸡汤的一些东西确实为当年的我带来了很大的震撼，后来证明他说的并不是市场上莫名其妙的成功学。读研后，当我偶然间看到杨澜对俞敏洪的专访时，我突然明白了为什么中学时学校每次讲座请来的都是他们，是那些和我们当年追求和关注的东西有一些不同的人，和我们认定的人生道路存在一些偏差的人。

这便是我常常把 2007 年作为回忆的开端的原因，也是我至今年年去拜访我的老师的原因。

04

韩寒说：你懂得越多，你就越像这个世界的孤儿。

可我觉得，有时候你甚至不需要懂得很多，哪怕只是单纯地长大，也会越像孤儿。

这个浓墨重彩的起点逐渐被时间晕开：十八岁的夏天，树木的躯体朝着烈日疯狂地拔节，而我生命里屈指可数的珍贵的朋友皆变

成了飞鸟，我们彼此消失在对方的天空，只单纯地留下几句比翻云覆雨的命运更靠不住的诺言，然后就很难再有然后了。

那个梳着马尾喜欢独来独往的高中女孩终于脱了校服，带着难以琢磨的情绪开始了新的人生。春天她总是五点多起床，看忙碌的飞鸟从一棵树飞到另一棵树；夏天她几乎每天换一条裙子，在靠窗的位置听树上的阵阵蝉鸣；秋天，她常常在黄昏突然停下脚步，看着一双双翅膀消失在柔软的云端；而到了冬天，她会裹着很厚的外套只露出眼睛，那时候人群中便再不知道哪个是她了。

她总是白天在自习室看书，晚上就一页页写信，每次放在楼管阿姨那里最厚实的信件收件人基本都是她——对，和她用文字相互倾诉的朋友大多有相似的爱好，只可惜她写字很勤，字却依旧没有任何长进……

四年很快，就像翻书一样，书页扇出的风吹得人总不由得眯起眼睛，每到这时我捕捉到的便只有油墨的味道，至于内容永远一言难尽。

05

二十二岁，直到毕业我也依旧是个少年。只是十八岁时候说好的重逢注定会输给大学更大的压力，输给实验室接不完的电路和一只只吃药后亢奋起来的白鼠。

我至今还记得第一个从北京来看我的同学，那是我当年最要好的朋友。大二我还没有收入，我同学应邀回母校给学弟学妹分享他保送清华的经验得到了一点点报酬，然后就拿着这个现在想来特别少的钱来上海玩，我们竟然还可以玩了整整一天！在豫园外的老街我们挨个逛那些纪念品商店，遇到比较贵的东西他就用指点江山的姿态很阿Q地说："等我将来赚钱了，这些东西我统统拿下！"

我们再次在上海见面已经是研二冬天了，那时候我已经彻底经济独立，可以自己交学费，可以买些漂亮的衣服不用爸妈报销，也可以买下一些过去会稍微犹豫一下的东西，当然，最重要的是，我可以用自己的钱招待自己的朋友了。那次是他直博以后替导师来上海开会，那个时候我们都可以靠自己在四年前的老街买下很多当时觉得很贵的东西，不过我们共同空余的时间就只有一顿晚饭的工夫了。我下课坐了很久的地铁回到学校，蓬头垢面地匆匆见了一面，在附近吃了晚饭，摸黑绕着师大校园走了一圈就告别了。后来只有在需要帮忙的时候仍然会想到我的朋友会有办法，然后，从不寒暄直入正题，解决问题后便不再打扰。我们都为自己争取着更好的生活，但争取的代价常常是，我好像没有当年那么有趣了。

或许只有某个旧时好友的出现才会让我感到自己已不再是个少年，我们彼此和当年那个骑着自行车都要讨论某道错题的少年已渐行渐远。

当我知道了赚钱的辛苦，看到了真实的生活，当我可以养活自己的时候，我突然对这座城市的一草一木都有了感觉。我不再是只生活在校园里，我主持的舞台也不再只是校园的舞台，而我人生的舞台上亮起的也不再是单色光。

然而当我意识到这一切的时候，是不是要恭喜自己长大？

只是，有时候我会突然想念那个十六岁的自己，那个把一次考试看得比天大，因为一次演出激动得睡不着觉，因为中考多考几分就可以省下进一类重点三万的择校费而自豪和骄傲的自己；我也会想念那个十八九岁的自己，那个可以独自坐在校园的河边晒一下午太阳，五角场的每一座商场、外滩的每一盏灯都不会让我感到失落的自己。但想念是一回事，想要回去是另一回事，因为有些事走过

了，不论悲喜，都再不想逆生长。

我的亲人，我的朋友，甚至是萍水相逢的人总是要我学会太多的东西，他们教会我怎样成熟，怎样沉默，怎样去笑，怎样去爱。

06

事实确实如此，至纯至善的东西常常最不堪一击，比如我们最纯情的学生时代，命运翻云覆雨的手掌最喜欢的就是打翻这个年龄认定的人生。

每天下午我从健身房出来常常和一群中学生排队买奶茶，总能遇到两个小姑娘在我面前说悄悄话，有时候我会忍不住看着她们质朴的神色，一不小心我们的目光对在一起，她们就会羞涩地停下，我也会慌忙地转开。我只是突然想到，当年和我说了很多悄悄话，在旗杆下约定要一辈子在一座城市的女孩如今和我都不在一个半球，不过我们对此早就不再矫情了，因为我们自大学起便明白，我有我的目的地，她有她的目的地，而唯一相似的只有在自己的行程上各自去做个勤劳勇敢的普通人。

今年六月她在浦东转机，我们在一起聊了十几个小时。我没有出过国，她总是可以给我讲各种神奇的事情，会让我看各种有趣的照片，而所有的问题我大概也只好意思这么缠着她问来问去，就像当年问她数学题一样。临别她对我说："我要早点把精算师考下来，如果你毕业时候我在国内就来送你毕业，当然希望那时候我们都不再单身了，或者一个人还能当另一个人的伴娘。"

每次我更新公众平台她都会一字一句地看，她总说她越来越喜欢我近一年写的文章了，感觉这一年来我阳光了很多，换她的话说就是"常人的思路可以看懂了"。听起来像个笑话，不过她确实捕捉到了关键。而我呢，有时候会看我们这些年的通信，还有她当年在清华读书以及出国后每去一个地方寄给我的明信片，并且逐渐平静地感到：其实这样也挺好，我们都像是大棋盘上的棋子，能被生命无常地摆布，说明我们还在有价值地活着，至少我们的人生还在下棋人的视线里。

难道不是吗？

07

今年暑假我去了呼和浩特，确切地说，是连续三年暑假。

大召是那样寂静，香炉生出的烟雾将靠近它的人都缭绕起来，那一刻你有感觉的只是时间、生命、悲喜这些谈不尽又理不清的人生命题。那条岁月的时间轴就像冬天冰封的河流，表面悄然无声，实则一日千里。我从未见过那么蓝的天空，就像年少时宝石一样的心灵，那一刻你有感觉的只是空间、飞鸟、翅膀、羽毛这些看得见却永远碰不到的东西。

二十五岁的初秋，我便是在这样的穹顶之下，伸着手去探金秋的蓝天。我神奇地感到任何树木、房屋、行人都不会在我身上投下阴影，而过去的阴影也被这洁净的蓝天从记忆的暗角里重新打开，在光芒下晾晒，我与我的记忆皆恢复了崭新。

回到上海我开始了新的旅程，读研的三年里待我最好的同学也回广东工作了。那天我一个人坐在宿舍看书，他突然发微信和我说："你知道吗，刚刚进来一个办银行卡的女生长得和你好像哟，我一直看着人家被人家发现了！对啦你过得怎么样啊？是不是要过生日啦？"我听着他退步得不成样的普通话很想笑，但事实是我听完眼泪就掉下来了。

我以为这些年对于离合早就无所谓了，我甚至很自豪地觉得我已然成为了一个"男子汉"，现在看来，没有东西戳到最柔软的角落的时候谁都坚强得像个男子汉，冷静得像个成熟的中年人，一旦被戳到，我们都会现出孩子的原形。

一样的人若是景不一样，你会觉得什么都没有变，可一样的景若是人不一样，你会觉得沧海桑田。

生命中最美好的莫过于初见，我像初来时一样站在校门外的十字路口，像一切都没有经历过，用好奇的神色重新打量路口的一切。我希望这里记住和定格的永远是那个少年，是我曾有过的最温暖的笑，是我第一次见到每一个人时候说的："老师好，我是杨伊。"

08

今年我二十六岁，尽管十年里发生了很多事，但盘桓在我脑海里的仍然是 2007 年的自己：有天真到无法实现的梦想，有纯朴到揉不得沙子的心灵，有冲破现实中一切禁锢的勇气，有和物质生活无关的生命蓝图……

我好像看到　　看到十六岁的女孩又坐在逸夫楼的自习室里，看着数学课的笔记；或者是十八岁——十八岁的我在高中政教主任的办公室里，他留着黑黑的小胡子，脸上挂着和蔼的笑，轻轻地告诉那个因为压力大而去找他谈话的高三女孩："这世上所有的考试都像河流，有的人是一步跨过去的，有的人是蹚着水过去的，有的人甚至重走了很多遍，但今后的路是你自己决定的，和你怎样走过这条河没有关系。"这些话我十年以后才有共鸣。

二模结束后我一个人绕着积雪尚未消融的操场走了很多圈。而后，又绕着积雪覆盖的道路走了很多年，很多年后便是如今了。毕业后我再次去看望那个和蔼的政教主任时，他已经调到另一所中学做校长了，在咖啡厅里，他逆着光向我走来，见到我问的第一句便是："当年我和你说的那些话你现在信了吗？"

有时我多想伸出手带十六岁的自己一步跨过所有的弯路和辛苦，以光速穿越到十年之后，但命运不会允许我们这样做。它不是电影，不会为任何一个人快进或剪辑掉任何一段苦难。它要我们学会往前走，去学着经历一切人间悲欢，去学着谅解一切人之常情。我更想向过去的一切深深鞠躬，向着远去的微笑，持久的温暖，永恒的祝福，当然，还有艰难成熟的自己。

09

我常常以为我是一颗玻璃弹珠，因为每一次和这个世界倔强地碰撞都会留下一道划痕，我在懵懂的碰撞中留下了一条乱糟糟的轨迹。

后来这条轨迹逐渐清晰，再后来我学会了小心翼翼地走路，避开一切坚硬的棱角。弹珠的轨迹开始笔直，开始和每一面坚硬的墙平行，当然表面也被磨损得不再像新的弹珠晶莹透亮。我以为我已经是一颗成熟的弹珠了。

再后来，我知道这世上除了平路还有沟壑和断崖，不是你想要安稳就可以一生平安。当弹珠滚动到断崖边上，生命又一次告诉我，你以为的粉身碎骨根本就不会成为现实，当我发现我还会"反弹"，向下的力越大我反而"反弹"得更高时，我才明白，原来我从未真正认识自己，我也从未真正理解世界。

我根本就不是一个玻璃弹珠，而这个世界也不仅仅需要我学会躲避。

我想把这个玻璃弹珠的故事告诉那个年少的自己，但我知道她

不可能明白。

其实，这个世界很和善也很公平，它不会让谁负重太多也不会让谁太过轻松。我们都好像背着竹筐前行的人，当一个人往你的竹筐里丢了很重的砝码，这个时候便更要往前走，你要相信，只有往前走才会遇到为你取出重物或替你负重前行的人。当我们知道前方有人在等待自己的时候，才会异常勇敢。

10

这一年我懂得了很多事，这十年我遇到了很多人。

这些事教会我向前看，这些人教会我除了安稳地滚动还要坚强地反弹。

11

明天，我二十六岁。

我依旧扎着马尾，穿着艳丽的衣服。

这一年我常常感到阳光铺满我的身体，而我，依旧年轻。

从未西出阳关，在我的背后却是一个个被命运安排到天涯海角的故人，我知道他们都在祝福着我。

而我面朝大海，在我的远方是永远浩渺永远开阔的世界，我知道这一切在等待着我。

如果可以，我想给过去写一封信，我想告诉她——

这些年一直很温暖，一直被祝福，停留在我眼里的只有远方，只有远方的无限晴朗和日暮。

2017 年生日前夜

当我搬进了阳面的寝室

01

今年冬天来得一点仪式感都没有，立冬那天我站在阳台上，阳光像往日一样倾泻进来，于是十多平米的宿舍有一半都是透亮的，明媚的。

和宿舍相对的是一座无人使用的旧楼，我至今都不知道它是用来做什么的。但我喜欢极了这样寂静的"邻居"，如此一来，我便是伫立再久都不会引起对面人的注意、好奇、反感或任何一种情绪。

读研时我们宿舍对楼是男女生都有的一座宿舍楼，和我们面对面的是朝阳的宿舍，午后的阳光常常把对楼的很多人都诱惑到阳台上眺望，而我和室友总是躲在被阳光遗弃的暗角里一唱一和地抱怨："晒被子？他们也不怕下雨?!""有什么好看的，太不尊重对面的人了!""你看那个男的，今天还戴着眼镜，我去把阳台门关上!""把窗帘也拉上!"……某一天，我们叹着气说："要不我们下学期也住对面吧，我想晒被子，我想晒太阳，我想戴着眼镜看对面……"

那个时候我们都会笑，很自嘲地觉得之前的话都是因羡慕而生出的怨言，一旦我们也有了选择权，一定要选其一的话，我想我们都会毫不犹豫地去做那个生活在灿烂的阳光里，却不得不生活在别人的怨言声中的那个人。其实大家都明白，我们的怨言本质上和对面的人无关，只不过我们不能抱怨阳光的不公，就只能去抱怨享受阳光的人了。

大概这是人之常情，大概很多事情都是这样。

02

毕业我是最后一个离开宿舍的人，我走的那天宿舍已经被清理得很干净了。我站在门口，望着那间四季都被昏暗侵蚀的寝室，突然发现，它还是有一点点阳光的，只不过和对楼相比，不论照射的时间还是面积，都有些吝啬，主要还是：痛苦往往来自比较之中。

我拍了一张照片给曾经的室友们，我们的情绪和当年来时一样新奇。它那么干净，那么敞亮，就像是冬雪过后的世界，把所有的不快与怨言都覆盖和冷藏，只留下满眼的干净让离开它的人感慨和眷恋。

原来这些年我们也是有阳光的，否则我们又怎能看清彼此望着对面时眉眼间传递的哀怨和不满？

直到今年，我如愿以偿地住进了阳光普照的寝室，深秋的午后，我拖着凳子坐在阳台上，像"讨厌"过的人一样戴着眼镜眺望：我甚至可以看清楼下的石子，吹落在草丛里的衣服，还有对楼几乎没有任何声响，永远紧闭的窗口。

后来，阳关充足的下午我常常这样对着外面眺望，发呆，时而会从远处飘来琵琶的声响，断断续续，那毕竟是听觉所及的地方唯一的生机。

我也常常想起当年我们像孩子一样的怨言，每次想起我都会一个人悄悄地笑。就像站在阳光里，笑那个暗角里对眼前的一切都满眼羡慕的自己，对每一个求而不得的东西都心驰神往的自己。

03

开学后的每一天都过得很快，就像一部默剧，没有对话，却一幕幕快进着。时而我又感到它是一部动画,每一帧都是一样的,却在一帧帧飞一样地跳过。

当我不再是一部荒诞的电视剧的主角的时候,我开始关注很多不曾关注的事:我想着怎么样把两层的书架改装成四层,然后再把那些书按大小个排列好,就像二十年前我在家里摆弄着几十只毛茸茸的小熊。于是那些原本没有生命的书突然有了灵性,他们一排排地站在我面前,从晨光熹微到夜幕降临,在我敲着键盘的分分秒秒与我安静地对视,忠实地守望。

我的宿舍很小,阳光只要稍加施舍,三分之二都会浸在牛奶一样的光芒里,如此狭小的空间很容易让人想到蜗牛背上的壳。在我的手可以伸得到的地方有书,有长时间开着 Word 文档的电脑,有我彩色的画纸和各种型号的画笔,每当我突然不知道该做什么的时候总能感到它们流盼的眼神。

我记起十年前我的中学同学在回家的路上曾经对我说:当你不知道该做什么或者不知道接下来会发生什么的时候就去读书,这是唯一不会令你后悔的事。

后来我读大学了,大一下学期的一天我们通电话,我说:"我不知道研究生还要不要再读心理学了。"我同学说:"你还记不记得,以前你问我你应该学文科还是学理科的时候,我和你说什么来着?"那一刻我忽然间想起了那句离遗忘只有一步之遥的话,那是一个万物迟迟都没有复苏的晚春,是一个转瞬即逝的日暮,那一次想起就再也没有忘记过,直到今天。

再后来,我知道其实很多事都包含着让人后悔的细节,就像每篇文章的雏形在打磨之前都是粗糙的,但唯独读书这件事,即使是一本很肤浅的童话,我们也不会后悔当年肤浅地沉浸过。

04

这些天是好不容易才放晴的，上周一直淅淅沥沥下着小雨，那似有似无却从无间断的雨水用一夜的工夫便打落了半树的梧桐。

这学期我很少再去西部校区了，那里的一切都保持着回忆里的姿态：树还是绿的，草还是青的，傍晚的夕照依旧满眼浮金，夜晚的星斗还是若隐若现。

直到上周五的清晨，我又一次绕着校园那条大道散步的时候才觉得，一日可以稀释成三秋，可三秋却永远无法浓缩成一日。咸咸的微风里，有很多看不到却能感到的水滴打在脸上，它们来自四面八方，却又很快被清风带到天涯海角。就好似很多存在于这条大路上的笑脸，最后都会证明只是我们人生中投缘的稀客：在几次问候甚至是挽着胳膊走过之后，就被离别的暖风吹向无色无味的平凡，吹向惊涛骇浪的历险，吹向阳光明媚的暖春，或是某个无以言说的去处。

我把浅咖色的小外套裹得紧紧的，一个往返过后，它被似有似无的雨水均匀地染成深咖色。我从未这样仔细地端详地上的每一片落叶：它们安静地贴在地上，就像被雨水贴在脸上的头发。然后在一刹那间明白：为什么唯独那天的雨会让人感到如此恰到好处？因为微风细雨就像商量好的一样，风用恰到好处的力度让落叶与树梢诀别，雨用润物无声的方式将每一片诀别的落叶安抚。那么人呢？人大概就是用风雨中睁开的眼睛把自然中发生的一切记录下来。

雨中我环顾周围，匆匆而过的都是陌生的脸。可是，不论是擦肩而过的生客，还是手挽手前行过的伙伴，不论是命运的回廊里还能重逢的故人，还是无论岁月怎样千回百转都不能重逢的旧友，能有一段旅程我们看过同样的景色，能有一场风雨在我们身上留下一样均匀的印记,这难道还不够好吗?

生客与旧友差的只是一层薄薄的情怀,而这层可以吸热升温的情怀在回忆里却让这段旅程差了20℃。

05

开学以后,即使风雨如晦的日子,我也能感到久违的阳光,感到南国的温暖。

我把这一季定格成金黄色,把这一整年都定格成金黄色。四季留下的照片都像涂抹在镜头上的色彩。

只是这一季,落叶灿烂得刚好,我也年轻得刚好。

人和落叶一样,在冬雨中结束了飘摇,在严寒中走近了暖春。

06

后来,我住进了阳光灿烂的屋子,回到了阳光灿烂的征途。

环顾风云千樯,我常常风平浪静地感到——

我过得很好,或者说,一切都刚好。

后记:

博士开学后的这段时间很多次走在路上我都在想,人总归都是要往前看的,即使看不了那么远,即使我不能把生活看得那么清,但前方才是我真的要去的地方。再或者,我甚至可以看看身边正在发生的故事,哪怕是一场淋湿我衣服的小雨,哪怕是一阵折断我雨伞的强风,这些感受得到的才是能证明我存在的。

所以,这段日子平凡却不落寞。这段日子的"每一帧"都是相似的,但"每一帧"我都感到了它存在的意义。我明白自己应该把

那种"让回忆饱满"的情怀用于"让现实饱满起来",这样我会过得越来越好,我们都会过得越来越好。

以此后记共勉。

2017 年 11 月 24 日

3

第三篇
读博·愿你忠于的都能永恒

"我们永远不会后悔付出太多或成长太快，即使这种付出无法融化世界，但至少温暖了人心。"

2018 新年献词 | 向着幸福走去

2010，2014，2017……毕业的年份总是异常值得期待。

你要告别一些人，你要认识一些人，你要结束一些事，你要面对一些事，你要学会按部就班，也要学会应对变化，你要学会去做你期待成为的那个人，也要学会接受你永远无法成为期待中的那个人的事实……

像这样的年月总是默默占领着我们人生中最多的戏份，总是在如此短的时间汇聚如此多的转折，让如此平凡的人们面对如此多的开始，在环环相扣的经历中悄悄决定着生命的走向。

01

我想我会永远记得 3 月 21 号，那是我毕业论文抽到双盲审的日子。

在那个阳光只有亮度却没有温度的下午，那天我对着抽中的截屏，忍不住感慨于人生经历竟可以如此完整，我只是在想：既然我

已经独自带着它走了那么远，那也无所谓再做一次历险。

你是否和我一样，有那么一个瞬间突然明白，当所有担心的事情成为现实的时候，当不得不独自承担压力和风险的时候，会知道没有什么是一个人承担不来的。

02

我想我会永远记得 3 月 25 号，那是我考博的日子。

那两天来临之前我期待了很久，那两天走远之后我怀念至今。我好像还能闻到考卷油墨的味道，还能看到窗棂投在课桌上的阴影，想起蓬头垢面考完笔试跑到商学院顶层飞速补妆的自己，这一切总让我暗自想笑。复试前我对着镜子认真地把小辫高高地扎起，一点点整理好黑色的连衣裙。

你是否和我一样，有那么一个瞬间突然感到，即使不知道下一刻会发生什么，但无限靠近梦想的时候即使辛苦也是一直生活在阳光里。

03

我想我会永远记得 4 月 24 号，那是我的论文双盲审通过的日子。

在那个普通的夜晚，我在朋友圈里向所有的人报了平安，我知道一定会有人为我的顺利而开心，为一切风风雨雨归于风平浪静而祝福。

你是否和我一样，有那么一个瞬间突然明白，阴霾总会散去，我们从来都是为美好的祝福而骄傲地活着，为期待我们变得更好的人而更好地活着。

04

我想我会永远记得 5 月 13 号，那天我为硕士论文隆重地写上了后记。

当我关掉 Word 文档的时候扫过一眼外面刚刚破晓的蓝灰色的天——那是我第 57 次，也是最后一次为它早起。所有的记忆在那一刻开始按部就班地收尾，它就像一个和我相依为命的孩子，在最后一年给了我那么多的勇气。后记就像是我在它"婚礼"上的深情"致辞"，当我写到"尽管它曾向我关闭了很多门，但我相信每一扇关闭的门都在冥冥之中把我引向最好的安排"，我的眼睛都融化了。

你是否和我一样，有那么一个瞬间突然感到，我们永远不会后悔付出太多或成长太快，即使这种付出无法融化世界，但起码最后还是温暖了人心。

05

我想我会永远记得 5 月 24 号，那是我毕业论文答辩的日子。

三年里我在无数种境遇下无数次幻想那天发生的一切，但当它真的来临的时候，其实所有悲观的假设都被一一否定。一周之后我写下了那篇《没有哪一种幸福理所应当》，不知从哪一天起，我的生活开始柔软，开始阳光，开始收起割人的棱角，我也在渐变中学会了珍惜所有平常的日子，所有在别人眼里理所应当的幸福。

你是否和我一样，有那么一个瞬间突然明白，尽管所有人都是顺利的，你的顺利也依旧值得珍惜，尽管所有人的生活都风平浪静，但风平浪静的日子其实来之不易。

06

我想我会永远记得 6 月 26 号，那是我拿到博士录取通知书的日子。

看着那张和硕士录取通知书一样的粉色的纸，我想起了那篇只有六百字的论文致谢，想起了那条身后的长路，这一天我确实是等了很久，不仅仅是因为自习室里看得见摸得着的付出。其实朋友圈里的那条状态我编辑了很多遍，修改了很多遍，我甚至自娱自乐地设想了不同风格的版本，但最终我还是选择了一种最温暖的表述。因为我坚信，接下来的日子，甚至是往后的很多年，我会经常翻看那天发生的一切，那天写下的一切。

你是否和我一样，也有那么一个瞬间突然明白，命运的三岔口总是蕴藏着玄机，让你选择的那条路连带着太多的馈赠与惊喜。

07

我想我会永远记得 6 月 28 号，那是我硕士毕业典礼的日子。

当所有的故事归于完结，剩下的只有一个最隆重的仪式。蓝色的学位服是大海的颜色，也是天空的颜色，我带着天与海的开阔情怀对着镜头微笑。那天我主持的 20 分钟热场注定是最难忘的一次演出，因为台下此起彼伏的欢呼会让眼睛蒙上湿湿的云雾，它在虚无与真实的交融中告诉我，其实一切都会好。

你是否和我一样，有那么一个瞬间突然感到，起起落落都不足以让我们怀疑生活的善意，因为它的本意就是教会我们单纯地到来，再微笑着离开，而中间，谁能说得清得失，谁又能分清什么是苦，什么是甜？

08

我想我会永远记得 9 月 16 号，那是我博士开学典礼的日子。

和每一个新生一样，我把师大校园的每一个角落又重新走了一遍，我好像还能拾起林荫道上的欢歌笑语，好像我们挽着胳膊一起去答辩还属于昨天，好像上一次梧桐叶落我还是个少年，可是当留下我一个人再看每一寸风景的时候，我才明白，人生不会总如初见。

你是否和我一样有那么一个瞬间突然感到，生活最终还是要踽踽独行，最幸福的就是在你身处阴影时有人同行，最怀念的就是当你立于阳光，他们都已不辞而别，各奔天涯。

09

写到此，我才意识到岁月这环环相扣的安排，它那样细心和精妙地构思着我所有的经历——让我先在困境中明白努力的意义，后在努力中学会珍惜平凡的幸福，再在平常的日子里坦然地接受冬去春来，最后在这漫长的旅程里找到生活的意义。

再见，我的 2017。

我会用一生想念这一年的风风雨雨，让来年继续向着阳光走去！

2017 年 12 月 30 日

我所理解的单纯

"生日快乐啊，希望你早点成为科学家！"

"我看下日历啊……哎呀真的哦！"

"……"

像我这样不记事的人发过去祝福的时候已经是下午5:00了，我万般惭愧地点了"发送"竟然给了对方一个惊喜，这真让我百感交集泪流满面。

我们即便一百年不联系，每次联系起来我都觉得自己是在耽误一个准科学家的青春，进而给祖国实现社会主义现代化拖后腿。让我感动的是，这位准科学家是一直记得我的生日的，只是十年里从来没有在我生日当天发过祝福，一般都是提前两三天，有时候也会提前一天，情况不等。

大三那年离我生日还有三天的时候突然收到了一封邮件，他用一封四千多字的长信作为给我的生日祝福。最神奇的是，他在信里用一整段的文字来解释他为什么提前三天发给我，归结为一句话——他担心他当天会忘了，而且经过仔细推断，他当天一定会忘了发给我。

至于我，每次给他发生日祝福都言简意赅地说："祝你给祖国健康工作50年。"我们是中学同学，当年和我交情甚好的还有一个女孩，可是她出国了，不过今年寒假对我而言注定是一个很期待的寒假，因为我先后知道了他俩都要回来的消息。我和那个姑娘的故事讲起来或是想起来都像一首长诗，在我的很多文章里提起她时都伴着很温暖的回忆。但这位珍贵的朋友我却极少在文章里提起，若不是前几天他生日我们聊了很久，我可能还不知道从何说起呢。

我们的友情已有十多年之久，但说起来截取每个瞬间都很奇特。比如读书那会儿他身上常年别着一个头像，据别人说是华罗庚，我没有考证过。我们每天放学一起回家，上学也常常在路口遇到。学校门口的路是一个缓缓的坡，一天下午快迟到的时候我俩遇到了，他一边骑自行车一边催我，催烦了我说你自己走就是了，但他一边看表一边依旧执着地鼓励我，在他的鼓励之下我们俩都迟到了。再比如高中我数学不好，有次做数学卷子我做得很慢，回来的路上他问我做到哪里了，我就实话实说了，他特别认真特别神秘地问我："你是不是悄悄地把物理作业先写完了？"

大二他来上海找我玩，我带他去逛城隍庙旁边的小店，他特别认真地端着一个不知道什么做的东西轻轻摇晃了两下，扭头问我："你说它振幅多少？"有一年暑假我帮了他一个小忙，他硬要请我吃饭，结果他自己以飞速把饭先吃完了。看到我细嚼慢咽，他意识到自己吃得太快了，气氛顿时尴尬了起来。机智的他突然找到一个话题，对我说："哎呀你是不知道啊，我发现女生都不把饭吃完，都剩那么多，你说不是浪费粮食吗？"我默默地放下了筷子，他说："不是，我不是说你，我是说别的女生都太矜持！"后来信里边他信誓旦旦地要在他们学校帮我找个对象，向我论述了清华的男生多么的靠谱，大概过了半年，他突然回过神来和我说："我仔细想了想，你不在北京怎么相亲？"

当然最有画面感的还是每次我找他帮忙的时候，有几次事情紧急，他说："其实我没有闲下来的时候，但这不代表我不能帮你。""好啊，你什么时候能完成？""看你的要求多高了，明天就要我今晚通宵可以帮你做好，但质量会打折扣，后天质量会更高一点，时间越多完成任务的质量越好，你权衡一下。"他生日那天问我："咱们好像两年没见了吧？"我算算好像确实是，不过话说"海内存知

己，天涯若比邻"，两年里我需要帮助的时候显然是"若比邻"。

每次放假，只要我们回家的时间可以凑在一起，那么我们只约在两个地方见面——一个是图书馆，一个就是广阔无边的马路。图书馆那是用来自习的地方，进去就不能交流，要想交流就要约在某个路口。哪怕寒风凛冽，我都被他说服着执着地在室外绕着高中门口的大公园走了一圈又一圈，按照他的说法就是生命除了学习就应该运动，绝对不能静止下来。至于我呢，我只能说幸好我有长跑的习惯，并且还有一件到脚踝的羽绒衣。

其实我常常觉得，他看世界和我是完全不一样的视角，我之所以无限珍惜这段友谊，不仅仅是因为他不求回报的帮助，还有在聊天的时候表现出的善意和纯粹。更让我感到充满力量的是他的善意与纯粹所换来的美好生活，对平凡的人而言就是一本最好的教科书。

四五年前的暑假，他告诉我他现在特别讨厌怨气很重的人，明明生活都已经够好了，还觉得社会给他们的不够多，还觉得这也不公平那也不公平。我问他："你在北京这么多年，你觉得知足吗？""知足啊！""那你觉得公平吗？""公平啊！"我问的时候没有任何感情色彩，只是单纯地想知道答案。他说："我有吃的东西，有穿的衣服，还能去清华读书，哪一点不知足了？而且啊，不光是我，你也一样啊，要是不公平，靠什么去好城市啊？"我追问他："你身边那么多人申请到藤校呢，你不羡慕啊？""那是他们确实很优秀的，你不知道他们真的很强的，但我从一开始就打算保研的，现在也直博了，我觉得我们过得都挺好的。"

聊这些话的时候我们恰巧从中学校园门口经过，我转过头去，看着金黄色的余晖里静默的白色教学楼，是啊，有什么值得抱怨的，又有什么不知足的呢？我在马路对面，却感到从未站得那么远，去遥望那熟悉的校园。多少年来，我只是把它当成一个平台，一个过渡到更好的人生平台。后来当我感到自己没有很好地把握住这个平台的时候，它之于我就退化成了一个炫耀的资本——闪着金光的外壳，包裹着我很长一段尴尬的青春。直到那天我才觉得，这应该是一个让我感到知足，让我珍惜公平，让我学会单纯的地方，而不是其他任何象征。

后来，考研、考博，我经历了无数次令我恐惧的考试，但我不会去羡慕别人不需要经历这些就可以享有和我一样的机会，也不会去和任何人比谁的路更好走一些。很长一段时间我经常说他："像你这样高考、考研、考博都没参加过的人我都替你遗憾。"其实那时候我已经开始平衡地感到，每个人都会有特定的人生，每条路都会有不一样的风景。不论凯旋而归还是一败涂地，从那天起，在任何场合我都很坦诚地告诉别人：没有考试我永远都不可能走到现在，每一步我都踩得很踏实，不论过得好不好，我都觉得很公平，很知足。

"你看那是不是新的展板？"我指着校门一块红色的展板对他说，"走，我们过马路看看对面展览出来的是什么！"我呼唤着他穿过了马路，越走越近，越走气氛越凝重，越走越感到有什么荒谬的事要打破我们好不容易看懂的人生。

我们看到正对我们的那块展板上是他的照片和简介。

几年前一个同学和我聊起来他，那同学问我："你们关系那么好，你想过没有这么多年他为什么能做出来那么多成果？"我问那个同学："你觉得为什么？""因为他那个人，从来不受别人干扰，说做就做，但那些看起来不可能的事情往往就是那么做成的。"那同学从旁观者的角度总结得很在理，其实类似这样的话我们班主任也说过。

有一年在老师家里她给我讲了一个故事，高一入校我们做过一份调查问卷，我记得里边有很多关于担任班委、未来规划、学数理化竞赛的问题，老师收上来一张张看，初来乍到，大家对不想做的事情都会比较中立地选个"无所谓"或者"不介意"，只有他直接选"是"或者"否"。入校时候他因为数学竞赛在年级已大名鼎鼎，班主任自然对他比较关注，对于他的问卷自然也记忆犹新。毕业以后老师对我说："我就抽出来问卷去问他，你这三年想干什么？他竟然特别直接地告诉我，拿保送，去清华……我倒不是说所有人都要这样，但是你发现了吗？他还真是能选择能放弃，活得很单纯。"后来我向他本人求证："你还真好意思选那么多'否'啊？""哎，我都不记得我哪几个选的'否'了，反正肯定是我确实不想干的，干嘛要骗人嘛。"

高一第一节数学课老师问大家谁把这学期的数学提前自学完了，班里稀稀拉拉有十几个同学举起了手。老师又问谁把高中的数学都自学完了，他一个人举着手。后来高二他拿到了保送资格，我们一点都不惊讶，高三又拿了一次保送资格，完全是意料之中。尽管每天放学结伴回家，可惜天赋并不能传染，我学得最吃力的还是数学。高三那年班主任和我谈话，她很直接地告诉我，其实天分的差异不是靠勤奋能补回来的。老师随口用他做了案例，说我再怎么努力在数学上都不可能超过他，因为他不是老师能教出来的，他是天赋高。后来我经常拿这句话开玩笑："你看老师都说了我和你是天赋上的差距！"但其实那天老师想教育我的是后一半："你也不要忽视自己的天分，如果有一天你想往深里钻研，记得适合自己的路就是最好的路，他就是个最鲜明的例子。"老师还告诉我："我希望你能多考几分不是说要证明什么，也不是说考到哪里就能怎么样，就是觉得你因为数学和别人起点落太远我替你可惜。"后来所有我曾经担心过的事情都发生了，高考结束后我在一种说不清的无奈中和那个并没有歧视的班级主动选择了疏远，我这位可爱的朋友还特别不解地联系我追问我："你怎么这么忙也不回去看看老师！我去的时候她还一直问我知不知道你过得怎么样呢！"

后来在他的鼓励下我俩一起去拜访高中班主任，那是我们唯一一次同时出现在老师家，那次共同拜访的经历真的让我永生难忘。那天我俩聊完，他当下约了老师，晚上就很开心地去老师家了。开始大家聊得很愉快，说现在的生活，说以后的打算，说学校开了什么课，突然不知道怎么就说起了他们学的内容。我至今都记得有个词叫"复变函数"，就从说到这个词开始，他像上了发条的电动玩具一样滔滔不绝地和老师讲，讲得口若悬河两眼放光，情到深处右臂伸起来在空中比划，那神态和当年讲题一样生动。五分钟、十分钟、十五分钟……老师是能听懂的，中间稍加评论了几句，但他讲得实在精彩我们都不舍得打断。这时候老师里屋的手机响了，老师从沙发上起身去接电话。他伸着头看老师进去了，突然转过来很低声很焦急又有些责备地问我："你怎么不说话?！让我一个人讲得口干舌燥的！"从那次起，我们就很默契地把拜访老师的时间错开了。

每次独自去拜访我的班主任，老师都会告诉我没有什么遗憾是不能弥补的，无非是多付出一些东西。老师再次拿他做例子教育我的时候不再是学数学的问题了，而是让我像他一样，遇上再大的事情都要看得开，要活得很单纯。

次年生日我便收到了他写给我的那封洋洋洒洒的长信，以前物理老师总说学竞赛思维要有跳跃性，在他的信里边，思维跳得幅度相当大。看邮件的时候我的大学室友都已经睡了，信里文言文白话文毫无防备地交错出现，好几次我不敢笑出声来，恨不得把上下嘴唇都捏在一起把笑声都藏在肚子里，等全看完的时候我憋得眼泪都出来了，但其中的内容却很是感人。他说他很怀念以前可以和女同学自由自在地上下学和玩耍的日子，现在只要和女生说几句话就会被八卦；他也怀念以前大家坐在一起上自习，可是现在他发现每个人都把书包放在自己旁边，他说他不喜欢这种人和人的距离感；他也不喜欢同学们"大神大神"地喊他，然而那次期末他实实在在考了第一。他经常说自己很羡慕我可以有那么多时间读书，不像他每日总是有写不完的作业，编不完的程序，做不完的仿真和实验，一学期只读了一本《中国崛起》，觉得自己这样下去会越来越浅薄，用他信里的话讲就是"圣益圣，愚益愚"。我知他谦逊。

多年过去了，我在整理电脑里的文件的时候看到一个没有改名字的"新建文件夹"，点开竟然是这些年我和我朋友们的通信。我点开这封名为"happy birthday"的 Word 文档，再读每一句话的时候依旧忍俊不禁，又突然觉得眼眶湿湿的。上个月看到郭敬明的一段话："人生最悲哀的事情就是你发现一路上和你一起的人渐渐就离你远去了，也许是因为结婚生子，也许是因为劳累不堪重负，也许是因为理想渐异，也许是因为反目成仇。"幸运的是，当年的信与我们如今聊天的风格仍然出奇地一致，至少说明面对复杂多变的人生，我们还是习惯用学生时代的思维方式迎接它，面对它，再战胜它，不论是否活成了期待中的样子，起码至今我们谁都没有活得很差。

信的末尾处他说他很感谢我教会了他太多的人生道理，我不知道我在话语间教会了他什么，我只知道他用很多有趣而不同寻常的言行教会我一个简单而努力的人可以有多快乐。而真正让我感动的是，我们都立志说大学要走过挥汗如雨的四年，如今我们各自走过的不仅仅是挥汗如雨的四年，还有七年，我想还会有第十年。记得《中国合伙人》里有句台词："他压根儿没想过去改变这个世界，但至少他能做到不被这个世界改变。"

有时候我感到时间真的很快，好像我们谈论着哪个题怎么做，谁理综考了多少分，谁的同桌又要去北京学竞赛……谈着谈着他们就踏上了离家的列车，笑着笑着他们有的为人妻为人母，有的和实验室的瓶瓶罐罐作伴，有的定居国外喜欢上了很多神奇的运动，而当年我们担心的、遗憾的、过不去的坎儿根本再没有人记得。我们以为会影响半生的阴影其实半年之后就萎缩成了一个黑点，淹没在一生的美好或荒芜里。

如我们这样的，来自一座比上不足比下有余的城市，来自平平凡凡但衣食无忧的家庭，来自追求卓越却也包容失败的中学，我们的人生有比别人更多可进可退的选择——我们可以选择辛苦地改变命运，也可以选择继续衣食无忧。在很多人眼里，每一个努力的人都有很强烈的欲望，越是勤奋就意味着想要的越多。可我知道这是一个伪命题，因为我看到这世界上确有一些人生活很努力，态度却很单纯。我至今不曾想过一个普通的女生要勾画一个什么样的蓝图，我只是单纯地感到，曾给我鼓励的人们都还没有停下，他们也不希望我停下的，仅此而已。

每当我看到外滩的霓虹熄灭又亮起，每次飞机降落的时候我看到这座城市运行有序的排布，每次从徐家汇经过看到每一幢高楼不可撼动的威严，每次做主持人看到商界精英露出努力迎合这个时代的微笑，我就很坦然地感到人的力量很单薄，所以人的单纯才无比珍贵。起码它让我、让我的朋友一直活得像个简单的少年，让我时隔多年再读那封信的时候依旧能笑得热泪盈眶，又或者是真的热泪盈眶。

　　我至今都没有回复那封长信，如今又一个五年过去了，我用这样的方式回复我们十年一起长大的友情，回复他十年里用一种不同寻常的方式教会我的——

　　他开心是因为他想要的不多，他勤奋是因为他对他所认定的很执着，他优秀是因为他一直活得很单纯。

2018 年 1 月 21 日

四读史铁生：看清世界，而后爱它

壹

第一次读史铁生是 2001 年，若说结缘，那还是要从《我与地坛》说起。

有时候我挺庆幸邂逅一个作家不是在课本上，这样我便不会把对他的好感、对文字的独特感受、对他思想里蕴藏的音乐一样的灵性消磨在对字字句句的规整分析里，也不会把年少时候很多自由而奇特的思路淹没在千篇一律的答题套路里。史铁生、三毛、刘墉、泰戈尔、高尔基等等，他们先于学校出现在我的人生，总给我无限的庆幸与惊喜。

读《我与地坛》的时候我刚刚看完《撒哈拉的故事》，对于一个孩子而言，若一定选其一的话，或许是三毛更合适一些——即使读不出怜悯与悲情，但起码在简单的白描里能找到趣味；即使看不懂三毛式的卿卿我我，但那个年龄也没有人会去思考什么是爱情。所以，读过笑过再看史铁生，就像突然去观照一个陌生的世界，传说中的"成年人的世界"。

当年我定然无法明白生死、命运这些宏大的主题，就像不能理解三毛的爱情一样，我能感知的只是一个坐着轮椅的背影，在废弃的古园中渐渐衰微，渐渐老去。当年互联网还没有那么发达和普及，人们还没有用网络资源填补疑惑的意识，可现在想想，没有意识也好。倘若当时我用一张地坛的图片代替了天马行空的想象，那种切实的满足必将伴随着极大的遗憾——地坛的草木之于我将不再是史铁生的地坛，而是游客的地坛，是摄影师的地坛了。

后来，我在《想念地坛》里读到如今"它已面目全非"时，

心里又生出一层庆幸，幸好我没有在几十年后急匆匆地去北京一探究竟，否则我再不会想起它曾清风朗月，再不会感到它如沐慈悲。

贰

第二次读史铁生是八年之后了，那篇散文被节选进了中学课本。课上我默默读了一遍又一遍，我希望自己能够明白的是作者的初衷，而非编者的初衷。的确，我认真而欣喜地端详着每一句话，就像端详一个多年未见的老朋友，我已长大，他却未老。

当年我最喜欢的是第二部分的末尾，它让我感到真实，又因太真实而不禁颤栗。老师兴致勃勃地讲着，我乖乖地做着笔记，阳光从窗口溢满教室，把每个人的脸都照得很明朗。

我端着书，把书立在课桌上，懒洋洋地托着下巴。那一刻我生出一种奇幻的错觉：地坛的阳光和窗外是一样的，带着北国特有的干燥，风起时浮着难以落定的尘埃，严寒时抚慰追逐光明的心智。我开始对史铁生看到的每一个生灵产生了浓厚的兴趣，开始想象它们的形态，试着去读懂他躲避母亲的本能、无奈、恼怒和哀伤，进而去理解他多年后那平和却掩饰不住的懊悔，只是那时候我用文字是表达不出来的。

我能做的就是发呆，就像后来学《逍遥游》时候的呆滞一模一样。

这时我的同桌突然举手，他打断了老师，打断了每一个奋笔疾书的人，也打断了太阳光下支着下巴发呆的我。我感到一个人悄无声息地站了起来，就像一条曲线在我身边拉直还原，或许只有位置最近的我才能感到一条线的曲直也可搅动起身边的气流。

"老师，我想给大家朗诵一段话。"他用微微打开的书稍稍遮着下巴，书的上面是一双小而圆的眼睛，有些厚度的镜片把目光过滤得只剩下期待。

我们都愣住了，老师长出了一口气，伸出右手说了声："请。"

"有一年，十月的风又翻动起安详的落叶，我在园中读书，听见两个散步的老人说：'没想到这园子有这么大'……"他开口的时候我的目光恰巧停留在这一页，这种巧合让我欣喜，但又像另一个人和我发现了同一块宝藏，让我多少有点失落。

他颤抖着声音读完了那句"母亲的脚印"，教室很安静，没有翻书的声音，没有讨论的私语。他定定地看着老师，但我相信那段站立的空白并不是等着夸奖或评价，只是在沉淀着眼睛里的湿气。毕竟能对文字有这样美好感受的人不会在乎旁人一句"你读得真好"，能把史铁生读到热泪盈眶的人也不会介意他人对自己情感的评价，这是情到深处，不是艺术处理。

后来一次考试有一道题是要我们"摘录"一段文字，我毫不犹豫地默写下了这段话并注上了作者和出处。后来我才知道，这道题的目的只是为了考察大家是否知道摘抄要用破折号写明作者和出处，至于你写的内容根本没人会去核实，内容并不是采分点。不过我仍然为一个标点都没有写错而欣喜，也为在严肃的考场上重回地坛、重逢史铁生而感到快乐。

犹记得，在考场紧张的氛围下，我默写着，眼睛里是蒙蒙的雾气，雾气结成一面透镜，把蓝色水笔写下的每一个字折射得忽大忽小。雾气越来越多，几行字模糊成一团蓝色，像天空，像大海，像史铁生蓝宝石般的生命。

我想我能够理解了：眼前那一片朦胧的温馨与寂寥，一片成熟的希望与绝望。

于是，中学时代，连接史铁生与我的故事只简化成两个瞬间：

课堂上，我的同桌默默地站起；考场上，我低下含着水雾的眼睛静静地落笔。

叁

第三次读史铁生已经是大学。那时候我已经很少写读书笔记了，只在书上用红笔勾勾画画。没错，我画下一切让我触动的文字，却并不会在旁边标记原因，现在想来多少有些遗憾，毕竟一个年龄有一个年龄的心态，而"感悟"这种事终归和记忆不一样，它不可逆。

在《我的梦想》里，我画下了"上帝从来不对任何人施舍'最幸福'这三个字，他在所有人的欲望前面设下永恒的距离，公平地给每一个人以局限。"我猜测，大学我已然懂得自己无缘"最幸福"，已然明白世上从未有过也绝不会有"最幸福"，已然看到自己和多数忙忙碌碌的人一样在无限的世界面前试图缩短一段不能缩短的距离，乐此不疲地摆弄着被"上帝"局限好的人生。那年我大二，我领会到的除了中学就感受到的一点柔情外，还多了一点神性。

在《合欢树》里，我画下了"有一天，那个孩子长大了，会想起童年的事，会想起那些晃动的树影儿，会想起他自己的妈妈。他会跑去看看那棵树。但他不会知道那棵树是谁种的，是怎么种的。"我猜测我是联想起了《项脊轩志》的结尾：庭有枇杷树，吾妻死之年所手植也，今已亭亭如盖矣。一个是合欢，一个是枇杷，每一次树影婆娑或黄叶飘零，不同的树都会传递着一样的情怀：此情可待成追忆，只是当时已惘然。

因为有一些情感没有年代，也无论今昔，所以有时树也没有种族，更无论冬夏。

如今，我对七年前每一个划下来的句子都有无尽的猜测，唯一可以确定的是，那是我接受的关于生死的启蒙教育。史铁生用永生的合欢树，用墙外的箫声，用开阔的地坛告诉我——

原来生命的枯荣可以给活着的人带来这般欣喜，这般焦灼。

肆

第四次读史铁生是今年寒假。我钻在图书馆找铁凝的小说，眼前又闪过了史铁生的名字，各种各样的版本占了半层书架。

我随手拿下来一本回到座位上，窗边的阳光恰如当年课上读《我与地坛》时一样明媚，一行行黑色的字漂浮在发亮的白纸上，常常给人一种漂移不定的错觉。

读几页以后，我感到打动我的句子与几年前完全不同；读几篇之后，我确信这些年我在长大也在成熟；待到读完整本，我意识到他已变成永恒，而我永远不可能完全读懂史铁生。

他从来无意去指责任何人，但他看待生死的眼光让太多的活着的人陷入深思，他关于得失的言论让所有向命运索取太多的人羞愧。这一回，最让我惊讶的是他对于幸福的思考，这思考让我猛然感到自己是何等的粗心和迟缓！在前三次读史铁生的时候竟没有洞察到他的那句："没有痛苦和磨难你就不能强烈地感受到幸福。对了，那只是舒适只是平庸，不是好运不是幸福。"我没有洞察到他为自己设计的平凡人生背后那不平凡的意趣。

直到后来，当我扎根于自己人生的土壤，当我用自己的身体历经了更长的路，以此为逻辑起点，我明白了：很多向生活索取完美的人，他们所厌弃的风平浪静的人生，在很多不幸的人眼里原本就

是苦尽甘来。

难道不是吗?

但我又不觉得遗憾,倘若我从自己的人生中总结不出这样的感悟,看到史铁生劫难后的梦想,我还天真地以为是一个理想主义者的呓语呢;倘若我没有走过更长的路,没有看更多的风景,没有理解真切的苦乐和扎实的爱恨,我又怎么能明白他的暗示——

镇定了但仍在燃烧,平稳了却更加浩荡。

伍

泰戈尔说:我们热爱这个世界时,才真正活在这个世界上。

我相信,无法站立的史铁生是深爱这个世界的,因为他真正地活过,并让很多人也因他而活得真切。

罗曼·罗兰说:看清了这个世界,而后爱它。

我永远无法看清这个世界,但我在读懂史铁生的道路上,间接地爱上了这个世界。

2018 年 1 月 29 日

再别寒假君

就让我亲切地称你一声寒假君吧。

讲述一个人总是需要很多故事，而寒假君，当我这样称呼它的时候，它俨然是一个人了。

对一段时光最高的敬重莫过于付之以人性，当时间与人可以并肩而立，没有谁挥霍谁，抑或谁奴役谁的时候，就很容易在一段时光里同时嗅出人性的真实和神性的通透。

我和寒假君就是如此。

我们见面的第一天他就把旧的图书馆为我翻修好了，这是多么有诚意的约会，无异于抱一大捧盛放的玫瑰等待在熟悉的十字路口。那一刻，寒假君的背影堪比眼前的图书馆高大挺拔，他与我比肩走上整齐而壮观的石阶时，他那高傲而得意的一瞥，让我彻底沦陷于寒假君送我的栖身之所。我竟这般容易被物质打败！

其实打败我的并不是物质，物质是打败不了任何人的，打败一个人的永远是对比，"曾经沧海难为水"的对比。

很多年前我和寒假君挤在明亮而相貌平平的市图书馆里，无限清心寡欲，宁静致远。那时我还在读大学，每一年和寒假君在一起我都忙于应付各种考试，而他呢，也没现在这样浪漫，浪漫到懂得修整好一个新的处所等我回来。当年我们觉得只要有桌椅就够了。岁月倒也厚待我们，除了一排排桌椅还有明媚的阳光——冬日里能有牛奶一样的光芒铺满身体，这足以让我对寒假君心生几分期盼与爱意。右手边的窗口每每有太阳照进来，我写东西的笔便会投下花式的阴影，但我从不躲闪，我知道，那是寒假君为我演的皮影戏。都说少年的雄心壮志可以翻云覆雨，可少

年若知足起来又足以让人瞠目结舌。对此，长大后的我和寒假君相视一笑。

如今，阳光再倾泻进来，我依旧会想起多年前青春年少的我和我调皮的寒假君，阳光并没有因生存条件的优化而黯淡和贬值，正如我和寒假君的情分永远不会贬值一样，只是我们珍惜和在意的远不止阳光了。

我们心照不宣地开始了在这里的约会。寒假君太绅士，不能替我抢位置，这种高调的事情就只能我来做；他太善解人意，从不会喊我起床，故而我们在一起的时候依旧日日离不了起床的闹钟；他太规矩而沉默，甚至从不与我有半句耳语，幸好多年相处我习惯了读书时他无声的陪伴。正所谓情到深处无怨尤，每当我抬起头看到排排的书架，我知道这是寒假君忠实的守护与慷慨的馈赠。而他呢，我想书中的智慧便是他的智慧，我字字句句抄下来的话便是他借我的笔写下的表白，而窗外的阳光日复一日投向我的阴影正是他年轻而挺拔的侧影。

我始终相信，无声是最高级别的告白，它永远不会淹没在喧嚣里，于是无声就成为了真情最机智的自我保护。年复一年里，寒假君赠与我的无声的日子是一份永远被猜中却又永远被期待的礼物：读没有机会读的书，想没有时间想的事，付出很多与得失无关的努力。

我的寒假君就是这样绅士和超脱，他高傲地把所有的智慧散落在送我的礼物里，而我每一年在不停地翻动书页或奋笔疾书的时候，都像是一次寻宝或定向越野。这些年我的追寻，我的成长，我的改变，我想要理解和靠近的似乎都与他无言的教导有关。

我们的故事在一本接一本的书里有了续集，在一页一页的摘抄和笔记里有了证据，当然也在跑步机上一个个跳过的数字上有了活力。但很快，我与寒假君携手走过的岁月又一次看到了尽头，只是我们谁都没有遗憾，在行李箱里我带着寒假君借我的手写下的一本告白，带着他为我诵读的那些名家的思绪和传奇，当然也带着我们一起走过的无声的分分秒秒。最重要的是，我们并肩走进了春天。

大地以回春之势供养着寒假君的迟暮，我们道别的那天正是正月十五，寒假君一直把我送回上海，看着飞机平安降落才悄悄离开。

告别那天，飞机在灰白色的空气中滑行，整个世界安静而飘忽，像一片灰鸽子的羽毛。迎接我们的是一个斜风细雨的日子，一个湿漉漉的世界，就像机场里步履匆匆的归人的眼睛——从故乡到异乡的茫然，从异乡到异乡的疲倦，从异乡到故乡的欣然。雨水便是情绪的催化剂，让清香的回忆变成浓郁的乡愁，让简单的快乐变成飞奔的狂欢。

我和寒假君牵着手从机场走出来，我像主人一样对他津津乐道着这里的一切，讲述着他永远不会明白的喧嚣。毕竟这些年，家乡的寒假君从来都是以一个遥望者的姿态观望这里，他是一个彻头彻尾的外乡人，其实，津津乐道的我又何尝不是呢？

外面的人总是习惯于遥望这里发生的一切，他们会看到一个华丽的火球发出的刺眼而诱人的金光，但他们不会看到大都市里的每一个小人物微不足道的快乐和扎扎实实的悲哀。

毕竟，多彩的是很多人的爱恨汇成的世界，单调的是一个人的悲喜铺满的人生。

我和寒假君手牵手与一个个步履匆匆的行人擦肩而过时，才恍然明白这个道理。他惊讶地发现每个人的目光原来只有一种颜色，平日里眺望到的不过是所有人的目光交织出的一脉脉彩色的光缆，这光缆让很多人心生憧憬，向往，甚至是幻觉。于是更多的人来了，带着单调的光芒融入那个憧憬过的世界，这世界里的事很多难以解释，可在遥望它的人眼中，这一脉脉光缆确实更亮了。

我的寒假君似乎从未见过这样的场面，又似乎见惯了这样的场面，这一切我不得而知，谁让他是那样深刻而沉默的存在。

当我拖着行李箱在这个既规则又难以解释的城市里一格一格行走，我相信他纵使远在天涯，也会理解我的按部就班，我的步步惊喜。

雨天会冲散很多往日的喧嚣，让人很容易听到时间在江面漂走，岁月在枝头老去，但寒假君的离开却比这时间和岁月还要无声。当我回头时他已然不辞而别，就像树枝"咔嚓"一声断裂，终结与重生，苍凉与欢愉，都在"咔嚓"声起时随意切换。

那么再见了，我的寒假君。

我原想与你更尽一杯酒，你却选择无声共饮一江水。

后记：

假期读书时，每做几行笔记都有更新一篇文章的冲动，起初读的史铁生，后来的铁凝，再后来的泰戈尔、巴金、余秋雨和林徽因，但我只在寒假开始写下了一篇关于史铁生的随笔。因为静下来写的机会常有，静下来读的机会不常有。

我称那段日子为"寒假君"并非俏皮的暗喻：他能教我知冷暖，让我明是非，把生活看懂一半又疑惑一半；他让我曾经拥有却未曾在意，我在意时他又渐渐老去；他不怪罪我年少的挥霍与无视，反倒仍用最珍贵的东西等待我的归来。

他不是一个人是什么呢？

2018 年 3 月 4 日

李敖的天鹅

3月18日，得知李敖去世的那个瞬间我脑子里飘过一句话：英雄从不失败，他在天塌的时候，也会捞到天鹅。

看到这句话的时候是2015年9月12号的下午，借着李敖给我的灵感，那天在图书馆写了一篇文章名叫《和命运周旋我向来厚颜无耻》，受他犀利言辞的鼓舞，在文章里我信誓旦旦地说："我从不相信什么注定的毁灭，只知道和命运周旋只做两件事——要么无耻地驾一只天鹅，要么无耻地捞一只天鹅。"写好后我把它放在了公众平台上。今年三月，李敖离开我们的那天我又想起了那近两千个尘封的文字。

三年的距离，没有多远。

那是三年前的秋天，这是三年后的春天，相似的微风把这个复杂的世界掀起、相似的暖阳把它晾晒，最后时间缓缓覆盖了一切。在岁月的那一头，我在李敖的嬉笑怒骂中寻求力量，而在岁月的这一头，我却在追忆着曾给我力量的人。对于自己当年写下的很多话，今天的我并非完全认同，但这段日子每一次想起那个带着"刺"的题目，我都很想问自己：如今，你和命运周旋是否依旧厚颜无耻？

当年我自问自答的时候像誓言一样自信，因为我想成为李敖说的"英雄"，毕竟按李敖的说法，失败永远不能成为英雄的定语，所以我一度心心念念地想在天塌下来的时候有一只很大的天鹅能砸到我。

你是不是觉得很有趣？那么我来继续讲。后来命运可能真的给过我当大英雄的机会，我也是过后才意识到的，但天塌下来的一刻你会发现落下来的全都是石子，李敖所说，或者是我期待中的天鹅根本就是不存在的。于是很长一段日子我开始困惑，是李敖骗了我还是我的人生是那个小概率的反例？我常常自我安慰地告诉自己，或许天鹅的重量已分散在了粒粒的石子里，那点点滴滴的困难正是缓缓降落的天鹅的羽毛吧。

时间无声地跳跃到今天，当年自己写下的那些宁折不弯的语句让如今的我畏惧，但那份心心念念盼着天鹅降临的单纯的心思却让我心安。我不止一次估算，一个人承受能力的那个"极值"会在哪里，难道它真的和狂妄成正比吗？可每一次当我仰望天空，都会觉得即便是再渺小的人承担的极值都有可能是正无穷。

记得十多年前流行过一套《新语文读本》，其中某册的一个单元大标题为"看生活的艰辛"，里面却没有一个作家愿意直接告诉读者生活可以有多苦，也没有一个人去仔仔细细描述洒落人间的眼泪。然而，十多年我都不曾忘记他们展现给我的生活的剖面，不曾忘记很多金光闪闪的人们刻满了风霜的童年和少年，也不曾忘记我侥幸躲过的那些不幸的时代为历史留下的长长的叹息……这一切都连同"看生活的艰辛"这六个字刻在了我童年的记忆里。在这个大标题的旁边有一副插图，寥寥数笔勾勒出一个带着微笑望着远方的小男孩，我不知道我为什么会偏偏把这个细节记得那么清楚，只是之后的很多年我都不止一次在想：生活可以有多苦？那些坚强的人们是怎样熬过来的？所有那些经受磨难却不死的人们是否相信，在塌陷的天空下会翩然而至一只圣洁的天鹅？若非如此，让他们弯着腰却挺直灵魂的力量又是什么呢？

长大后的我逐渐发现，这世上的无能为力有很多种。读《怀念萧珊》的时候："她不曾看到我恢复自由，这就是她的最后，然而绝不是她的结局。"我曾感到巴金面对时代的无能为力；读《道士塔》的时候："他回头看了一眼西天凄艳的晚霞，那里一个古老民族的伤口在滴血。"我曾感到余秋雨面对历史的无能为力。这样的无奈还有很多，读《跑警报》的时候，我曾感到汪曾祺面对战争的无能为力，读《好运设计》的时候，我曾感到史铁生面对自身命运的无能为力……而这些无能为力又总是纠缠在一起，让每个平凡的个体感到，总有一些际遇，总有一些时光，我们终究是无能为力的。

但你可知道，巴金也说过：我绝不悲观，我要多活。你可知道，史铁生也说过：痛苦可以不断地有，但你总是能把它消灭，这就行了。你可知道，汪曾祺也说：这种"不在乎"的精神是永远征不服的……原来，那些眼中有泪却心中有光的人们从不会和生活讨价还价，他们所承受的一切绝不是为了等价地交换身后的美名或荣华，包括李敖在内的历经苦难又试图给人以希望的人们，他们的人生原本就是一条完整的大河，一脉彩色的光缆。

写到这里，我想起巴金在《憩园》里说：写小说的人都有一种悲天悯人的菩萨心肠，不然一个人的肚子里怎么能容得下许多人的不幸，一个人的笔下怎么能宣泄许多人的悲哀？

或许不仅是写小说的人，那些在生命中诚恳而坚强地行走的人皆是如此——比一切失望更希望，比一切仇恨更疼惜。

原来，我经历的、我以为的"阴影"在很多人的生命里只算得上一个光斑，而我期待的天鹅与他们的天鹅相比或许只是一片羽毛。所以我该感到庆幸，我生命的振幅远没有很多人那么大，即使生活在不断挑战我的承受能力，但我很清楚，它从未真的将我推进绝望的深渊。因为每一次山穷水尽都必然伴着柳暗花明，每一次临近断崖都必然有一股力量让我及时止损。单是这一点，就是很多人可遇而不可求的吧。

后来当我又读了一些书，又遇到一些人，又听了一些事，现在我不大会和生活讨价还价，也再不会认为自己受了多少罪就意味着将来会被多肥的天鹅砸到。过去，是我曲解了作者的本意，李敖只是想说，或者他整个的人生旅程都在说，英雄是从不失败的，他用极致的狂妄阐述了一个很大众的命题。

再后来，那一年四季匆匆而过的云朵，无论被风揉成什么形状在我眼里都像无数只圣洁的天鹅，只愿它永远给人以圣洁的憧憬，这圣洁的憧憬，请你永远不要降落。

今年春天，那个把天鹅带入我生命的人走了，而当我渐渐长大，我的全部希望也不再源于对一个结局的守候。

这些年，我骋目流眄的天鹅，今年春天终于可以放生了。

2018 年 4 月 4 日

生活远没有那么环环相扣

2010年，也是春天，距离高考还有不到两个月的时候，我每天都在担心一件事：如果高考考得不好，我该怎么办？

其实今天看来这是一种很奇特的忧虑，因为我在心里从来没有界定过什么算好，什么算不好，既然我自己都说不清我接受不了什么，那我又在怕什么呢？这就像写论文，你还没说清"是什么"，就急着去写"怎么办"，显然不会有什么结果。可生活毕竟不是写论文，有时候没有道理的事却常常可以为我们带来真实的烦恼和焦虑，那些烦恼和焦虑又会变成紧箍咒，紧紧约束着眼下的生活。

我至今还能回忆起自己在考场上对着题目静不下来的感觉，那种越强迫自己专注反而越专注不了的焦躁。为了在高考前消除这种情绪，我和爸爸妈妈很认真地谈了这件事，他们开导了我一个晚上，但还是一致建议我去咨询学校的心理老师。他们让我放宽心，这不是问题，只是心理老师会比他们更知道怎么给我解压。直到后来，我大学读了心理学专业，我承认，这确实只是焦虑。

事情发生在2010年四月，那天意外地下了很厚的雪。在从教室去咨询室的路上，我的每一步都能留下一个咖色的脚印。如果雪后的操场是一张铺展开的地图，那么每个人的身后都是一条褐色的虚线，从顶楼俯瞰下去，谁的征途都没有秘密，学生时代的单纯与意趣大概都在于此。

等我走到心理咨询室发现锁着门，升旗仪式结束后我默默走到政教主任那里，悄悄问他心理老师什么时候在学校。主任是一个留着小胡子的很和蔼的中年人，听到我的问题后，他用多年工作练就的敏感迅速觉察到了我的无助，对我讲："她这段时间不在学校，不知我是否可以帮助你?"我点了点头。他半开玩笑地对我说:"你跟我来,我们不需要去咨询室,我一看你就知道你的困惑在办公室就可以解决。"

我一路小跑跟在主任后面,在教学楼二楼最里边的一间办公室里,我们一聊就是三个小时,而在一寸光阴一寸金的年月里,能让我忘记时间的也只有那一次的交谈。

那天我毫无保留地说出了所有的担忧,而他的"开场白"很特别,我一直不曾忘记。他说:"接下来我和你说的话希望过十年你还会记得,你今天不认同没关系,二十年后再想想,你会明白的。"之后他讲了很多话,他让我把人的幸福感不要和成败连在一起;他让我明白高考的大河你总要过去,而你渡河时狼狈与否,无法决定你今后的人生;他还告诉我这样的坎你一辈子会遇到很多,但同时你也会遇到很多人很多事,他们会帮你一起跨过更多的门槛,而眼前这个不算什么的……

那天我们一直在笑,那是我漫长的高三岁月里最快乐的一天。

读大学的第一年中秋节,我给主任写了一封很长的邮件,不久就收到了一封等长的回信。在信里,他说希望我一生都不要把某个结果看得太重,希望我一如既往地快乐和坦然,他看到我敏感而富有爱心,愿我去学一个能在助人中体会到自助的专业,去感受简单而纯粹的幸福……今年寒假我们再次聊天的时候提起了那封信,他说:"其实直到看到你邮件的落款,我才知道你叫什么,我不问你名字,你也就不用担心我会告诉别人你和我谈过的话。"

在后来的八年里,那封邮件我看过无数遍,几乎可以倒背如流。后来我经历了无数大大小小的考试,那种焦虑,那种全力以赴,那种对未知的惶恐,一切都像轮回一样出现在变幻莫测的人生

里。唯一不同的是，我明白了一件事：过去的焦虑是因为我总是担心一着不慎满盘皆输，而事实上，生活远没有我想象的那样环环相扣。

我们总是一次又一次预言着成功或者失败后的故事，但我们永远不会预见到在哪里会遇到什么事，在哪个转角会见到什么人。那些无法预见的人和事，有的会让你原本风生水起的人生跌入低谷，有的却可以带你一步走出苦难的纠缠。他们，那些尚未出现在你生命里的人们，常常是你生命中真正的伏笔，而我们自身，往往又会是别人生命的伏笔。

我常常会想起那年四月的那场大雪，阳光照在雪地上又反射到我眼睛里，我也说不清是刺眼的光芒还是耳边的谈话，这一切让我总是莫名地热泪盈眶。我不记得塑胶跑道上的积雪是何时被踩成坚冰，又是何时开始消融，只记得它可以把阳光原原本本归还给我们的眼睛，远远看去，像散落在跑道上的冰种翡翠。

去年夏天我在写那篇《我和上海的"七年之痒"》的时候，努力回忆着这些年的很多细节，我惊讶地自问，有了多少赌注般的选择，才生出了那么多或喜或悲的意外？又有多少或悲或喜的意外叠加在一起，才有了今天的生活？

很多事的确很有趣，我们千方百计为自己挑一座城市，后来发现自己在另一座城市定居了；我们说服自己这个专业多有前景，可是考研的时候由于种种原因换专业了；我们那样紧张地面试一份工作，可没过几年却跳槽了。如果每一个经历都是一次射击，那么最终的结果无异于脱靶。可生活绝不是射击，因为能说明成败的并不只有一个靶子，而那个属于"幸福"的"十环"其实在每个人心里。

去年冬天我担任一个论坛的主持人，之前需要和一位投资人沟通。那天下午我们就约在学校附近，先前他只知道我的基本情况，我们是第二次合作却是头一次坐下来聊天。他说其实生活和创业是一样的，就像一串连续的数字，看起来很有章法环环相扣，可总有一部分无法解释，其中最无法解释的就是从 0 到 1 的那个过程。他给我举了一个例子："你为什么会偏偏在这个领域做主持人？其实我们一般不会问你这个问题，因为你之后的每一步的发展都可以讲得很清楚，但唯独第一步你自己都不明白是怎么跨出来的。它可能根本就不是你最初的规划和选择，但你最终把它做好了，这对于我们来说就足够了。"他本人当年就是因为专业调剂才成为了最早一批读电子商务的人，连他自己也承认，那个年代包括他本人在内极少有人会看到电子商务的前景，阿里远没有今天这么大的诱惑。后来一边读博一边创业，所以他的观点带着创投圈特有的冒险精神，在我这类安分读书的学生眼里多少有些"惊悚"。但有一点我是接受的：有那么一些人，有那么一些事，说不清是偶遇还是安排，就在某个普通的路口，让我在不知不觉中从无到有。

每一次对着生日的烛光，每一次听到跨年的钟声，每一次面对着除夕的夜空，这些有着特殊意义的节点很容易带来感怀。而我自身，不论经历着什么，对明天、对来年的希望，永远都像天上忽明忽暗的光点，它会被光明掩盖，但永远不会被黑暗侵吞。生活的起起落落不会像日夜轮回那样规律，但人对生活的希望却可以像星光一样永恒。

《杀鹌鹑的少女》里说："当你老了，回顾一生，就会发觉：什么时候出国读书、什么时候决定做第一份职业、何时选定了对象而恋爱、什么时候结婚，其实都是命运的巨变。只是当时站在三岔路口，眼见风云千樯，你作出抉择的那一日，在日记上，相当沉闷和

平凡，当时还以为是生命中普通的一天。"

是啊，很多寻常，都被我们当成了巨变，面对真正的巨变，我们又只道是寻常。

所以，究竟是生活的巨变不讲道理，还是我们看不懂巨变的生活？

2018 年 4 月 26 日晚

请丢掉那些无用的情绪

"只要活着就一定会遇上好事情。"这是樱桃小丸子的一句名言，用我们今天的说法，小丸子这个动漫人物是个三观不太正的小姑娘，但她的话常常一半是谬论，一半是真理。

认清重要的事情，放弃无用的情绪，这大概是最难做到的事情了。"重要的事情"就是我们一定要做的事情，而那些我们无法改变的事情带来的消极情绪就是无用的情绪了。

我一直这样认为，时间和努力可以解决的问题都不是真正的问题，真正的问题是什么呢？是那些你愿意付出时间、愿意付出精力，却不确定能不能做到的事情；是那些成败一半掌握在自己手里，一半受制于人的事情；还有那些明知道是错误的，却控制不了自己犯错的事情。

很小的时候我觉得"努力"很难；后来读中学不得不努力，我发现比努力更难的是"坚持努力"；再后来我读大学，不得不管住自己坚持努力下去的时候，我发现很多事情不是你坚持就会有结果的，包括读书这回事，于是突然明白，比坚持努力更难的是"面对未知的将来仍然要坚持努力"；现在想想，"面对未知的将来坚持努力"还不是最难的，最难的事应该再加一个形容词：专注，专注地努力，专注地走向未知的将来。

我不记得很多年前是谁曾经对我说过"你一定要活得很专注"，只记得这句话出自一个我身边的人，因为我曾反问她："你是说放弃无用的事情吗？"对方说："不是放弃无用的事情，而是放弃无用的情绪。"

坦白地说，当时我辨析不清无用的事情和无用的情绪究竟是什

么关系，但如果你仔细观察就会发现还真是奇特：有的人做了很多事情但仍然活得很专注，有的人好像只做了一件事情，他脑子里装了一大堆事情，活得三心二意。那一刻我突然明白了，无用的事情可做可不做，做了就当一次有趣的经历，没做就当节约了时间。

但无用的情绪不一样。其实，生活中那些折磨我们的基本都是无用的情绪，这些情绪的根源往往是我们自己假设的情境或结局，然后激怒自己，恐吓自己，而这些结局大多是根本不会发生的。让我们感到生活无望的罪魁祸首往往不是具体的事件，而是这些看不到的情绪，它们总是有一种奇怪的力量一点点蚕食着你专注的生活。

2011年暑假我在上海参加军训，那时候游泳是我们的必修课，和军训同时进行。军训结束就是游泳考试，考完游泳做完暑期社会实践才能回家。于是整个大一下学期越是临近期末，惶恐的情绪越笼罩着我们。我每天睡前都会搜一遍军训期间的气温，一看到高过了37℃，我就仿佛看到了自己被晒成非洲人的样子；大家还会围在一起津津乐道前几届的谁就因为游泳一直考不过，最后原本能拿到国家奖学金的绩点，连毕业证都险些没拿到，而我又偏偏不会游泳；我还听说游泳考不过就要一直考，不仅不能回家，暑期社会实践还要和下一届的同学一起做……

那时候我觉得所有的悲剧简直都是给我量身定做的。每天我不论闭上眼睛还是打开书，仿佛都能看到晒成一块黑炭的自己绝望地趴在泳池边上，别的同学都开开心心通过了游泳考试去暑期社会实践了，我还不敢下水，大家回家了我在补考，明年大家又回家了我依旧在补考，后年大家去实习了我还在补考，大四别人毕业了我也可以肄业了……这个可怕的故事和顺理成章的结局每天噩梦一样缠绕着我，整个考试周我都浸泡在一种很负面的情绪里完全无心复习。

很快军训就到了，如我们所料那十几天都是近40℃的高温，我们确实都晒到见不得人——原本就不算白的人变成了纯黑，原本白皙的脱皮变成了粉红。很快我们开始学游泳了，及格虽是二十五米，但对于不会游泳的人来说，二十五米是绝对混不过去的。我是彻头彻尾从零开始，在回家的诱惑下，我比自己想象的勇敢多了也认真多了，很快我能浮起来了，然后我学会了换气。考试那天我在快到二十五米的时候喝了一口水，结果就沉下去了，老师拿着长竹竿到处捞我，我拽住竹竿拼命往上爬，不知道怎么回事就触到了二十五米的线，是的，我就这样意外地考过了！一个假期的休息过后，我被晒得一塌糊涂的脸也恢复到了军训前的样子，所有的事情都按部就班地过去了，我所有担心的事情有的发生了，但也不是不可挽回，有的根本就没有发生。

但它给我留下一个附加的礼物——大一那年我连三等奖学金都没有拿到，也就说仅仅一学分的游泳带来的惶恐直接影响了三四学分的解剖学、生理学、西方心理学史，是的，由于惶恐而无心复习也无心考试。后来的两年，我不记得自己用了多大的努力来弥补大一的错误，所幸的是，那时候我们的国家奖学金是放在大三结束才评的，生活还是给了我这个杞人忧天的少年一个弥补的机会。

我努力让自己长一个记性，但生活就像做题一样，明知道你容易犯什么错误，它偏偏换一个出题的情境等着你继续犯错。我终于承认，认清重要的事情，放弃无用的情绪，这意味着我们要一直和人之常情作斗争。在面对未知的将来的时候，我们要说服自己冷静，说不定根本没有那么可怕呢，就算真的那么可怕，难道我今天害怕了，明天它就不会发生了吗？

我总能想起来樱桃小丸子说过的一句话："如果担心和不担心

结果都是一样的，既然这样，光担心的话岂不是很吃亏？"

这就像高考前，大概很多人都会担心如果考不到哪里就会怎样，可真成为了现实就会发现其实也没怎样。中学老师曾经告诉我，其实真正影响你以后的生活的，不是某一场考试你获得了什么结果，而是你怎么看待那个结果和以后的生活。也好像两个人谈朋友，很多都会焦虑如果有一天对方提分手了可怎么办，我记得大三心理咨询课上，我们老师说过一句话，你们在谈恋爱的时候都觉得没有对方整个世界都关闭了，可真的分手了反而发现，你的世界又重新打开了。再好像找工作，我们总会担心如果想好的单位留不下怎么办，如果这件事没有发生，我们的担心反倒会让我们对眼前的工作三心二意顾虑重重，即使发生了，去新的地方重新开始，多年后也未必过得不好……对于这些，我想很多人都深以为然吧。

其实这样的忧虑都是人之常情，所以专注才显得那么难得和可贵。

当年我读大学的时候，别人说：以后找工作人家要看你学历的，没关系我读研；后来我读研究生了，别人说：现在研究生太多很难找工作的，没关系我读博；再后来我读博了，别人说：女生读到博士已经不是女生了，好吧，我笑了。

其实我知道每句话都是真的，但相比真实的劝诫，我更相信眼前的生活。如果因为未发生的事情影响了正在发生的事情，那是多么的不值。而我越来越感到，对于一个人来说最重要的就是认真活下去，用更大的能力去迎接所有的未知，而不是用未知的忧虑削弱现在的能力。请相信：没有什么比勇敢而单纯地活着更重要，会发生的才叫未来，不会发生的永远叫假设。

2018 年 6 月 30 日

年少得刚刚好

00

记得去年生日前夜我在写给自己的文章里引用了一句落落的话：总有一个生日会成为分水岭，在那之前我们会说"将来我要"，在那之后我们会说"过去我曾"。这是少年才会喜欢的句子，它温婉得就像黎明羞涩的阳光，有力得就像扣动琴弦的手指，你可感受得到？

我在自己二十六岁生日的时候把它作为长文的题记，确实没有什么比它更配得上了。

01

读大学的时候看到过一句话，大意是：有一天你突然惊醒，发现自己只不过在高中的课堂上睡着了，现在经历的一切只不过是一场梦。阳光照在你的脸上，眼睛眯成一团。然后你告诉同桌，自己做了一个好长好长的梦……

那时我在想，若真是这样我会惊讶，欣喜，还是失落？后来我在心里构建着这个场景，甚至在想如果这段话可以成为现实，那我醒来第一件事便是把这些年故事里的人都写下来，一个挨着一个，一幕接着一幕。

人们都说只有现实中过得不好的人才会回忆过去，我一度也是这样认为的，可每一次当我们听到"那些年"这三个字，不论电影还是歌声，是不是都会有一种不知源头的暖流？即使那些年或平淡或坎坷，或无奈或清贫，或自由或拘束，它都能把一种神奇的力量渗透在你的血管里，聚涌在你的眼眶里，生长在你的灵魂里。可以

肯定的是，这种温暖与我们现在过得怎样真的无关。

我常常在想，我们为什么会对"那些年"有一种特殊的好感？是因为那些年里装着很多思念却再也见不到的人，装着一张张素面朝天却可以开怀大笑的脸，装着一双双为小事忧郁却从来不会忧郁太久的眼睛，装着一颗颗晶莹剔透又敢爱敢恨的心灵。

你可能会说那些年也会有成长的烦恼，可即使烦恼现在想来也是甜到极致的苦涩，和真正意义上的生活的苦涩根本是两回事。

02

那种甜到极致的感觉是什么呢？让我想想。

2004 年我追了一整年中央电视台的一档中学生知识竞赛节目，当时在全国很风靡。当年的全国总冠军是一个来自长春的很聪明很智慧的姐姐，她在比赛中的才华简直把很多观众都惊呆了，她成为了那档节目开播数年的第一位女冠军。

那时候我十三岁，她十八岁。我把她比赛中的照片从百度上一张张下载打印出来贴在笔记本的扉页，甚至是错题本的扉页也有她名字的缩写，那是我记忆里唯一一次"追星"，她是我那些年追过的唯一一个人。

你们或许想象不到，我突发奇想在这个节目的贴吧上给这个大姐姐写公开信，千字长信一连轰炸了几封。网络真是个好东西，刚刚结束高考的她真的看到了，后来我们就由公开信变成了私信往来。

高中三年每一次考完试我都会给她写信，那时候她已经去北京读大学了，我每次发出邮件都满心期待地等回信，有时候一天刷好几次邮箱。姐姐每次都会很认真地回我，同样洋洋洒洒，还会和我分享一些小秘密。她总鼓励我好好学习，不要把一次考试看得太重，鼓励我去做自己喜欢的事，去尝试，去冒险……当年那种收信的感觉就像一件正在发生的事情，今天依旧让我温暖，让我期待，让我微笑。

我实在忍不住就和一个同学悄悄炫耀那个姐姐每次都给我回信呢，他起初不相信我们认识，后来我和他说了"追星"全过程，他沉默良久，瞪着眼睛对我说了一句："你太猛了……"结果没过几天，就有男同学找我帮忙润色一封写给别的女生的信，后来也不知道怎么样了。

今天连我自己都不敢相信我的个性竟还做出过那么轰轰烈烈的大事，但我至今都没有后悔过在一寸光阴一寸金的中学时代给她写了数万字的信。那种美妙的感觉只属于"那些年"，我让自己最好的一段年纪与一个如此优秀的人有关，起码在我心里她是一座山峰。是的，那是我做出的最大的一次努力，有什么比这更幸福呢？

长大后我们也会满心欢喜地查收邮箱，对着一封封决定自己命运和未来的邮件欣喜若狂，但那种有着确切理由的惊喜和那些年模糊的快乐总归有些不一样了。

03

那些年什么事会让我期待和羡慕呢？再让我想想。

我们家隔着一条街就是当年全省最好的中学，每年七八月门口无一例外地摆着高考全省前几十名的学生的照片。那时我读小学，每周六日都是我最期待的，周六去省文联学播音，周日去山西大学学奥数，两次都会从那里路过！我坐在妈妈自行车的后坐上满心欢

喜，自行车一转弯我就会探着脖子等着看那个展板，再转过头死死地盯着直到它消失在我的视线，那时候我真恨人的脖子不能 360 度旋转。

其实我知道这些人大概一辈子和我都不会有交集，但小女孩的世界你是无法理解的。十几年过去了，多数名字一直都保留在我的脑海。再后来我的很多同学也成为了有资格上展板的人，我明明白白地看到，其实我心中那些闪闪发光的人们也都曾是我身边一起骑车上下学的勤奋少年，但我依旧常常会想起那些未曾谋面的哥哥姐姐。如今他们中的很多人大概已过了而立之年，或许已结婚生子，有的在人生巅峰成为人生赢家，有的和我一样也是普通人。可我并不关心这些，我喜欢的只是展板上，无论出身背景是什么，只要一样勤奋，就可以平等地在一起微笑的十八岁的少年们。

那是 21 世纪的初年，那是不满十岁的自己，那是与世俗无关的憧憬，那些年他们青葱得刚好，我年少得刚好，编织了我尘封却从未沉睡的记忆。

上学期一次活动，我旁边坐着我们学院的一位心理学的女教授，聊起过去，她和我说："你们现在崇拜的是什么呢？我们小的时候崇拜的都是读书人，我读书的时候我们几个女同学会约着一起去科研人员工作的地方，就那么站着远远地看，感觉看看人家工作的楼就会很知足，你们现在还会这样吗？我外婆没有读过书，但每次我学习的时候她就默默在后面看着，你知道那种眼神，你能不能理解我们那一代人对学习的尊重呢……"

原来不论我们谁的"那些年"都那么白璧无瑕，原来"那些年"的涟漪可以让十年后、四十年后的人们心里荡起一样的波澜，想想就让人很心安。

04

我想说的故事就这些了。

《愿风裁尘》里说："我想要永远都躺在学校的草地上晒太阳，我想要永远喝着一块钱的西瓜冰而不会有任何失落，我想要永远穿着简单的衣服，听着简单的 CD，过着简单的十七岁的生活。但是这是不可能的，因为在我的生命里，再也不会拥有另外一个十七岁了。"

一点都没错。

05

我们为什么会怀念"那些年"？

因为告别那些年，我们就会发现世上有一种叫做"不平衡感"的东西，那种因为品牌不一样带来的不平衡感不断拉大着价格本身的差距，让微笑背后生出很多含义。

因为告别那些年，我们就会发现这世界很大，但不是你想去哪就可以去哪。曾经决定我们去向的有两样东西，一是你的理想，二是你喜欢的人；可后来决定我们去向的是另外两样东西，一是生活成本，二是你和你喜欢的人的收入水平。

因为告别那些年，我们还会发现成年人的世界里，大家总是习惯用扒娱乐明星的眼睛去解读一草一木，习惯了想到一个人的成就不自觉地去窥伺他的背景，但回过神来才发现，这原本就是没有关系的事。

……

所以，我们用力告别那些年，又异常怀念那些年，即使我们谁都没有过得不好，谁也没有真的想要时间倒流。只不过希望仰望一

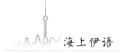

下记忆里的星空，在往事里探寻到自己成长的根脉和渊源，找到孩童般无规律的喜怒和有原则的爱恨，最后在"那些年"里找出一万个做梦的理由。

刚刚我又拿出手机，翻了一遍那个十几年前被我写信"追求"的小姐姐的朋友圈。她从北大毕业了，在央视工作了，而我也有好些日子没给她写信了。以前每一封信的结尾我都会说"姐姐，希望能有一天见到你"，我来到上海读书后就不再写这句话了。

十三年，我渐渐觉得见与不见不是最重要的，重要的是，她教会了我一件事，那就是对你热爱的一切要去争取，那些看起来闪闪发光的东西未必那么高高在上不可触及。更重要的是，我们分享过彼此的那些年，这就足够了。

06

我们为什么会怀念"那些年"呢？

因为我们都知道，一觉醒来便是"那些年"后了。

2018 年 7 月 25 日

二十七岁：生活，请多指教

去年生日前我去泰晤士小镇拍了很多照片，那天是中秋，天气凉得刚好，天蓝得刚好，就像韩寒书中写的：那天的阳光是我从未见过的明媚，那是四十度烈日的光芒，却是二十度晚秋的和风。

和风一吹便是一年，我剪掉了可以随风飘动的长发，让它和时间一起留在了二十六岁的尾巴上。后来我戴着太阳镜在路上走，第一次被熟人用"帅"这个字形容，我竟有点窃喜。可也有好心的人悄悄提醒我，女孩子追求帅气就不可爱了，于是我顺手在一侧戴上了很萌很花的小发夹。其实我并不在乎这些，也不知道用什么方式解释，我剪短发只是为防谢顶，况且演出前自己用发胶就可以定型。

遗憾的是我没有近照放在文末了，因为和我一起去玩的摄影师在前些日子刚刚走过了一场美丽的婚礼。而去年，在一路开往泰晤士小镇的路上，车里放着《继续给十五岁的自己》，摄影师还在说，一个人若是在新婚前夜听到这首歌一定会哭的，前些天不知可有兑现……

这些细碎的镜头平日里很难被想起，而某一天在脑海里飞速切换的时候，那种感觉就像一个很重的物体从心里坠落，而你的身体始终是轻的，只会随着那个坠落的物体沉入最深最蓝的海。这些恍如隔世的镜头排列在一起，有了一个共同的名字，叫时间。

记得在小学，老师问我们：是什么让你感觉到"时间"？小朋友们说：开花结果，春去秋来，时钟的滴答，母亲的白发……如今再问我，我只能回答我真的好久没有感觉到时间了。大概时间和忙碌是不共存的：当你忙碌的时候不会感到它的存在，当你对时间有感觉的时候说明你已不再忙碌。

对生活麻木一点有时是成年人的护身符，有时也是成年人的不幸。但所幸的是，如今当我想眺望时依旧可以看到远方，当我想静下来时依旧可以听到时钟滴答作响，任何处境下我提起笔写下的还是充满阳光的文字，而这阳光依旧可以在不经意间陪着很多未曾谋面的人成长。

画一条时间轴，细细算来，我读博已经一年零一个月了，一年真的可以改变很多事：不经意间，一只在宿管阿姨案头撒娇的小奶猫就长大了；迎面吹来的风没有征兆地变凉又没有征兆地升温；宿舍书架上的书，从一层变成了两层，又被我架起了隔层；我身边的人呢，在迎来送往中渐渐变成了遥远的问候和想念，无声得就像窗外这个不知不觉的秋天。

这世界上好像只有我是在原地的，周围的一切都在飞速地相对运动。

今夜在这个特殊的节点，当我带着一种仪式感回忆过往的时候，才发现我和过去的很多烦恼划清了界限。曾经我觉得成长就是像竹子一样在风雨中拔节，然后骄傲于自己的勇敢；现在我觉得，所谓长人就是把你曾经炫耀的东西一一变成常态，就像拔节是竹子的属性一样。

这让我想起了很多年前，少说有十七八年了，那时候每个学期末班主任都会给我们写评语，虽然班上有将近八十个同学，但她待我最好，与其说看评语是我最期待的事情，不如说每个学期末我都在等着她用一个新的花样夸我。有一年她在评语的末了写了一句话："是雄鹰就要展翅，是羚羊就要攀登，我希望你一辈子都能迎接挑战。"你一定想问我为什么会记得这么清楚吧，那天我正在兴致勃勃地读评语，同桌把头凑过来，然后大喊："我看到了！Z老师说你是只羚羊!"我该感谢那个书没读好却戴着眼镜的男孩,是他让我没有和这句话擦肩而过,而是用一辈子记住了它。

那时班主任正是我现在的年龄,离别之后的十多年里我没有变成雄鹰,没有变成羚羊,也从未幻想过那么辉煌的旅程,而是普普通通地生活,学习,平平常常地读书,考试,用最艰辛也最直接的办法一点一滴修改自己的命运。但老师的希望我也许实现了后半句:这几年,或十几年,不论是跃跃欲试还是迫不得已,我从来没有停下过向困难挑战——挑战没把握完成的任务,迎战那些无法回避又不断宣战的人,挑战毫无防备的险途和困境……正是在这样的生活中,我走过了最青春、最明媚的年华。

曾经我总是嘲讽地认为,在过去的二十多年里不论怎样努力,对于自己的将来我都少有选择权。因此我从来体会不到一个人在十字路口难以抉择是一种多么奇妙的感觉,这样的烦恼我似乎注定没有拥有的权利。然而,在读博那一步,生活终于把选择权交给了我,于是我忽视了所有的干扰和忧虑,把这个权利行使得淋漓尽致,我从来没有那么开心过!后来我明白了,每个人的道路都有它特有的形态,而对于多数人来说,或许一生执着那么几次就够了。我想今生我都会无限怀念读博的这段时光,这一年风平浪静读书的日子总令我感到:生命把学生时代最甜的一颗糖留在了尾声。执着终是有好报的,二十六岁每一天的光明正是那一次执着选择带来的福祉。

我一直坚信我是幸福的,因为生活总是会帮我做出最优的选择,在历经磨砺后让我得以像今天阳光灿烂地活着并生长。也因为每一次搏击不论输赢,生活都会给我一个最好的归宿,所以我未曾遗憾什么,也未曾抱怨什么。这个世界不论从哪一个角度望去都是明亮的,我平凡的人生不论截取哪一段旅程都有我爱的和爱我的人

在参与着我的成长，而我想要的也从未超越努力的范畴，每一天我都很认真很清醒地活着，少有迷茫。

有这份深厚的恩情在，我又怎会和生活在枝梢末节的小事上讨价还价呢？唯此一句：生活，余生请多指教。

明天我就二十七岁了，这一次我不想回忆得太过久远，因为我渐渐发现，过去岁月中的一些划痕我已然淡忘，而那些美好的善意就让我用新的一年慢慢回忆吧。只想在回眸间告诉去年今夜的自己——

如你所愿，在我眼里仍有远方，生活依旧安好，从未想过放弃，从未停下奔跑。

谢谢你去年今日的祝福，若你可以看到，定会因我此时的平静而安心，因我眼里的阳光而自豪。

生活啊，余生请多指教。

2018 年生日前夜

不顾一切地，向远看

距离生日已一月有余，生活中我并没有停止写东西，但每一次打开公众号，看到最近一篇文章的日期就不禁感慨，时间真的不留情面。

记得去年考博结束等待毕业论文答辩，那悠闲的两个月我几乎每周都有文章更新，文字也越来越有灵性。现在每到忙碌的时候我都会想：那时把大把的时间铺在公众号上是一种多么奢侈的选择。可反过来想，人对文字的感觉也是有保质期的，并且保质期很短，时间过去太久，我不论读多少书，或许能写得更华丽也更深刻，但再多的华丽和深刻都不及当年的朴实与任性来得珍贵。

我相信，忙碌后的留白总是有道理的，因为我们需要一些空白的时间去整理一些珍贵的回忆，整理不能复制的感觉，整理一刹那间的青春。

这两个月来，我就像一辆停不下来的战车，飞驰过各种各样的风景，来不及观赏也来不及讲给你们听。然而，我依旧决定要在12月初更新一篇文章，因为不论出于什么合理的理由，我担心写作这件事，一旦停下就永远地停下了。就像当年画画一样，我勤勤恳恳画了十年却因为课业停了十年，直到大学毕业才下了很大的决心重新捡起来。如果十年不曾记录我的故事与感悟，或许不会过得很差，但我会遗憾，很遗憾。

这段日子我经历了很多事，惊喜的，失落的，如愿以偿的，未能如愿的；我遇见了很多人，和善的，冷漠的，聪慧的，木讷的；我走过了很多路，艰辛的，平坦的，徒劳的，啼笑皆非的……这些瞬间一时涌在我的眼前，就像一群闹哄哄的精灵伸着小胳膊小腿喊

着："写我啊！快写我啊！"

10 月，11 月，12 月……

我曾因一些事情未能如愿以偿而陷入极其短暂的烦恼，可那种烦恼并没有停留太久：当我回过神来看到屏幕上敲了一半的文章；当我打开手机，看到一条接一条和明天、后天、大后天有关的微信；当我抬起头，看到墙面上花花绿绿的贴纸上勾勾画画的计划，便会觉得，对于一切已经失去的东西，我们不能沮丧太久，不然就是在用未发生的事为已发生的事买单，不值。没有什么比向前看更重要，这是我的小学老师教育我的，却在二十年后迸发出了强大的生命伟力——或许我们都需要用最快的速度调整状态，对于过往，对于已成定局的得失，实在不必究之过深。

我遇见一些人，经历了一些事。我不是第一次，却是第一次这样真切地认识到，其实多数人生活得比我想象得更努力。我时常有一种错觉：读博是一种高强度脑力劳动，我比多数人都要辛苦，我做的事比多数人都高大上。每次演出做主持人，我也常常顺理成章地感到，我是整场演出最累的，因为筹备的时候我要一起准备，而所有的准备就绪后，我的工作才正式开始。直到上个月，我在连续主持了一天的总决赛之后被通知第二天的闭幕式换了场地，当天晚上，最后一稿主持词出来的时候已经凌晨，我做好手卡睡了三个多小时就去化妆了。第二天清晨我从出租车里出来，新的会场外近一公里的道路已经过了精心布置，没有一丝匆忙的痕迹，我无法想象他们度过了怎样的一夜。当我绕到后台，看到支撑那么恢弘大气的纱幕的竟然是一个中年男子的身体，他腰上绑着绳索一次次以最快的速度徒手爬往梯子的顶端……

记得那一天，10℃的寒风配着冬日有些刺眼的暖阳，我打起十二分的精神让自己在台上像窗外的光芒一样明亮。回来的路上，看着车窗外熙熙攘攘的人群，插入云霄的建筑，比阳光还要明媚却也还要刺眼的城市：这里生活的每一个人眼前都有一条路，或远或近，或遥不可及，就像别人永远不会知道你活得有多努力一样，你也永远不会知道别人有多么不易。这个世界上只有得失或成败是透明的，而普普通通的我们走过的普普通通的路，注定会融化在这座城市错综复杂的血脉里。

过往会融化，远方犹可期。

我看了一些书，想了很多事。上周末我和一个中学同学聊天，他建议我去学他们本科的一门课程，说学会了会有大用处。我说我学不懂，他把本科的课件全部发给了我，然后对我说："你高中的数学基础就可以看懂了啊！"大概很多年不学数学了，我只能看懂其中最无关紧要的部分。其实这段日子我已经强烈地感到自己的局限，并且那种感受一天比一天深切，而我的读博生活的一半已匆匆而过。可我觉得自己PPT做得仍然不够漂亮，领域外还是有那么多盲区，即便对自己的领域也只是有限的认识……为此我经常坐在宿舍发呆，周日中午我把这种感受说给一个朋友，作为过来人他告诉我，这样的感受今后只会愈加强烈。想要它消失，除非你不再努力地学了，这种感觉就自然消失了。于是我有些坦然地感到，原来不只是我，很多人都在承受着一样的茫然与落寞，或许这种感觉让很多人踏实，感到自己确确实实、有理有据地活着。不过他们也会充满期待地告诉你，往未来看看吧，想想未来漫长的时光，不正是"无知之感"的解药吗？

不论怎样我都相信现在的生活是值得珍惜的。我的不知足，我的悲伤，我的焦虑是很多人之所求，正如他们的"光亮"与"顺

利"也曾诱惑着不成熟的我。可人就是这么有趣，一边相互羡慕，一边却舍不得真正抛下属于自己的是是非非；一边抱怨生活一地鸡毛，一边又乐此不疲地和琐事"相爱相杀"。

上海又入冬了，记得 2010 年，我刚刚来到这里的那个冬天下了一场雪，而几场雪的工夫就足以物是人非。我从一个人在陌生的城市憧憬未来，到学着观察这座城市的风霜雨雪，再到理解这座城市里每个平凡人的悲欢离合，直至后来，学会和很多人一起憧憬未来。而我的手，从只能握住一只考试的笔，到可以拔掉人生路上的杂草，再到学会种上自己喜欢的花，直到后来，能握住一只勾画生命的笔。那么就让这支笔为我自己，也为我身边的过客作序行文，然后——

在某个相逢的驿站，我们不顾一切地，向远看。

2018 年 12 月 4 日

"如果我们中途遇见，愿你笑靥如启程之时，尽管岁月已锈迹斑斑。"

2019 新年献词｜愿你忠于的都能永恒

我想用一个小事情开始这一次的讲述。

大约一个月前，我错过一个机会，然后很沮丧地和我妈妈打电话。我妈妈问我："如果你得到了会不会过得更好？"

我："看起来会好一些。"

我妈又问："那么现在你没有得到是不是过得不好？"

我："并没有。"

妈妈："所以，你记住，没有什么比实实在在过得好更重要，而不是看起来过得好。"

似乎是这样。

这个岁尾过得并不平静，很多事情让我开始思考，开始认识自己。我一次又一次地问：我热爱的、忠于的究竟是什么？是汗水还是华丽？是过程还是结局？这些问题并不像看起来那么容易回答。我只明白一点——我们忠于什么，什么才会永恒。

借着这段经历，借着这个不平静的岁尾，我想送亲爱的你一句

211

很真实的祝福：艰难困苦，愿我们选择的都能无憾，愿我们忠于的都能永恒！

但跳出来看，每个人忠于的东西是不一样的，所以每个人期望的永恒也大相径庭。我们成全自己的选择，也要接受别人的选择，如果你质疑别人给你的定价，如果你不满于命运做出的取舍，那么你唯一能做的不是辩解，而是做些什么去证明你的价值。这是活着的意义，也是活着的意趣。

其实在我们心里都有一个圈，我们站在自己的圆心，而生活中相识的人、在意的事都被排布在不同的位置——离圆心近的就是重要的，离圆心最近的就是我们忠于的。每个人都会为了近的牺牲远的，这是人之常情，但真的没有必要苛求所有人排出和我们一样的序列，忠于一样的东西，不然你会活得很烦恼。

还记不记得《琅琊榜》里的一个片段？梅长苏设计扳倒了谢玉，但同时也害得一身正气的好友萧景睿家破人亡。萧景睿离京去南楚，梅长苏前去送行，面对梅长苏的歉意，萧景睿却说："凡是人总有取舍，你取了你认为重要的东西而舍弃了我，这只是你的选择而已。若是我因为没有被选择就心生怨恨，那这世间岂不是有太多不可原谅之处。毕竟谁也没有责任要以我为先，以我为重，无论我如何希望也不能强求。我之所以这么待你是因为我愿意，若能以此换回同样的诚心固然可喜，若是没有，我也没有什么可后悔的……"我的一个朋友就很喜欢这位才智一般却有一颗赤子心的萧公子，其实我也常常觉得，如果聪明过人的梅长苏是电视剧情节发展的需要，那么萧景睿悟到的或许才是每个平凡人活在世上需要的那一颗平常心吧。

当想明白这一切后就会觉得这个世界不论昼夜都是可爱的，身边的人不论选择什么都是有道理的，而在蜘蛛网一样的人际中自己不论被置于哪个位置都是合理的。所谓过得好大概也不是别人对你的估价有多高，而是自己是否看得起自己，没有自卑，没有惘然，没有傲慢，没有猜忌，我想这就足够好了。

2019，希望我们都能活得潇潇洒洒，不要因为被舍弃而自弃，不要因为被放逐而停息，不要因为被怀疑而犹豫，不要因为被否定而自我否定。事实上，从你打定主意依靠自己勤勤恳恳的努力去追求你忠于的东西开始，再苦都会很踏实，因为低头你踩的是结实的土地，抬头你头顶是无垠的天空，放眼你前方是不受牵制的未来。

王小波在《黄金时代》里说："生活就是个缓慢受锤的过程，人一天天老下去，奢望也一天天消失，最后变得像挨了锤的牛一样。可是我过 21 岁生日时没有预见到这一点。我觉得自己会永远生猛下去，什么也锤不了我。"我在想，很多年后，我又会告诉自己什么样的道理，是依旧"生猛"如 21 岁的黄金时代，还是像挨锤的牛一天天衰老？但不论那一天我在经历些什么，如果奢望注定会随年华逝去，如果生活注定是缓慢受锤的过程，我也仍然坚信，有一些东西永远不会被锤得粉碎，比如我忠于的东西。

上周的一个下午，我绕着操场走了很多圈，没有目的，没有计划。我抬起头，不知道是不是很久没有这样仰望了，我觉得那天的天空特别蓝，它再不像灰鸽子的羽毛了。不知为什么，看着大朵大朵怒放的云彩我有种随时会跳出精灵的期许。

我想天一直都是蓝的，我也一直都是快乐的——一面热切地希望新年的阳光能洗净过往的尘埃，一面又希望旧年的星辰能发出永恒的光亮。此时，我不禁深呼吸，认真地问你一句：此刻，天涯海角的你过得好吗？你是否依旧忠于着曾经的选择？是否依旧坚持着

曾经的热爱？你的额头是否习惯了汗水？你的眼睛是否还能流出幸福的热泪？

如果你感到了生活的艰辛，这说明你活在真实的世界；

如果你感到了路途的遥远，这说明你看到了远方；

如果眼泪还能滑到你的嘴边，这说明你的头依旧扬起；

如果你感到了梦想的分量，这说明你从未将它卸下。

2019，愿你爱的还在，愿你笑得开怀，

愿你跨过生命的险滩激流——

精诚所至，金石为开。

2018 年 12 月 29 日

没有年少，却很"少年"

不知你是否有这样的体验，买衣服的时候一眼看中的往往是最好的，而在导购的劝说下买回家的，一般到家就会后悔；若是挑花了眼买下的，大多买了红的就觉得绿的好，买了绿的一定看红的好。当我领悟到了这个玄机，就只相信自己的眼睛了。

有时候选择人生道路就像买衣服，我是后来才意识到的。立于人生的三岔口，我们身边都会有很多善意的"导购"，包括我们的父母、朋友，他们都会用自己丰富的人生阅历站在我们的立场告诉我们何去何从，那种感觉就像打牌时候身边站了一圈"谋士"，每一个人都坚信自己的办法可以让你赢。毫无疑问，他们的选择都曾滋养过他们的人生，他们相信也一定可以滋养你。

我是很相信父辈智慧的人，直言就是一个很乖的人。但我爸妈从来不替我做什么决定，倒也不完全是因为民主，换他们的话是"不敢"。他们总对旁人讲："我女儿太听我们的话了，我们的想法无意中会影响到她。"

和很多子女一样，每到岔路口我也会一遍遍和爸妈讨论，但我妈妈一直用一句很经典的话回复我："你的处境我不了解，但我相信一点，不论你选择什么，首先你都是杨伊，其次才是你的身份和角色。"其实我明白这句话的意思，不要和别人比，不要去参考别人的人生，因为你不是别人。张三做起来容易的你未必容易，张三没有办到的你未必不可能；你若是好，你处于怎样的角色里都会好，你若是不好，怎样的角色都过不好这一生。就是这样。

所以我从来不相信"导购的力量"，我相信别人的智慧可以用来破解眼前的困境，却永远不能用来复制出一个相似的人生。

每年学院的博士生沙龙，自由提问环节学弟学妹"点击率"最高的两个问题，一个是"到底是选择读博还是工作"，另一个是"毕业是留沪还是回家"。遗憾的是我只能走一条路，永远无法知道别人的路上会不会有更好的风景，但我发现所有过得快乐和幸福的人并不是选择了同一种人生，而是坚定不移地选择了自己最想做的事情。相反，在别人的劝说下被迫做出决定的，纠结过后说服自己做出选择的，或许时间会让一切都好起来，但眼下却需要很长一段时间，自己和自己磨合，自己和自己和解。

不论别人怎样想，我始终觉得，有时候我们需要"少年"一点。

1月5号中午我突然想起那是我考研四年的纪念日，想到四年前的点点滴滴我至今还是会笑。当年学校还没有校外推免的名额，我就一门心思要跨专业考外校的研究生。我还在背政治背教育学的时候，保研的同学们就已经开始在实验室为论文忙碌，开始进入读研的状态了。大学时我在别人眼里是个很勤奋的学生，但这并不是一件轻松的事情，因为当很多人假设你一定不会有闪失的时候，我们常常会屈就于这种假设而丧失了冒险的勇气。其实四年前不管我的选择与放弃是多么坚定，一个人的时候我也会想：如果我没有考上会不会后悔？

后来我担心的事情成真了，我的志愿落空了。大概有一个月的时间我感到自己要复读了，已经买好了新的复习资料准备新一年的战斗。我好不容易用半个月调整好了心态，我的人生却突然柳暗花明。那一年我二十二岁，命运和我开了一个很大的玩笑，可峰回路转的时候我并没有想象中的那么喜出望外，因为在"以为失败"的那半个月，我已经学会了接受一切。

我曾经只是觉得我会很勇敢，但那次经历过后我给了自己一个明确的答复，对于没有胜算的冒险，即使输了我也不会后悔最初的决定。

我调剂到了现在的学校，依旧没有离开上海。而当年和我一届考心理学的同学有两个兜兜转转又调剂回了我们的大学。我想不论是我还是他们，或许你奋斗了一圈最后还是回到了最初的起点，但没有人会为此而觉得自己失去了什么。也许身边的人在你做出选择的时候就用他们成熟的眼光告诉你：有的事情不值得。但作为当事人，很多事远不是值不值得那么简单，人总要"少年"那么几次才好。成年人的智慧是希望我们用最短的路到达终点，而作为当事人的我们或许会更在意沿途的风景，即使是同一个终点。

于是前些天我在朋友圈里写下：

四年前的今天我考完最后一门 311 教育学专业基础综合，出门面对着闵行荒凉的马路，那时候只是特别想睡一觉，然后把所有想做的事情统统做一遍。

一转眼四年啦，我大概无论如何都不会想到四年后的每个早晨醒来外边依旧伸手不见五指，和当年并无二致。那时候我总有一个莫名其妙的信念，就是为了追求更好的生活，后来才发现，不变的是生活本身的状态，不一样的只是人的心态、心境和幸福感。现在想来，那些所谓决定人生的考试吧，只是给我们一个契机，换一个地方继续努力地生存，然后主观上感到更幸福更快乐。

当然，还会让我的生命中多了一个独特的纪念日。如果我可以对四年前今日的自己说一句话，我想很朴实地告诉那个朴实的女孩：感谢你赐予我的那段经历，我才过得异常踏实。

读研之后发现越长大人生越多元，而身边的"谋士"也越多。事实上，他们都是对的，他们都愿意无私地为越来越好的我们选择一个还不错的、体面的人生。但过去的经历让我学会了相信自己的第一选择，而不是世间无穷无尽的道理，因为生活往往根本不讲道理，而幸福与否很多时候又是直觉，并没有太多的所以然。至于我，只信奉一件事：不论我的选择在旁人看来是理智还是艰辛，做我最想做的就不会遗憾，买下那件自己一眼看中的衣服穿起来才会踏实。

考博结束后的那个春夏，我用学生时代难得的两个留白的季节在公众平台写了很多文章。每一次我都换一个角度看自己，想着我究竟是一个什么样的人，我到底热爱什么又忠于什么。后来的生活也一遍遍证明着，没有哪一种选择是完满的，但自己选择的一定是最无憾最美好的。活着本来就是一次历险，这些年我最大的收获就是不断挑战着自己承受压力的底线，不断走向旁人眼里艰难的未知。

记得考博之前年级大会上老师教我们四联单的填写，之后在办公室，老师问我："如果今年考不上你有什么打算？"我说："再考，考上为止。"辅导员说："好吧，如果是这样我到时候再找你谈话。"这个问题四年前大学辅导员问我的时候，我的回答一模一样。其实我不是没有想过失败，有几次我做梦都梦到我记错了考试时间，事实却是，我并没有真正规划过后路，只是单纯觉得车到山前必有路，也可能是我一次次考试后习惯了背水一战，再或者，我只是单纯地很想读博，别的都可以暂缓。或许这样的人生不明智，但值得。

我有一个好朋友，大学的时候我们分别两地。有一段时间她把微信签名改成了："听了很多道理，却仍然过不好这一生。"虽然有点低落，但那是十八九岁的我们对于人生选择最萌芽的认识。那些年我们的聊天和通信中总是一次次重复着一致的观点——生活要自己选的才最好。过了不知多久，她把签名改成了："你来人间一趟，你要看看太阳。"这是海子的诗，我知道，她和生活和解了。至于我，纵有诸多困难，却也和生活和解了。

又回到了开头的那个比喻，当你真正穿着心仪的衣服走在路上，你觉得全世界都在赞美你，你是不会一遍遍问别人："你看这件衣服好看吗？"如果是纠结过后在导购的劝说下买的衣服，我们总喜欢问不同的人："好不好看？"因为自己不太认同的时候才更乐于向别人求证，乐于一遍遍分析这件衣服好在哪里，与其说分析给别人不如说是在说服自己。

所以，选一件最喜欢的衣服穿上它，活得像个"少年"一样。

2019 年 1 月 19 日

旅途虽难，愿你简单

细细数来，整整半年没有更新公众平台了，对一直默默等待的你说一声对不起，对默默等待却依然默默关注的你道一声感激。

从春天到盛夏，季节无声地交替，有很多次我打开空白的文档想告诉你我经历着什么，有很多次我已经想好了满篇的道理，可是看看书架上躺着的书，看看草稿纸上的提纲和笔记，我就不得不辜负这些珍贵的灵感，去投入我未完成的事情——看吧，成年人的世界从来不是想做什么就可以做的，可以相对地洒脱，但就是不能真的任性。生活教会了我们对谁都不低头，却唯独喜欢看我们向生活本身低头，一次又一次低头。

以前我总说，写作对于我而言是一种生命的转移和储存方式，我愿意用别人喝咖啡的时间来记录自己的故事。但终于有一天，我发现自己连喝咖啡的时间都被论文塞满了，才意识到我低估了上天对一个人的考验。今天当我想把这风风雨雨起起伏伏的半年记录下来的时候，过去的日子竟像一团缠得整整齐齐的线，唯独隐藏了线头：丰富，悠长，却不知从何说起。

我有一个记事本，上面写满了每天的计划，扉页上写着："2019，愿你忠于的还在，愿你笑得开怀，愿你跨过生命的险滩激流，精诚所至，金石为开。"那么，就从这句祝语说起吧。

这半年，你大概和我一样，走了很远的路，做了很多的事；你大概和我一样，有时候出发很久，猛然发现自己还在原点；你大概和我一样，为了不确定的人生押上自己的全部，然后把输赢彻底看开；你大概和我一样，为了忠于的东西不惜向青春借贷，最终学会了顺其自然；你大概和我一样，抱怨过很多事也羡慕过很多人，突然发现你失去的、得到的都自有安排……我想我们都一样，尽着凡人的努力，怀着不甘平庸的呐喊，承受着小人物的沉浮，却一直守望着迟来的风帆。

此刻我依旧过着寻常却新鲜的日子，生活依旧没有剥夺我开心的权利，我依旧写得出带着阳光味道的话语，我还是你记忆中的那个杨伊，在纸上一切如故。唯一变化的是我减少了"仰望星空"的频率，于是公众平台就很少更新。此时我一页页翻着写满计划的记事本，想告诉你，也告诉自己：旅途虽难，愿你简单。

是的，旅途很艰难，不论对谁都是如此。你会失去不该失去的，你会做错不该做错的，但一切都会过去。你会得到追寻已久的，你会收获辛勤播种的，但一切也都会过去。就这样，我们学会了接受从零开始；就这样，我们明白了成年人的世界，得失一般守恒，却不总是守恒；也正是这样，我们不再和生活斤斤计较，讨价还价。当然，最后生活会给理解它的人每人一颗糖，只是，你要等。

是的，旅途很艰难，我曾在 2019 年第一天送出祝福："愿你忠于的都能永恒"。当 2019 行进了一半，才知道这世上所有的"忠于"都要付出代价，所有的坚守都没有那么轻易。尽管如此，我们还是要支持梦想与现实博弈，还是要在质疑中走出一条路。最终，可以让生活教训你，也可以让理想教训你，唯独不可以迷失在旁人的质疑里，或是在别人的言论里那样轻易地放弃。

是的，旅途很艰难，该走的弯路谁都无法逃避。曾有一段日子我常常抱怨付出过很多无用的努力，我也常常羡慕从半山腰出发，更容易到达终点的人们。后来我渐渐明白，每一条不能回避的弯路都有它存在的道理，最起码它让我们对终点更加珍惜，最起码它让我们学会了奔跑——因为你的路更远，所以你必须跑得更快。

然而，旅途虽难，愿你简单。

我一直相信，单纯是世间最美好的品质，虽然它不会让黑夜缩短，不会把弯路码直，更不会让你看起来像胜利者一样耀眼，但单纯可以捂住你的耳朵，为你屏蔽一切信口开河的言论，屏蔽没有意义的抱怨，让你在安静中看清终点，看到你梦寐以求的那个明天。

此时此刻，不论你经历着怎样的生活，快乐的，悲伤的，充满希望的，看不到未来的，都请相信：最终，生活还是会慷慨地送上徽章，虽然徽章的光芒不足以照亮毕生的征途，却实实在在点亮了脚下的路。今后，该走的弯路或许还是要走，该来的风雨早已在来的路上，但走路的人总会越来越坚强，眼里会有越来越多的希望。

旅途艰难，愿你简单。

如果我们中途遇见，愿你笑靥如启程之时，尽管岁月已锈迹斑斑。

2019 年 7 月 29 日

时间的闹剧最后都是欢喜

00

今天醒来宿舍楼渐渐热闹了，昏昏沉沉的日子里，我突然意识到暑假已接近尾声。从未觉得时间如过去的两个月这般飞逝，我翻着刚刚放假时的计划，一项一项回忆着自己做过的点点滴滴。没有我想象中的那么丰收，不过也算是没有荒废，总之我一如既往地过得很尽力。

01

上个星期有个女孩对我说，在她的眼里我过的是很多女孩想过却没有勇气过的日子。我不知道她说的是读博、写作还是一场接一场的演出，也可能是很多事的综合。但我惊讶地意识到，原来我绷紧的生活也有值得羡慕的地方。

或许所有人看别人的生活都会感到妙趣横生，就像在田园住久了向往高楼林立，在城市住久了想回归山水田园。

02

记得大学时候人人网是我们的主战场，大一那年有一段时间很多人在转一句话，大意是：如果有一天你从睡梦中醒来，突然发现自己坐在高中的教室，你的同桌说你又睡着了，而你经历的一切只是一个很长的梦……

两年前生日的前夜，我又一次想到了这句话，于是我很认真地问自己，如果时间真的有魔法，我是否愿意重新回到十六岁，对很多事重新做一次不任性的选择，去尝试一种相对顺利的人

生？但我知道我不会，十几年的时光教会了我，什么是有遗憾而不后悔。

这个道理每一个努力生存的年轻人都会懂。

03

假期我也看了《小欢喜》，大结局的时候我突然想起了自己高考的那些日子。幸运的是，九年之后我想起的都是美好，美好得舍不得触碰的青春，青春得没有一点沧桑的人们。电视剧把高考比作一次小欢喜，我想不无道理，虽然 2010 年夏天我一点都没有欢喜，只觉得更像《夏至未至》里说的：那道隔开了青春与尘世的大门，在十九岁的夏天轰然紧闭。

不过，不论那个夏天留下了什么，四年、七年、十年之后，欢喜的种子都会长出一个阳光的人生。其实对我来说，高考、读研、读博都像是一次次普通到不能再普通的升学，没有选择的苦恼，没有任何的外界诱惑。两个月前我和一位老师在从奉贤回来的路上聊天，他很坚定地说："你是真的适合读博。"我问他为什么，他说真正适合一直读书的人对于读书是根本不需要选择的，也是任何苦难都挫败不了的。

我很惊讶，又深以为然。

04

前几天我的一位大学老师和我说：想想我教你的时候你才十八岁，现在你都要二十八岁了。

十年就这样一闪而过。我依然常常想起过去无限青春和酸涩的日子，或许这种戒不掉的回忆是每一个热爱写作的人的共性。

上学期末我乘了一个多小时地铁回到本科的学校，看到大一的孩子们又一身戎装站在烈日下，绕过操场听着响亮的口号，生活顿时又回到了九年前。

十八九岁的我有很多的困惑，对生活与生命存有一些抱怨。后来在图书馆，在实验室，在大学大片大片的绿茵场，一圈一圈的红色跑道，我渐渐感到生活有无限可能，虽然这种可能与现实之间还需要我做很多事情，但我一直相信这只是时间问题。

十八九岁的时候我总在半夜和旧时好友在 QQ 上聊天，恰好那段日子她也不大顺利。既然我们都觉得自己比对方更倒霉，如果有一种魔法可以我们互换人生，我们又都不愿意。

后来我们再也不抱怨了。我们发现生活这个东西就像一件量身定做又千疮百孔的衣服，谁的只能由谁来穿；纵使你再嫌弃它，也不得不承认这件衣服在光天化日下给了你基本的尊严。

05

很多人在一个地方待久了就会把那里当做第二故乡，但我基本不会对上海做这样的比喻。

记得鲁豫在一次演讲中说，每一次飞机从北京上空降落，她都会感到浑身汗毛竖起，她又回到战斗的地方了。战斗，这个词用得好极了。

在我生命最关键的一个十年，上海用飞速运转的生存模式教会了我最多的东西，这些东西在校园，在市井，在外滩，在街头巷尾。这座和我缘分很深的城市，用无数萍水相逢的人教会了我最多的道理。以前我相信张爱玲说的生活是一袭华美的袍，上面爬满了虱子，我带着无限清高的心态第一次去外滩，那一刻我看到很多华

美的"袍"。有没有虱子我不知道，只记得那袍是真的华美。

我学会了在意也学会了不在意，我常常看着蓝得要流泪的天空和天空下流淌的江水，然后学会了骄傲和失落，学会了世俗与天真。

06

如今我博三了，我生活的依然是碧草依依的校园，但我和那些躺在学校的草地上无忧无虑晒太阳的少年相比，中间却有了一条很深的渠。

如果高考是"小欢喜"，那么现在我是不是应该做好准备迎接学生时代的"大欢喜"？但不知道从什么时候开始，我，或者说我们，很难再为一次考试欢呼雀跃，很难再为一点成就觥筹交错，多数不得了的事情最终都证明没什么大不了。

我们会发现生活不是几句鸡汤可以说清的，成败原本就是生活中最复杂的东西。有的人很单纯，正是这份单纯让他得到了很多人求之不得的东西；有的人很复杂，他看起来很累倒也过得并不差；有的人活得很勇敢，可这份勇敢让他的脸比别人蒙上了更多的沧桑和尘埃；有的人看起来很懦弱，但某一个瞬间他的强大让你觉得自己从未真正认识过他。

07

这种感觉大概始于我们离开家独自经营人生的那一刻，大概始于独自掌舵生命航船的那一刻，小小的得失都要自己买单，于是一切都重要了，一切也都没那么重要了。

或许离家很久的孩子总会特别容易长大，特别容易明白《小欢喜》里的那句话："这些事宇宙教不了你，但是时间可以。"

那么，时间真的可以吗？

08

如果可以，愿时间的闹剧最后都是小小的欢喜。

2019 年 9 月 4 日

二十八岁，愿你珍惜每一次柳暗花明

我能想象到，即使时间过去很久，当我再回忆起二十七岁的起起伏伏，都会感到这是生活为我量身定制的一次成长的集训。

青春织成的这几米锦缎里，岁月把所有的喜悦哀愁、是是非非一针一线缝进了那一段并不好走的人生。有趣的是，去年今夜我写给自己的文章名叫《二十七岁，生活请多指教》，我想生活一定有灵性，它听到了我至诚的邀请。这一年里，它用教鞭让我知道生活的疼痛，它用钢鞭击碎了麻木年轻人的虚伪幻想，它用长鞭让我学会追赶和奔跑，当然它也用温暖的本性馈赠给了每一个坚强的人一颗小小的糖。

含着糖的时候我才明白，原来，吃到糖会欢呼雀跃的是小孩子，会哭的是成年人。

所幸的是，一年之后我依然从事着编织梦想的事业，万里无云的时候我依然能看到远方，对于明天对于未来我依然有无限的期许，而对于一切预料不到的挫败我依然可以活得很坚强。

今晚距离成年的那个夜晚恰好走过了一个十年。这十年里，我常常回想起十八岁生日的那个晚上，我面对着满桌子的草稿纸，上面画着永远解不出的方程和分析不清受力的小物块，外面是从湛蓝色变成宝蓝色又变成墨水蓝的天空。不论你是否相信，那晚我真的幻想过成年后的生活，证据就是草稿纸另一面上我写了一首诗，名字好像是《照海依天》，因为很小的时候老师曾经告诉我们能照海依天的东西是"太阳"。

于是我一直温暖地相信，在任何时候我心里一直有一束光，阳光明媚的日子，这束光就融化在势不可挡的光明里，而风雨如晦的时候，它又愈发清晰可见。即使它不能变成武器，但当一个人知道，在墙的另一边有一个光明的世界在等待自己的时候就会变得异常勇敢。

当然，生活从来没有让每一个努力的小人物失望，又或许是平凡人的希望在生活的打磨中渐渐暗淡，最后终于和生活达成了和解。总归，在人和生活的博弈中，从来都是命运的手掌翻云覆雨——他决定着你手里握着的水笔写出什么话，他决定着你手上的戒指由谁戴上，他决定着你紧握的方向盘开往哪一个家……而我们的手上除了与生俱来的纹路，就是生活留下的茧子。

十年我那样深刻地感受着岁月的任性，感受着它不容辩驳的强势，但久而久之也会揭开它无情下的善意，就像在寒冷的冬日，你一边伫立在风中瑟瑟发抖，一边又能看到头顶的暖阳。寒战是人之常情，而暖阳是一种强大的希望，所以任何时候，即使再卑微也要把头抬得很高，垂下就再无想念。

这一年我明白了命运的翻云覆雨也感恩于它的柳暗花明，我一次又一次感到：那些梦寐以求的一帆风顺，那些曾祈祷过的如愿以偿，最后都输给了峰回路转——没有什么比柳暗花明的人生经历更能让一个人成长。

二十五岁，愿你在飘摇中站稳学会自立自强；二十六岁，愿你历经风雨眼里仍有远方；二十七岁，感谢所有的磨砺让岁月光亮如初；二十八岁，愿每一次苦尽甘来的记忆都化作明珠闪闪发光。

我想感谢生活，一年昼夜交替最后留给我的是永不失约的光明；我想感谢生活，一次冬去春来最后让弱不禁风的树苗撑起了满枝的希望。你手把手训练着一个年轻人怎样向涛而立，怎样独鉴风雨，你给我的挫折与路障里有无限的爱意。

如你所愿，千辛万苦我只知极目远眺，千磨万击我只知守望光明，千言万语我只知永不言弃，千山万水我只知柳暗花明。

2019 年生日前夜

第四篇
博后・我想和十八岁的自己谈谈

"今后每一个经历风雨的日子，你都要相信天使的存在，他们永远不会出现得太显眼，因为他们的翅膀是白色的，那颜色和阳光很接近。"

2020 新年献词 | 愿继续奔走于你的热爱

这一年我写了数不清的字，却只更新了四次公众平台，事实却是，分分秒秒都是我人生的三岔口。

每年的这个时候我都会想起十几年前，我趴在北方飘雪的窗边期待未来的样子，两个高高翘起的小辫总是高低不一地展示着那个年龄的倔强和勇敢。我还会想起来到上海最初的四年，我躲在实验室里每一次默默地辞旧迎新，在大学我一直把吹着空调备战期末视为最上乘的享受，跨年的时候就用短信悄悄发给自己一条祝福，那可是一个十八九岁的女孩一年的福祉！我还会想起 2013 年 12 月 31 号，我带着考研的信念期待着新的春天，就这样，信念变成了突如其来的高烧，于是来年的春天老天和我开了一个小小的玩笑，那个玩笑悄悄改变了我人生的走向。

再后来我渐渐感到：所谓新年，不过是我们在心里给正在经历的忙碌与坎坷打上一个结，给期望中的明天寻求一个开始的理由，

而生活根本就是一段找不到起点也看不到终点的长线。

2019，你是否和我一样，一直在战斗？在分不清战友和对手的世界里，为了一些人，为了一些事，剑不离手。很多年前，我们会说为了梦想，为了勋章，为了荣誉，为了衣锦还乡。后来我们发现，为了谋生也并不是那么难以启齿。和成功相比，生存小了点，和未来相比，明天近了点，但生存和明天是无数平凡的小人物的信仰，或许还包括长大后欣然接受平凡的我们。

2019，你是否和我一样，放弃着一些事却也忠于着一些事。正如那个闪现在《小时代》里的谜题："我们得到什么，我们失去什么，我们失去的那些东西最后换来了什么。"一年里那些浓烈的爱和扎实的恨在这一刻都像打了柔光的慢镜头，一点一点从人的心头流过，你会俯瞰到一个身影——从微光走进黑暗，又从黑暗走进微光。那个人大概就是顽强生存的自己。

我永远都不会忘记去年的这个时候，我在夹着寒风的阳光下绕着操场走了无数圈，那段日子我活得很困惑，困惑地感到生活就像彼时的天气，给你一片灿烂的幻想，又给你扎扎实实的严寒。同时，生活又像一个赌注，你信心满满地下注，却又怀疑着将来的一天，若是倾家荡产，自己会不会为当初的孤注一掷后悔。

然而，最深刻的道理没有人会告诉你，但时间会。

于是，我一面心神不定又满怀憧憬地写下《2019，愿你忠于的都能永恒》，一面把用了四年的微信签名改成了"精诚所至，金石为开"。就这样我靠着没有任何由来的信念走向新年的阳光，走进新年的风雪，走进未知的险滩激流。

这一年很长，很好，很艰难，很多彩。在清晨的地铁上，在深夜的宿舍里，在任何地方，我常常毫无理由地想起十年前高三的那个春天，四月飞雪，在没有春意的操场上，校长说人生能有几回博。对于十六七岁的孩子这句话就像一面战旗，我们带着理想走向理想中的"外面的世界"。十年后，对于二十七八岁的成年人，生活的战场远比高考的考场要复杂得多。

这一年我也会毫无征兆地想起，今年春节我去高中班主任家里看望她，和过去一样，送我出来的时候她都会说："记得，不论在哪个阶段，十分的力气用八分，不要逼自己拼到十二分，做好一个努力的平凡人就是一种成功。"那天我在电梯里，突然感到一种很遥远很模糊的温暖，又好像心里有一块石头和电梯一起往下坠。恍惚间觉得，一面是在陌生的城市没有依靠的拼搏，一面是来自少年时代的问候，这两种感觉把岔路口的自己拼命撕扯，让寻找未来的指针在现实的磁场里强烈感应。

或许你和我一样，这一年抱着生活的指南针寻找着，困惑着，失落着，惊喜着。努力一阵后发现生活依然没有对你笑，然后一边自嘲一边继续认真生活；或者，任性一次后发现长大后的世界容不下任性的孩子，然后一面收起少年的棱角，一面变成一只沉默的小猫。

就这样，生活又调教了我们一个 365 天，我带着十分的勇气，用着八分的力气，忠于着自己的热爱。即使它不能永恒，但起码于多年后回望，这一载总能泛着一点点微光。

2019 以一种无比坚强的方式落幕了，我第一次用"坚强"的标签来冠名一段日子，我知道这一年一定配得上。

那些美好的相遇，那些曾让我失落的欢喜，那些教我从在意变得不在意的经历，那些不曾与我同行，却教会我在风雨中行走的人们，都在用自己的方式告诉我：你走过的每一步都算数！

　　这些天我坐在灰蒙蒙的细雨或金灿灿的阳光里，用手掸去成长的每一个里程碑上的浮尘。白天它们就像一个个顽强的战士，夜晚就像温柔亮起的一排桔灯。它们守护着眼前这捉摸不透的世界，时而是风吹草低的牧场，时而是烟雨蒙蒙的街市。

　　新的一年，无论阴晴小船都要出海，无论风雨生活总要继续。

　　这世上最好的或许不是一马平川，而是永远有一座山等待征服；最美的或许不是阳光灿烂，而是撑着雨伞却知道阳光止向我们走来。

　　2020，愿你做的都是心甘情愿的，愿你说的都是发自内心的，愿你成为的总是你喜欢的样子，愿你走过的都是值得珍惜的风景。

　　2020，面对纷繁，愿你依旧执着于你的选择；面对未知，愿你继续奔走于你的热爱。

2019 年 12 月 29 日

博士论文后记｜未来之序，作于花开之时

后记是论文的最后一程，博士论文的后记是我二十二年漫长学生时代的尾声。我曾无数次幻想过自己撰写致谢时的心情，快乐，坦然，如释重负，抑或其他什么难以预知的体验。但生活的意趣往往就在于它的未知，不到某一个彼岸，我们永远不能确定下一程的航向；而生命的坚韧也正在于此，尽管前途未卜，我们依然要勇敢地扬起风帆。

今天我终于得以在人生的驿站稍事停留，得以用回顾的视角检视自己的来路，得以用平和的心态和客观的语气评述风雨的征途。去年在新中国成立 70 年的节点上，我完成了数项历史研究。我习惯用重要的历史事件把漫长的岁月拆成可研究的阶段，再用历史的视角纵向审视某个核心议题的发展脉络，最后在历史的积淀中找到未来何去何从。但当我把研究的思路嫁接到生活上时，才猛然明白，生活是比科研复杂很多倍的命题。我们需要记住也需要忘记，我们要对一些事选择性接受，更要对一些事选择性屏蔽，最重要的是，我们很难依据结果来判断过程是否值得，而最有趣的是，那些改变我们一生的经历往往只是一瞬间的抉择，或某个转角处的相遇。

倘若现在你问我，读博是一种什么样的体验，我想就是每天都看一样的风景，但每天都是不一样的心境，这其中的变化就叫做成长，读博带来的成长是任何经历都无法替代的。不论是细水长流安稳毕业，还是厚积薄发轰轰烈烈，最后都会体验到无差别的快乐，因为我们用自己的方式攀上了一座独特的山峰，找到了被杂草掩埋的小路，看到了多数人看不到的风景，得到了一枚五味杂陈的

徽章……这些幸福无关乎得失，无关乎利益，任何解释都会稀释幸福的浓度。写到这里我忍不住看了一眼窗外那个没有杂质的春天，想起来上海读书的十年里每一个伴着黎明的微光起床的清晨，想起在人生的每一个关卡我经历的风云雨雪，想起无数个让我变得更坚强、更不言弃的人们——正因为有了漫漫冬夜，春天才让人倍加珍惜；正因为不是每一步都那么顺利，我才知道再微小的幸福都不是那么理所当然。或许我很难用善意去理解所有的人，但我一定会用善意理解生活本身，因为人有善恶美丑，但生活的本意定是让我成为更好的人。

今天，我想把一些人一些事娓娓道来，与我最珍视的毕业论文永远地封存在一起。

在我学生时代纪念册的首页，是我最敬爱的导师，夏惠贤教授。4月22号早晨，当我兴奋地告诉导师我的盲审成绩的时候，隔着手机屏幕我能感到夏老师比我更开心；当天下午，当我微信告诉老师我又有一篇文章被人大复印资料转载的时候，夏老师回复我："读博有收获吧！"那一刻我很想告诉老师，比起一切美好的结局，做他的学生才是我读博最大的收获。

三年前，我的导师为身处逆境的我打开了读博这扇门，于是我的人生才得以与科研结缘，也才有了今天那个即将拿到博士学位的杨伊。三年里，夏老师待我如女儿，参与、见证着我点点滴滴的进步与成长——每一次我在科研上有新的想法，身为院长的老师都会在百忙之中腾出整下午时间，三年从未拒绝过我学术交流的请求；每一次遇到挫折，老师都会像父亲一样开导我，用自己的人生经历教育我，用他豁达的人生态度影响我；每一次我任性或急躁，老师都会冷静地帮我分析，直到我找到了事情的头绪；每一次我夜以继日快马加鞭地写论文，老师都会提醒我劳逸结合，健康第一……这一千多个日日夜夜，我的快乐就是老师的快乐，带我走出失落是老师主动肩负的职责。夏老师是一位谦逊的学者，研究遇到分歧的时候他总是耐心倾听我的想法，给一个初来乍到的"准学者"最大的尊重；夏老师是一位和蔼的长辈，我陷入困境的时候他总能用乐观解读生活的冷暖，给一个未经世事的晚辈最多的引导。

读博的日子我学会了做学问，更学会了爱生活，我知道了学习是第一要务，更懂得了生活还有很多美好值得追求。我的导师用他丰富多彩的人生把我培养成为多元发展的博士，我们又把博士生的多元发展做成研究。我知道，在我的导师心里有一片湛蓝的天空，每一个人都被宽容映衬得很清澈；我也知道，在我的导师眼里有一片蔚蓝的大海，每一粒沙都被冲刷得很洁净。人们都说师恩难忘，我只想说：导师如父，师恩永恒。

我还想特别感谢我的挚友、大姐姐，王晶莹教授。

两年前的五月，同是一个平常却灿烂的日子，我们带着各自的故事相识。那天的师大梧桐掩映，满架蔷薇，我们找人帮忙拍下了第一张合影。相识的两年里，我们见证着彼此生活的巨变，我一点点明确人生的方向，她走过了曲折的道路终于在北师大安定下来。我永远都会记得 2019 年的小年夜，在万家灯火的上海，我们躲在外宾楼的小房间里一人抱着一台电脑做研究，她三岁的女儿乖乖地看着我们，一声不响。我永远记得我毕业论文开题的那个下午，她放下家里两个年幼的孩子，放下需要照顾的母亲，千里迢

迢从北京坐高铁来上海，她在那天的朋友圈里说这是"为了不能辜负的情谊"……

她是同辈人中最让我钦佩的人，她的科研经历让我觉得自己再努力都不为过，她用扎扎实实的努力让我看到，真正的优秀终会得到认可。作为一个年长我十岁的八零后大姐姐，对于我，她一直抱着最纯粹的祝愿，这一切远在千里之外的我都能感受到。我始终相信，最深的缘分莫过于同甘共苦，最深的情谊莫过于不离不弃，我们的友谊之路还有很长很长，尽管前途写满了未知，但天涯若比邻，我们一定会是彼此的天使。

感谢为我毕业论文提出宝贵意见的校内专家谢利民教授、夏正江教授、黄友初教授，华东师范大学的吴刚平教授、姜勇教授。

2019年12月那个冬日的午后，我的导师和五位教授用整整一个下午在一起讨论我的研究：吴刚平老师给我的建议成为了我修改实证部分的重要参照；姜勇老师在结束预答辩后仍然不厌其烦地帮助我查找资料；谢利民老师严谨的论文思路让我发自内心地感到心安，在预答辩结束后又将修改意见帮我逐一梳理；夏正江老师深厚的理论功底为我破解了多个困局，他常常自谦"我的一个不成熟的想法"，其实总是带着智慧的火花；黄友初老师科学的实证研究方法弥补着我的不足，他的一句"方法、数据上的问题你随时来我办公室问"，解除了我的很多忧虑……那一天导师和我一起奋笔疾书，记录着每一个宝贵的建议，老师们竭尽全力讨论着怎样让我的研究更完善，盲审成绩更优秀。那一刻我觉得自己是这世界上最幸运的人——我得到的智慧必将永生难忘，学到的一切必将受用终身，我的研究除了凝结着我和导师的心血，还有很多我仰慕的教授宝贵的思路和美好的期许。

　　谢谢我的同学、朋友陈兴冶校长，感谢他为我提供了上海市实验学校作为研究的基地，让我的研究得到了最精英的一线师生的支持。谢谢上海市实验学校所有支持我科研的老师们，他们的名字虽然不能出现在我的论文里，但永远都会留在我关于读博的记忆里。他们让我看到书斋看不到的世界，让我惊叹于一线教师满满的智慧，更让我感到上海基础教育领先世界的秘密。

　　谢谢硕博期间为我授课，并笃信我可以在科研之路上走下去的丁念金教授；谢谢五年来从上海到日喀则再到上海，不论身在何处都一直鼓励我，为我排忧解难的学长、好友傅欣大哥；谢谢在我大学毕业后仍然指导我、和我保持合作的任杰教授；谢谢我最好的朋友，亦是我科研伙伴的余晓波医生；谢谢从我进入师门起就一直默默帮助我的王昀师兄……正是在良师益友无私的帮助下，我有了最安稳的科研环境，正是在无数的期待与祝福声中，我才有了克服一切困难的力量。我知道我的每一点进步都有你们和我一起分享，我点点滴滴的成功，你们不论身在何处都会替我感到开心。我更知道，为了希望我越来越好的人们，我必须要越来越好。今天，你们曾陪伴、祝福过的同学、朋友、小妹即将如愿以偿用三年时光穿上学位服，勇敢地迈向人生的下一道关卡，这一路我收获的友谊必将成为灿烂的星斗，伴我乘风破浪，披荆斩棘。

　　最后我最想感谢的是我的爸爸妈妈，把我生在一个知识分子家庭，他们的幸福与恩爱都写在我的眼睛里。在人生的十字路口，他们总能为我排开一切世俗的顾虑，让我听从自己的内心，把读博的

执念化为努力的行为，选择一条自己最想走、也最适合的路。

他们支持女儿成为"女博士"，更相信女儿会在自己选择的道路上体验到最最上乘的幸福和快乐。远在上海的这十年里，我有一半的勇气来自我的家庭，因而我一半成功也属于我的父母。在我犹豫不决的时候，他们会说"你尽管选择吧，一切结果爸爸妈妈和你共同承担"；在我想要放弃的时候，他们会说"能飞越大西洋的是海鸥而不是黄雀，因为海鸥能一直飞"；在我有所顾虑的时候，他们会说"爸爸妈妈永远是你解决问题的辅助，永远不会是你前进的阻碍"；在我通过盲审的时候，他们告诉我"要记得你的导师，三年夏老师对你的照顾比我们做父母的还要多"……我知道，每一个人的父母都很温暖，但我仍然为自己今生能做他们的女儿而无上幸运。

谢谢他们把我生在一个安逸的省会城市，让我二十多年衣食无忧的同时也深谙"知识改变命运"；谢谢他们十几年如一日送我学理科竞赛、苦练艺术，让我今日除了学术还有诸多安身立命的本领；谢谢他们带着理智、民主、豁达的关爱成就了一个人格健全、乐观开朗、阳光灿烂的女博士；谢谢他们一度严厉的教养方式赐予了我严于律己、毫不懈怠、自强不息的人生态度；也谢谢他们知恩图报、爱憎分明的处世方式让我知冷暖、明是非，拥有了从未有一丝卑屈的人格……

在读博的一千多个日日夜夜里，每一天我都过得认真而光鲜——很早地起床，很早地学习，认真地健身，认真地打扮自己，认真地计算每一天的时间，认真地去做自己一切想做的事情……在我关于博士的记忆里，有过坎坷但从未狼狈，有过泪水但很少提及，有过彷徨但未曾放弃，有过黑夜但终将过去。

　　黎明与落日，晴朗或风雨，当一切悲欢终将落幕，在新的一幕剧里，杨伊还是杨伊，我的爱与感恩会在变与不变的争论中成为永恒——

　　　　愿下一程人生经得起回忆亦经得起观赏

　　　　愿不远的明天遇得到海港也熬得住风浪

　　　　愿有力的双手画得出风景也斩得断荆棘

　　　　愿明亮的眼睛看得清现实也望得到远方

　　　　今年我二十八岁，依旧忠于着我的热爱

　　　　　依旧相信——精诚所至，金石为开

　　　　　　再见了，我的学生时代！

　　　　　　你好，那款款靠近的未来！

2020 年 4 月 29 日

上海十年记：我想和十八岁的自己谈谈

00

2010 年我来到上海读大学，时至今日，我依旧清晰地记得列车进站的那个清晨，发白的阳光把车厢照得透亮，在一片光明里有许多上下浮动的尘埃，它们就那样悬浮着，若隐若现。

车厢里轻轻响起了《弯弯的月亮》，原本熟悉的旋律突然变得特别陌生。那年的我十八岁，长长的头发配着有点婴儿肥的脸，脸上有一双充满了新奇的眼睛。

不记得和爸爸妈妈第一次吃饭是在哪里，只记得服务员是一个二十出头的小姐姐，她很自豪地告诉我们：上海是最好的城市。

我当然知道这是一种主观的论断，但她笃定的语气足以让我们相信她心底的幸福，而世上很多事，主观的幸福感常常可以磨平现实的棱棱角角。

这些也是我到后来才明白的。

01

2010 年 6 月 7 日，高考。

当年的影像在我记忆里已经很模糊了，唯一有记忆的是拥挤的、挂着鲜红色横幅的考点。

在那之前，每年我都会去家附近的省实验中学"参观高考"，至今也不知是哪里来的"癖好"，在我最初十八年有限的认识里，高考是人生中最壮观的出征，也是一次关于成长的冠礼。

在我们家住的小区里，每年谁家孩子高考，大家就像有花名册一样清楚，而我每次见到那些考到名校的哥哥姐姐，总忍不住仰着头目送人家消失在视线里。多少年来，我一直就是一个喜欢追着"锦鲤"奔跑的孩子。每年高考的日子我上楼的动作都异常地轻，中午总是轻轻掩上一层的楼门，晚上宁可摸黑爬楼梯也不敢喧哗着喊亮声控灯，因为爸爸妈妈总说，高考是一生的大事，我总怕因为自己的吵闹让鲤鱼错失了龙门。

直到 2010 年，少年时又敬又怕又期待的情景终于向我款款走来——就像战战兢兢地打开一个装着未来的盒子，但它似乎又不能预言未来；就像不顾一切奔向想去的城市，但从未和城市商量过它想不想收留你；就像充满希望地寻找一种自由，但人生从某一刻变得越来越重……最重要的是，我们工工整整写下了对明天的期许，却没有好好面对生命中最声势浩大的那一次离别。

毕业后我不止一次梦到高考，而每一次我都没能把理综做完。不知从什么时候开始，这样的梦让我感到一种久违的归属和温暖。毕竟，真实却陌生的人反而不如虚幻却熟悉的梦来得扎实而值得依靠。

十年，高考的画面终于模糊了，我也只是偶尔在夜深人静时悄悄告诉那个十八岁的女孩：

离开家乡、朋友、父母去独立成长，这是命运给你的一块糖。如果每个人都是一棵树，不要急于去比谁更枝繁叶茂，好好享受此刻的孤独甚至是短暂的无助，这正是你往深处扎根的力量。

02

同班同学里只有一个男生高考和我分到了同一个考场，高考结束后一起走出考场的那一路，我们俩说的话简直比高中三年加起来都多。只是介于当时的心情，聊天的内容我一个字都想不起来了，

相信他也是，所以我并没有感到自责。而我们不会知道，考场门口挥手一别，再见面竟然是在八年后的北京。

2018 年暑假我去北京演出，趁着中学同学们还在读博，我实现了"五道口一日游"的远大理想。留学校做实验的五个同学在清华附近很热情地接待了远道而来的我，当年和我同考场的男生一见我便眉开眼笑又激动万分地说："终于迎来一个和我们一样的'老博士'，我们心里真是说不出的舒服啊！"

那天我们拍了合影也聊得很开心，我好像又回到了学生时代——雪白的教学楼，红色的塑胶跑道，催我们去更大的世界看一看的老师，还有身边那些来不及告别的人们……记得物理老师说过："你们即使上了重点大学也要努力，你们还应该享受一次穿'红衣服'被拨流苏的感觉；或者再努力一点，说不定能去给别人'拨流苏'……"每次说完，他都会憨厚地笑笑。

那时候，我不知道什么是拨流苏，只是看着老师憧憬的眼神，隐约觉得，很神圣。

去年夏天，我当年的同窗亦是最好的朋友破格评了研究员、博导，他打电话告诉我的时候，博三的我正在和毕业论文艰苦斗争，突然想起了当年物理老师说的话，脱口而出："很快你就是可以给别人拨流苏的人了啊……"那种感觉就像是我自己录用了文章一样，特别开心。

十八岁我扎着长长的辫子，二十六岁我剪掉了梳了十几年的长发；十八岁我的理想便是做个女博士，如今，我想告诉她：

不论生活怎么阴晴不定，人都是可以安排自己的人生的，你看，那些和你一起长大的人们，过得多么不遗余力，又把人生打理得多么井井有条。你要永远为他们祝福，更要记得在 2010 年的 6 月和他们认真说一声后会有期。

03

在以前的文章里我不止一次提起外滩，那是我第一次感到世界很大而我很小，那种挖空心思的繁华和令人窒息的落寞总是交错出现，让每一个不同处境的人都可以触景生情，找到某一个和身世吻合的切入点，然后大做文章。

第一次来到外滩是在晚上，耀眼的灯光下有很多穿着婚纱的恋人，闪烁的霓虹尽一切可能向游客道尽世间繁华，而在繁华的背面，卖玫瑰花的少女为了生存奔波着。

我那么清晰地感到，最奢华与最艰辛的距离比浦江两岸更长，但我太渺小了，所有的"最"和我都扯不上关系。这种事不关己的感觉让我面对繁华一度很坦然，面对平凡一度很安心。

十年过去了，我无比怀念十八岁时的"置身事外"，只是这种感觉只属于那个艰难成长的小小少年，长大以后便再也不会有了。后来每一次从这里路过，瞥一眼车窗外的高楼，就会下意识谈论起某幢楼里的某个岗位的年薪，说起岗位需要的学历，说起很多不曾思虑的东西。

那天我在尘封的人人网上翻起很多年前的雨夜，和大学室友来外滩玩耍时拍下的照片，我们追着一对穿婚纱的新人，以为取一样的背景就能拍出一样的照片。但我们忘了，手机和单反的镜头有本质的差别。但十八岁就是这样，即使拍出了模糊的照片，却依旧可以享受着无差别的幸福。

后来我们各自读研读博，后来我们隔着时差讨论着科研的悲喜，后来我们讨论着长三角的安家费。

很久我都没有去过外滩了，但我知道，开学季在霓虹灯下又会有很多孩子挥着"剪刀手"，比着"心"拍下照片，我想把他们的笑脸珍藏在碟片里，寄给十年前的自己，告诉她：

你是那么幸运，享受着最珍贵的"一无所有"，拥有着最难得的无所畏惧。很多年后，你要多么努力，付出多少青春，才能换来此刻十分之一的天真与无忧。

04

早起的习惯是从大一就有的，那时候校园不大却精致得很，记忆当中四季都是绿油油的，一下雨又是水汪汪的。

每天清晨，宿舍的楼门一开我便会准时出门。日复一日，我发现喜鹊在树上造了一个新窝，还有个白胡子的老爷爷每天都会在图书馆后面一片树丛中打太极。我手里捧着《普通心理学》，却常常看着周围的一切出神。

第一个冬天很快就到了，上海的冬天和北方不一样，下过雪尤其阴冷，我依旧天一亮便坐在图书馆背后的石阶上复习考试。11月的一天大概六点刚过，一对晨练的老夫妇对图书馆打扫卫生的阿姨说："天冷了，你把这个小姑娘带进去吧，她天天都来很早的。"

从那天起，每天早晨六点一刻我都会等在图书馆门口，打扫卫生的阿姨总会骑着三轮车远远地就笑眯眯地和我招手，我就像冲下山坡的小燕子，使劲挥挥手向她跑过去，那些年我度过的每一天就是在这样的善意中开始的。

她打扫图书馆，我就在一旁的沙发上默默地背书，直到考研。三年里无数个清晨她只和我说过一句话："你的座位在哪儿？以后阿姨每天帮你擦擦干净。"

很快我就要大学毕业了。2014 年 4 月的一天，我特意穿上了最漂亮的长裙和浅黄的针织衫，认认真真化了妆去和她当面告别，然后我还想鼓足勇气抱抱她。但图书馆老师告诉我，就在几天前她辞掉工作回老家了，最后我连她姓什么叫什么从哪里来都不知道。

后来我去新的学校读研读博，那些难忘的、遗憾的、温暖的记忆很少有机会重提。但在时光隧道里，在远远的晨曦中，十八岁的自己依然坐在石阶上，我想告诉她：

今后每一个经历风雨的日子，你都要相信天使的存在，他们永远不会出现得太显眼，因为他们的翅膀是白色的，那颜色和阳光很接近。

05

和图书馆的情分不止于此。

不记得我是怎样发现了在图书馆的尽头有一个期刊室，里边装订保存着几十年的旧报纸、旧期刊，据说基本不外借。资料很多，却被翟妈妈一个人整理得很干净，在我的记忆里属于她的一切都很精致，就像她本人一样。

我们第一次见面就是在这里，她推着一个小车整理期刊，然后踩着小梯子一本一本归类。用后来流行的一句话说，我喜欢她，喜欢无人打扰的期刊室，大概是因为这里发生的一切看起来都很"治愈"。

用人迹罕至形容期刊室一点不为过，每个人都目的明确地进来复印好资料便匆匆离开了。整整四年，我和翟妈妈朝夕相处无话不谈。我俩常常跪在软软的沙发上，把上身倚在洒满阳光的窗边，她会对着镜子给我梳小辫儿，连毕业答辩我都是穿着她在家熨烫好的

衣服。

翟老师是土生土长的上海人，精致且热爱生活。在我考研历经波折的那个春天，她带着我去了很多地方——去崇明看薰衣草田，去韩湘水博园拍漂亮的照片，去看各种展览，一起练拳击、学跳啦啦操……她总说："旅行会让人忘记很多不快乐的事情。"

后来我大学毕业了，研一寒假回去看她的时候，我常坐的那张四方桌子的中央放了一盆很漂亮的盆栽，绿色的枝叶充满生机地对着窗外，像极了那些年我们一起走过的日子。

研二的一个下午，我在学校图书馆里写论文，一个老师推着小车从我身边经过，车轮碾过地面的声响让我毫无预兆地想起十八九岁发生的一切，想起那些无声而温暖的日子，想起那些平凡的人们不平凡的情缘。

后来我读了很多书，写了很多文章，却依然觉得时间教给我的东西是那么无可替代。我想告诉那个十八岁的女孩：

这个世界不会开口说话，但在你身边总有人替这个世界偷偷爱你，他们不问你从哪里来，不问你去往何处，只愿你好好长大。

06

十年过去了，我不遗余力地悦纳这座城市的一切，体会着黄浦江畔的晚风、骄阳、细雨、霓虹。

不论是作家笔下的上海还是编剧眼中的上海，我都更相信我看过、来过、生活过的上海。

因为——

唏嘘、落寞、彷徨、哀怨，终敌不过扎实的成长，而那些听起来轰轰烈烈的故事，常常会输给细微而温暖的记忆。

十八岁的很多事就像倒灌的江水，无孔不入，势不可挡，而我们终将在一片粼粼的波光里看清自己，触及过去，抵达未来。

那么，今天就暂且讲到这吧。

2020 年 8 月 13 日

二十九岁，天上有颗很亮的星

00

在我的家里保存着一盘磁带，记录着二十七年前在我两岁生日的时候，爸爸妈妈问我："你长大想做什么？"我欢天喜地地告诉身边的大人们："我要考大学。"

高三那年我把这个故事讲给同桌，他说这个回答"很杨伊"。读研的时候，我把这个故事讲给室友，她惊讶地说："你竟然那时候就想到了高考会扩招！"

今年是我在大学工作的第一年，或许我应该感念自己的执拗，又或许我应该感叹生命的神奇，再或许我应该感慨岁月的剪刀裁剪、拼接人生的能力。有那么一个瞬间，在时光的尽头，我看到一个手舞足蹈的小女孩，她背对着我而正对着阳光，恍惚间穿越到了二十多年后的未来。

这种浪漫的幻想会让人温暖，会给人一种浪迹于客观事实之外的幸福。大概是太多的时候我们专情于科学，习惯于把纷纷扰扰的世界剥离为相互作用的模态，抑或把五彩纷呈的现实切割为静态的要素：它们是如何运转，如何与过去一脉相承，又将如何延伸到未来，皆依赖于客观事实。于是，生活的芜杂在理性的思考中被厘清，而生活的玄妙又在过度的分析中被消解。科学告诉我，未来什么样的技术会改变世界改变人类，但它永远不能告诉我，下一秒你会遇到谁又失去谁，谁会悄悄修改你的人生，谁会用什么方式让你在一瞬间长大。

科学不可预言的那一部分内容里，往往包含了这一生最艰辛的涅槃，最珍贵的馈赠。

01

明天我就二十九岁了，将要在上海度过我的第十个生日，也将在生日前夜第十五次一字一句写下给自己的祝福。

每年的今日——起初陪伴我的是望不到边际的习题，后来是背不完的专业书，再后来是浩如烟海的文献。在实验室，在图书馆，停下手边排着长队的事情为自己写一篇文章，那是我多年唯一的仪式感，一种无限奢侈的享受。

摄影是另一种仪式感。每年生日前我都会约摄影师帮我拍一组照片。从大学路到衡山路，从田子坊到七宝老街，从外滩到泰晤士小镇。十个秋天，我由双马尾变成及腰的长发又剪成了短发，由婴儿肥的娃娃脸变瘦再变瘦，我的摄影师从留着胡子的大哥哥变成可爱的小妹妹，唯一不变的是身后撩人的秋风和头顶倔强的暖阳。

是的，我就出生在这样的季节，在这样的冷风里，也在这样的光芒下。

02

2014 年临近大学毕业，我和老师闲聊起来，他说："你四年什么都有，唯独少了一种热闹，希望以后你的人生能热闹一点。"

后来我慢慢发觉，静默不是一种状态，根本就是一种人，有时竭尽全力的狂欢会让这种人难以回归静默的本态。就像我们正在仰望深蓝的夜空，只悬着一颗星星却很可爱。但当夜空突然被烟花照成了白昼，我却再也看不到星星了。

我很眷恋那些看得到星星的日子，一无所有又应有尽有，偶然迷惘却意志坚定，循规蹈矩而自由自在。我时常会想起大洋彼岸的

朋友，想起读研时与我风雨并肩的同门，想起每年都在千里之外为我庆祝生日的父母……

这一切，有的坚守，有的远去，有的来了又去，有的去了又来。

至于我，时常眺望，偶然想念，总是憧憬。

03

上周我和摄影师小妹妹约去拍二十九岁生日照片，史无前例地，地点在昏暗的 1933 老场坊，而我第一次选择了一身黑色的衣服。

那天是周四，原本就不大热闹的老场坊更是安静得甚至可以形容为阴冷。倏忽间，我们看到一束刺眼的阳光倾泻下来，直直地戳向地面。摄影师激动极了，对我说："姐姐你快去，去站在阳光里！"

就这样，我们背着单反行走在灰色的世界，不时地邂逅阳光，而每一次重逢我们都快乐地犹如初见。

我站在阳台边，几个月来，我第一次昂起头和阳光对视。那一侧，我看不到阳光的源头，而这一侧，阳光也无法抵达我的心底。我们互相观望却互相揣测，我们初次相遇却似曾相识，我们无言以对却心有灵犀，我们一冷一暖，最终却是阳光融化了我。

我在心里对自己说了一句生日快乐。这世上总有阳光在等我，继续往前走就是了。

04

记得三年前的中秋，在去泰晤士小镇拍外景的路上，车里循环放着《继续给十五岁的自己》。即将二十六岁的我穿着鲜艳的红裙子，半开着车窗，秋风一路掀着我的长发为我祝福。车里回荡起清澈的歌声："我们继续走下去/继续往前进/继续走向期待中的未知旅行……"摄影师从后视镜里看到我在后排一副阳光灿烂的样子，漫不经心地说："等你结婚前夜记得听听这首歌，你一定会哭的"。

一年多以后，摄影师结婚了，我专门去调侃她："新婚前夜你有没有听这首歌？听着你有没有哭？"

从泰晤士小镇回来后，在万家团圆的中秋之夜，我把照片发在朋友圈，很潇洒地写下"此心安处是吾乡"。几天后，我写好了给自己的生日长文，取名为《二十六岁，愿你眼里仍有远方》。

三年后在 1933 老场坊，我脑子里毫无征兆地飘起了另一个旋律：

每当我找不到存在的意义/每当我迷失在黑夜里/夜空中最亮的星/请照亮我前行……

05

二十八岁，我完成了二十二年做学生的长跑，在爸爸妈妈的祝福与骄傲中，我博士毕业了。之于我而言，最幸福的莫过于在家里度过了整整八个月的时间。

这两百多天，我幸福得像个公主。

自我十八岁离家到上海读书后，每年寒暑假我或是在学校写论文，或是复习考试，即使回家也是一天十个小时泡在图书馆，我甚至忘记了被父母照顾是一种多么温暖的体验。2020 年的上半年，每天早晨我依旧 5:30 起床写论文，窗外家乡的黎明比上海要来得晚一些。我打着让爸爸妈妈一起锻炼身体的旗号"拉赞助"，买了一屋子的健身器材，我们家被我搞成了健身房。爸爸出资最多，他说得给他办一个金卡，我只吃喝却一分钱没出，我爸说我不办卡不能进门。至于我妈呢，很机智地买了一个最便宜的器材，表示她也入股了。最后结局是，我和妈妈互相监督互助减肥，各瘦了十斤，而出

资最多的那位金卡会员一斤没瘦。

每天下午我都会准时乘车去单位等妈妈下班，然后我们再一起去单位接爸爸下班，我们三个人一起步行四十分钟回家。路上要经过商业中心，我无疑是最大的赢家了。每次从奥特莱斯出来我绝不空手，总是拎着满满的衣服、鞋子、包包，然后厚着脸皮说，这个包是某篇文章录用的奖励，这身连衣裙是文章见刊的奖励，这件上衣是写完文章投出去的奖励……爸爸妈妈总是一边嘲讽一边刷卡，而我的理由听起来总是那么无可辩驳。

妈妈总说，真希望我们家丫头永远不要长大，长大也没关系，妈妈打扮你一辈子。

新学期我搬了新宿舍，妈妈很用心地帮我把博后宿舍的一切装饰都买成了粉红色的，大概因为这样的颜色会让人温暖。回家前我们母女俩坐在床上聊天，粉红色的纱帐垂下来搭在我们背上。

我说：在家里八个月公主般的生活要结束了。

妈妈说：你一直都是妈妈的公主，现在是，以后也是。

06

龙应台说：你站立在小路的这一端，看着他逐渐消失在小路转弯的地方，而且，他用背影默默告诉你：不必追。

妈妈离开上海回家的那个晚上，我去看了《信条》，在时空交错中，我捕捉到一句话：你的人生才走了一半，我的人生已经走到终点，接着往下走，我在起点等你。

07

二十八岁，最温暖与最严寒就像两个磁极，生活的磁针在其中强烈感应。

二十八岁，我学会了用公主的姿态应对风霜雨雪酷暑严寒，也学会了从一朵不起眼的花变成一棵看得见的树。

每天晚上我都会绕着操场跑很久，五圈，十圈，十五圈……而在天的尽头总悬挂着一颗很亮的星星，它属于所有人又好像只属于我。我朦胧地感到，它可以听到我所有想说的话，又会把这些话带给我想要带给的人。

一天夜里突然下起了毛毛雨，操场上人越来越少，我钻到一棵歪脖树下躲雨。那还是初秋，依然翠绿的树叶用这个季节最后的生命为我遮住了所有的风雨。在湿漉漉的空气里我又看到了那颗遥远的星星，它告诉我——

08

雨总会停。

明天，你依然要奔跑。

09

往事浓缩成一束光一直照在我的心底，在黑色的眼睛与奶白色阳光的对峙中，它们最终握手言和了。

张爱玲说：在这个世界上总有一个人是等着你的，不管在什么时候，不管在什么地方。

我知道，希望是困境的解药，也是最奢侈的存在，最好的人生莫过于一直看得到未来。

怀抱着对未来坚韧的期许，我相信，二十八岁的起起落落终将归于灿烂的黎明，与深秋的落叶和初冬的暖阳无缝衔接。

　　就像成功总会垂青努力的人，风雨也会选择不辜负它的人，那么，二十九岁，愿你成为一个勇敢的战士，一棵笔直而参天的大树。愿你不辜负生命中所有突如其来的风暴，也愿你受得起风雨过后留下的每一个乐观、顽强的印记。

　　我二十九岁了，我看不到下一秒的自己，却能看到阳光里有一个模糊的身影会一直前行。以前我以为，走向未来的勇气大半来源于得失、离合的随机分布；后来才知道，风雨会给每一个经历洗礼的人一张通行证，这是通往黎明的唯一船票。快乐也好，挫败也罢，生活自有它的考虑。

10

　　"并非是我选择了这样的一生，而是一生选择了我。"

　　二十九岁，在码头守了一夜的我，终将在黎明起航。

　　因为——

11

　　抬起头，天上有颗很亮的星。

2020 年生日前夜

"那年夏天，我用矢志不渝的努力登上了求学的顶峰，同一时间，幸运女神手把手让我打中了爱情的十环，打出了一生的浪漫。"

2021 新年献词 | 愿你依旧活得无所畏惧

2020，倏地过去了。

一年足够短，未知的成为了期待的，期待的成为了昨天的。一年足够长，习惯的成为了怀念的，怀念的成为了永恒的。

今日午后，头顶的暖阳伴着耳边是呼啸的寒风，看似明媚的世界把落叶卷起又放下，碎掉又卷起，那粉身碎骨的叶子有的彻底枯黄，而有的依然带着青色。我也是后来才明白，这树上黄色的叶子会落，青色的叶子也会落，因为树和季节没有契约，所以很多东西超出了树的掌控。而人与生命也没有契约，所以命运翻云覆雨的手掌不会在意我们抵抗，但它会用一种特殊的方式教给我们接受和坚强——比如，欧亨利笔下的《最后一片常青藤叶》。

这，大概就是生活给我们的糖。

《无问西东》里说："如果提前了解了你们要面对的人生，不知你们是否还会有勇气前来？"落笔的一刻，我曾想：如果可以提

前预知 2020，我会以什么样方式走过？

答案是：我没有比现实更好的选择。

或许不仅是我，我们都没有比现实更好的选择。大概只有孩子才会后悔，买了草莓棒棒糖却又觉得苹果的好，成年人的每一步选择总是有很多不可言说的利弊得失与迫不得已。所以，如果你的 2020 心想事成，你要多么幸运被命运之神垂青；如果你的 2020 风平浪静，你要多么强大才能在纷繁中做到波澜不惊；如果你的 2020 饱经风雨，那么你最值得骄傲，因为你是如此不易，于大风大浪之后等到了钟声敲响，又是如此坚强，经历那么多苦难，却怀有那么多希望。

今年是我来到上海的第十次跨年，十年里每一个辞旧迎新的日子都伴随着天寒地冻。从十九岁到二十九岁，我总是又期盼又畏惧地看着窗外墨水蓝的夜空。期望是因为每一年都有不同以往的憧憬，而畏惧是因为我知道，生活并不总能听到我的期许。

大学前三年，每一次我都在科研楼的实验室里听着钟声敲响，然后把新年愿望编成短信，零点默默发给自己，小声对自己说句新年快乐。那些愿望有的来年实现了，有的延迟实现了，有的注定不会实现了……但当年借给我实验室的老师成为了我一生的好友，即使我不再学心理学，即使我去了新的学校读研，即使我的老师的工作也离开了科研楼，即使我已经忘了自己许过什么愿望，但每当我想起实验室的灯火和良师益友，便觉得天涯海角也无所畏惧。

考研那年我在图书馆度过了 2013 年的最后一天，我把简单而直白的愿望深深地刻在了心里，也正因为这个愿望我度过了 2014 年跌宕起伏的春天。如今我面对生活与得失，一半的勇气皆源于那些风雨如晦的日子，源于我执着的愿望与深重的恐惧，也源于我不留余力的付出和顺其自然的结局。后来，我和生活和好了，和愿望和解了；再后来，每当我想起 2014 年新年的阳光和春天的鸟鸣，便觉得风霜雨雪无所畏惧。

2018 年的最后一天，正在读博二的我绕着操场走了很多圈。那天的阳光是 12 月里少有的明媚，那时的我坚信，它是给经历困顿与冲突的人的些许温暖。那是读博生涯的至暗时刻，但很久之后我开始承认，那光芒之下，我悟出的道理是生活给我的至上箴言。后来我夺回了命运的舵盘，在纷繁中选择了永久的忠诚。但我知道，生活从来无意抢走我的未来，它只是想让未来的我懂得珍惜，无论山穷水尽还是柳暗花明，都忠于热爱而活得无所畏惧。

去年今日，我只料到我的 2020 注定难忘，却未曾想如此难忘。我的得到与失去，快乐与悲哀，离别与邂逅，至明与至暗，在一个四季轮回中到达了极致。如果最初的九年只是让我学会像成年人一样生活与思考，那么这一年便是让我彻底成为一个成年人，扎根在属于自己世界里。此时此刻，在它即将离去的时候，我穷尽全部的勇气祝福未来——

2021，愿你依旧活得无所畏惧。

是的，让我们生畏的事总会有很多：失败，强敌，生死，堕落……而我始终相信，一切不幸都只会让我们珍惜却不甘于平凡，一切失去都只会让我们紧握却不满足于拥有，一切挑战都只会让我们更敬佩依然站立未曾卑屈的自己。

想起《棋魂》里有一个细节，那个叫时光的男孩在围棋定段赛最关键的一场比赛遇到了同一道场排名第一的选手岳智，他非常担心自己输掉比赛。但褚嬴告诉他：“我觉得，他只是一个输给过沈一朗的普通棋手而已。”

或许很多畏惧不过是我们给困境戴上了光环，在对局前心中暗自给对手加冕。过去的很多年，我们惧怕的未来都成了历史，我们惧怕的对手其实也过着平凡人的生活，而我们惧怕的那些苦难，早已消解在了时光的洪流里，唯一留着的就是我们对那些人和事的记忆。这些记忆有的变成不可触摸的伤痕，有的凝练成闪闪发光的徽章，还有的，我们曾以为是伤痕，很多年后发觉它用徽章般的微光把你引向了光明的征途。

2020，不论它多么沉重，不论你经历过什么或正在经历着什么，它都将随着凛冽的寒风封存成生命中或光鲜或幽暗的历史。而坚强的你，即使背负着最深最重的想念，即使历经了至寒至热的人间，不论在山巅还是谷底，不论在角落还是人前，我们终将走向未来，终将属于即将到来的明天。

启程之际——

愿你依旧潇潇洒洒，愿你依旧无所畏惧。

2020 年 12 月 30 日

我和我的他

在我通过博士论文答辩后的两个小时，一个很斯文的男孩便悄悄走进了我的人生，后来他成为了我的先生。

那是一个很平常的盛夏，午后的燥热与夜晚的清凉交替出一个个如流的日子。我忙碌着，幻想着，偶尔迷惘着——像每一个完成读博长跑的人，对着二十二年求学生涯长舒一口气；像每一个开启职业生涯的人，对着未知的将来倒吸一口气。

不论如何，答辩那天都是快乐的，完全沉浸在获得博士学位的喜悦中的我，全然没有意识到人生最大的礼物正在向我靠近。直到后来我才渐渐明白，原来走好每个年龄的路，生活自有它的馈赠。

现在想来，一切就像经过了精密的计算，在我集齐人生三个学位之时，在我来到上海十年之际，生活毫不吝啬地将美好的爱情赠予我，不早一步，不缓一步。

直到今天，我们已结为夫妻，大家还经常打趣我，你和小吴谈恋爱前是不是先上中国知网查过人家的论文呀？是不是因为他有两篇 A 类论文你才和他结婚呢？是，也不是。他的聪明、博学和自律着实让我对这个不善言谈的男孩刮目相看，但他聪明却不狡猾，博学却不炫耀，自律却习以为常的品质为他俘获了爱情，一种建立在欣赏之上的爱情。

第一次聊天，他津津乐道着家里的那盆碰碰香如何绿，如何黄，如何黄了又绿、绿了又黄……是我把话题转到论文上，我们才开始了同频共振。那盆绿植此刻依然在阳台上晒着太阳，他依然乐此不疲地蹲在阳台上浇水、施肥。那是最普通的一抹绿色，无心地见证了我们充满烟火气的爱情。

第一次微信互动，他给我拍了一张在家烧菜的照片，想到自己从来都没下过厨，他能把菜烧熟就很值得鼓励，于是很客气地说：这个起码烧出了"北大核心"的水平。后来，小吴经常会拍烧好的菜给我看，我就挑一些还不错的，按照卖相分成 CSSCI 扩展版和CSSCI 正刊的水平。

第一次来学校看我，是因为我吹着空调写论文落枕了。那天傍晚我从宿舍楼下来，看到一个男孩身着 T 恤，推着一辆旧自行车伸着脖子很紧张地四处张望，看到我很认真地说："我给你带了一个礼物……"说着很认真地从书包里拿出来一瓶红花油，这成为了小吴送我的第一份礼物。直至现在我一闻到红花油的味道就会想起来小吴，那个让我尝到八九十年代恋爱滋味的男孩。

我们家对门住着一对上海老夫妇，那天在电梯里偶遇，阿姨打趣小吴："噢哟有了老婆穿得都漂亮啦，小毛驴就不骑了哇？"

"小毛驴"不骑了，格子衫也不穿了。结婚以后我像打扮自己一样打扮小吴，我用了多大的努力才让一个钟情于红格子、黑格子、蓝格子、黄格子的男孩放弃了"所爱"，让旧格子衫和旧运动鞋集体退休。有时他会暗搓搓地在微博上发个状态怀疑人生："格子衫什么仇什么怨？"再配上一个藏狐呆萌的表情。我会慷慨地给他点个赞，然后继续把格子衫藏好。看到他每天换我搭配好的衣服，听到别人夸他越来越精神帅气，我有了一种从未有过的幸福和成就感。有人说这就是爱情，有人说这超越了爱情，是婚姻。但不论是什么，我们都相信，这是世上最好的东西。

小吴是标准的高知家庭成长起来的孩子——老实又过于老实，单纯又非常单纯，可爱又极其可爱，每一个都是优点，但每个优点都被他放大到极致。尤其是对于浪漫这件事，虽然红花油、碰碰香、小毛驴、格子衫这样的意象离浪漫着实有些遥远，但他一边带我看《棋魂》一边我讲棋谱，一边带我看《指环王》一边讲史诗与各种美学理论，一边和我谈《燃情岁月》《勇敢的心》一边给我讲霍纳，从《阿甘正传》讲到越战讲到嬉皮士再讲到摇滚，带我去上海大剧院听贝多芬也去东方艺术中心听谭盾，梶浦由记、中岛美雪、大岛满、西本智实……在认识小吴以后这些名字他总是挂在嘴边。我不谙音乐，第一次跟着他去听音乐会很怕闹出电视剧《欢乐颂》里曲筱绡和赵医生听音乐会的场面，但小吴说只要我知道那是美的东西，只要我愿意接触就很好。

不止是愿意接触，这些美好的元素不断冲刷着那个夕阳下推着自行车等我下楼的朴实身影，为我的回忆镀上了一层温暖的颜色。我们一面学着烧不大好吃的菜，他一面带着我打卡好吃的甜点，在南京路、徐家汇、七宝，看到服装店他会给我讲中世纪的衣服和各种冷门的知识，我一边吃着小吃一边问他各种奇奇怪怪的问题，引着他给我讲军事讲历史，他每劝我吃一样食物都会从生物学的角度证明这是对的，每次我想胡搅蛮缠，一想到生化是他妈妈研究的本行，我就"不战而屈"了。

身边很多人问我，你们是怎么过日子的，有人说你们是不是一人一个屋子写论文互不干扰，有人说你们是不是从不开伙，还有人说你们是不是把两个卧室都改造成了各自的书房然后睡客厅……其实我们结婚以后第一件事就是把两张桌子并排放在一起，小吴说这样我们就不会因为科研疏远彼此了。谈恋爱以后我们手机里各下载了一个倒计时软件，里边有相识的日子、恋爱的日子，结婚那天我对小吴说："有了结婚纪念日我们就可以把恋爱的日子删掉了。"小吴很认真地说："不要，结婚了我们继续恋爱。"我问他："十几二

十年以后出门你还拉我手啊?"他说:"我爸妈现在走在学校还是手拉手!"虽然我知道指向未来的对话都只是美好的愿景,但我相信在小吴身上有着一种幸福的基因。

晴天的时候,阳光把客厅照得透亮,我们坐在阳光里,整个上午只有敲键盘的声音。临近中午我们一起去厨房烧饭,现在我们已经可以磕磕绊绊地烧出来七八个素菜了。换爸妈们的话:"烧菜再难不会比发论文更难的!"我和小吴深以为然。

结婚的时候我不要小吴给我买钻戒,我让他一定要用科研奖励为我们定制一对漂亮的对戒,里边刻着我们的名字,我希望很多年后能很自豪地告诉我们的孩子:妈妈是爸爸用他的学术成就娶来的,小吴则暗暗地把自己社交平台的签名改成了"有一个学霸老婆是一种怎样的体验?"

我去学校开会再晚他都会等我一起回家,写申报书的时候我们相互校对相互检查,我参加比赛他帮我找素材和背景音乐,对科研他惜时如金,但我生病时他会放下写了一半的书稿每天花五个小时给我煎药。上午出门前他一定会把我一天的饭都提前烧好用保鲜膜罩起来放进冰箱,时而我也会坐校车去奉贤旁听他的西方文论和西方艺术史,花好几个晚上和他一起打磨申报书。他的第一部学术专著自序里写着:"感谢我的妻子杨伊博士,同为学人,我们相互支持,相互砥砺……"

是的,同为学人自当相互砥砺,夫妻之情自是彼此成全,未来很长唯有风雨共济,世界很大我们抱团取暖。

那年夏天,我用矢志不渝的努力登上了求学的顶峰,同一时间,幸运女神手把手让我打中了爱情的十环,打出了一生的浪漫。

2021 年 5 月 8 日

援疆笔记：说三次"幸福"

00

7月14号下午，作为接力援疆"压阵阵容"中的一员，我和几位坚守到最后的老师登上了飞往上海的航班。

01

依然记得初到喀什的那天，我惊喜地望着车窗外满载民族风情的老街，身材曼妙的维吾尔族少女；呼吸着炎热而干燥的空气，随着微风不时飘来几句维语。晚上八点依然艳阳高照，街边的小店里偶尔飘出烤馕的香气，杂货店里最好吃的冰淇淋一块一支，路口地摊上卖的一筐筐蜜一样甜的杏子无需任何广告……

没有拥挤的地铁，没有拥堵的车辆，没有步履匆匆的人群，时间的"错位"和空间的变幻让初来喀什的我感到，生活陡然被拉到了另一个空间，那些美好而难忘的意象汇聚成一幅彩色的油画，名叫"南疆印象"。

02

汽车驶向喀什机场，南疆画卷在正午的光芒下缓缓收尾，头顶的烈日是画卷的闲章。

我们要到乌鲁木齐转机才能回到上海，在机舱里，我贴着窗户回忆着这些天在喀什生活、赴巴楚支教的点点滴滴，就像去万里之外做了一个绚烂而神奇的梦——是的，这是而立之年的我飞得最远最高的一次。

我的回忆被一群孩子的出现打断了，他们由带队老师领着，统

一穿着红色短袖和荧光绿外套，背着绿色的书包，大多肤色黝黑，十几岁的样子。我扫了一眼机舱里剩余的空位子，可以预想，我几天前就在东方航空 APP 上认真挑选的座位被学生旅行团包围了，那一刻我唯一的希望就是能安静地睡到目的地。

事实上，他们并不像我想象的那样喧哗，很明显登机前带队老师反复叮嘱过注意事项。一上飞机每个孩子就很利索地找到自己的位置，绿色书包整齐地摆上行李架，迅速落座。一个黝黑清瘦的维族小女孩走在队伍末端，整齐地扎着一个小辫，机舱的阳光照射着卷起的碎发，微微泛起棕黄色，一双雪白的运动鞋尤为显眼。她停在了我旁边，用细细的胳膊将书包吃力地举过头顶，用力抛上了行李架。在她身材的映衬下，书包沉重得像一块磐石。

"你能帮我系一下这个带子吗？我不会。"她抓着安全带用不大流利的普通话问我。

我一边帮她系安全带一边问："你们是喀什去上海旅游的吗？"

"不是，是巴楚。"

听到"巴楚"两个字，我竟有一种熟悉而温暖的感觉，那正是我们前些天支教的地方！

"我才去过巴楚，我是去那里上课的。"

"给我们上课吗？"

"不，是给你们的老师。"

从她困惑的眼神里，我知道她依然不知道我是做什么的，或许，她根本就没完全听懂我说话吧。

过了好一会儿她小心翼翼地告诉我，这是她第一次离开巴楚，当然也是第一次坐飞机。这次去上海研学，她家里没有花钱，都是国家资助的，因为她学习好所以被选出来了。

"我觉得很幸福，因为我能坐飞机。"小姑娘黑色水晶般的大眼睛里闪着期待、欣喜还有得意，每隔半分钟就会问一遍："飞机是不是已经飞起来了？"

03

飞机上的一切都令她感到新奇，一落座便专注地研究着椅背上的小屏幕，她津津有味的样子让我也对这个司空见惯的东西产生了一些兴趣。

我打开屏幕，试了几个按键后遇到了问题正打算关掉，她突然把身体探过来，很骄傲地向我展示着每一个按键里的"秘密"，每展示完一个功能都会得意地看我一眼，我都会冲她伸大拇指。不是客气的鼓励，而是发自内心的佩服：五分钟的工夫，极大的好奇和专注竟能让她把一个完全陌生的工具"探索"得如此透彻！

在搞清楚屏幕旁边每一个按键的功能后，我以为她会像多数孩子一样沉浸在游戏或动画片里，但是并没有。她关上屏幕从椅背的袋子里取出东航的杂志，里边是世界各地的照片：蔚蓝无垠的大海，美轮美奂的建筑，优雅精致的园林，华灯初上的老街……她用黑宝石的眼睛注视着世界上的每一个地方，用最短的时间扫描着一个个全新的世界。

突然她惊喜地翻开比利时布鲁日护城河的照片问我："这是不是上海？"

我边摇头边说道："不是的。"

她困惑又欣喜地追问："那上海是不是比这里好看？"

"是"还是"不是"呢？我从未想过这个问题。大概只有孩子才会把一切喜爱都排出一二三，而成年人更喜欢为每一种特质赋

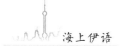

值，对一座城如此，对人亦是如此。但那一刻，小女孩的单纯和聪明突然把世界过滤得很纯净，她对未知极强的渴望给人一种力量，一种重新"扫描"生活并爱上这个世界的力量。就像她黑亮而干净的眼睛，让我忍不住像一个孩子一样去思考——

上海可以让我有多幸福？是不是最幸福？还能不能更幸福？

04

机舱微微震了一下开始在跑道上滑行，她无比激动地说："这次肯定飞起来了，我能感觉到！"

而后飞机开始上升，她惊恐地一把抓住我的胳膊，用很大的力气把我的胳膊捏到变形。我抖了抖胳膊想换个姿势，可她无论如何都不肯放开。我很淡定地说："这次是真的飞起来了，我能感觉到。"

整整十多分钟，她屏息耸肩，后背紧贴座椅靠背，一动不动像一座雕塑。待飞机平稳后才缓缓把手松开，再一看我的胳膊上留下了五个红红的指印。她惊魂未定地自言自语道："再也不坐飞机了……"然后有些尴尬地看着我。

"其实飞机不可怕的。"我用最温柔的语调对她说。

"这是你第几次坐飞机？"她问道。

"第很多次，我记不清了。"

"那你第一次坐飞机是几岁？是不是也很害怕。"

"可能也害怕吧，但肯定没有抓旁边人的手……"

小姑娘腼腆地笑了。

05

经历了"起飞风波"，我们彼此熟悉了很多。她的爸爸就是巴楚县的数学老师，她很骄傲地打开手机给我看小时候的照片和全家福，妈妈年轻时也是很漂亮的维吾尔族姑娘。其他同行的学生分给她零食，她都会很大方地分给我，还问我喜不喜欢她小时候梳的公主头，她可以帮我扎头发……

从乌鲁木齐再次起飞的时候我把手放在座椅扶手上，和她半开玩笑地说："我把手给你拉，但是你不要掐我的胳膊。"她笑着一把抓住我的手，直到飞机再次平稳。

"这次我没有刚才那么害怕了，我不讨厌坐飞机了。"她得意地告诉我。

"下次你会更勇敢的！"我笑笑。

"我以后也会和你一样坐很多次飞机吗？"

"当然，肯定会比我更多。"

她很憧憬地仰头看了我很多秒，带着一点点的微笑。那一刻我突然觉得是不是我在不经意间给了她一种希望，一种我们都很难描述的希望。

飞机早已穿过了厚厚的云层，窗外是很强烈的阳光。看着她的眼睛，我突然想起十几年前，我第一次坐飞机的时候妈妈让我靠着窗户看云彩，她说只要飞得足够高，乌云也好，白云也罢，那些遮蔽我们视线的东西都会一点点沉淀在脚下，我们也会看得越来越远。

06

空姐开始分发晚餐，一听到"牛肉饭"和"鸡肉饭"我顿时就失去了兴趣。出发前一天为了"躲避"飞机餐，一位同行的老师还特意买了馕带在身上，很得意地对我们说："喝着橙汁吃着烤馕，

无上的享受。"

我本没有吃晚饭的打算,所以对空姐说"谢谢不需要"。但我用余光瞥到她拿到晚餐有些不知所措,却又不好意思叨扰我,于是赶紧对空姐说:"麻烦您还是给我一份吧。"然后一边讲解一边示范:勺子在哪里,酸奶在哪里,垃圾该怎么收拾……她认真享用着牛肉饭,吃饱喝足后很欣喜地对我说:"坐在飞机上吃着这么好的饭,我现在很幸福!"

我感慨了一句:"还是吃烤馕幸福啊……"

她困惑地看着我,我也困惑地看着她。

07

饭后她念念不忘那顿幸福的牛肉饭,就像我念念不忘新疆的烤馕和抓饭一样。一路上她眨着纯朴的眼睛对窗外的一切都充满了兴趣,哪怕一束光,一片流云,她都像十万个为什么问个不停,那种热情和好奇与我们在巴楚培训时遇到的老师出奇地相似。

讲课那天我们顶着38℃的烈日来到学校,上午前来参加培训的教师有四百多人,满满当当地坐在礼堂里。下午的大教室虽然只有两百多人,但教室里的空调基本不能制冷,勉强算是一只不会摇头的空调扇。讲台上正对主讲人额外放着一台风扇,这就是全部的"制冷设备"了。

前半场是我们院长主讲,不到半小时他的衬衣就湿透了。我赶紧把讲稿折成扇子对着自己出门前精心打造的妆容拼命扇风,用一股股流动的热空气保持着出门时的造型。尽管如此,轮到我讲下半场的时候,汗水还是把连衣裙湿透了,死死地贴在我的身上。

毋庸置疑,这是我经历的最艰苦的一次讲座。台下数百位巴楚县的老师和我一样，头发被汗水贴在脸颊，一些体型高大健硕的老师汗水不住地渗出来，原本黝黑的皮肤竟油光发亮。他们一只手挥着小扇子，依然很热情地和我们互动，坐在我旁边的男老师脸上淌着汗，但密密麻麻记了四五页笔记——除了PPT上的内容，还有他的思考、疑问、感想……他们求知若渴的神态保持到讲座的最后一刻，竟让我生出一种温度越高求知欲越强的错觉。

讲座结束，离开礼堂的时候老师们都放下小扇子很努力地鼓掌欢送我们，声浪混着热浪，和来时欢迎我们的场景一模一样。

08

离开巴楚的车上，我们不住地称赞巴楚老师们的毅力，那时我们都觉得这只是"适应"，就像会开花的红柳，就像荒漠里的胡杨。直到在飞机上遇到那个说着"幸福"的小姑娘，我才突然明白这不止是适应。

人比红柳和胡杨更强更坚韧，因为除了适应还有珍惜，他们珍惜带着基础教育经验远道而来的上海老师，他们珍惜穿越万里去上海交流研学的机会。最重要的是：人对于幸福总是怀有朦胧的向往，这种向往终能幻化为希望。

09

"我叫杨伊，我还不知道你叫什么名字？"说着我抽出一张白纸写下自己的名字。

"谢姆斯耶。"她一边说一边写下自己的名字。

到虹桥机场时已是深夜，飞机开始降落，地面的灯火像一个个光斑汇成的星河。突然想起十多年前我读大三的那个秋天，老师临

时通知我们回学校参加奖学金答辩，由于买不到白天的机票，我头一次坐晚上的航班飞回上海。那是我第一次在深夜从高空俯瞰上海，美丽而震撼。于是我拍了拍谢姆斯耶："快来看窗外！"

她惊讶地瞪圆了眼睛，拿出手机让我帮她拍下窗外的夜景。

"你住在这里吗？"她惊喜地问我。

"是啊。"

"在下边的哪里呢？"

我看了看夜色中铺开的庞大"星河"，的确无法确定我家的位置，只好告诉她："某个光点可能是我家，但太小了我找不到啊……"

"那你一定很幸福……"说着她用羡慕的眼神看看我又看看窗外，再看看我。

这是她第三次说"幸福"，前两次属于她自己，最后一次却属于我。

在上海生活的十几年里，我忙着适应、忙着生存、忙着长大，学会了面对成长的烦恼、生活的纷繁和世界的复杂，学会了用成年人的深沉去看待幸运的两面性。这种成年人的"保护机制"让我们远离极度的悲哀，却也很难承认纯粹的幸福。

直到我历经了万里航线上的起飞和降落，直到谢姆斯耶第三次说出幸福，我忽然很肯定地对她说："是的，这十多年我一直很幸福！"而这种感受不需要佐证，不需要界定，就是看到魔都灯火后的直觉，就像我十八岁时一样。

10

离开机舱前我们自拍了很多照片，也不知道是否还会重逢。但我坚信，这次旅途最终会以幸福的名义留在她花季的碟片里。这一

274

路上，她用幸福唤醒着我的幸福，我们各自的幸福碰撞在一起，她生出了"憧憬"，我懂得了"珍惜"。

我会一直记得，而立之年自己远赴万里之外的喀什，在红柳扎根的地方感受到了生命的强大伟力；而她关于上海的故事里或许也会有一个模糊的角色，在每一次飞机起飞的时候温暖记起。

她成为了我赴巴楚幸福之旅的尾声，我成为她赴上海幸福之旅的序曲。

相逢即是如此，不论后会有期还是无期。

2021 年 8 月 12 日

三十而立：又一个十年你要努力奔跑

二十岁生日那天清晨，我起了个大早，顶着精致的妆容等待着像潮水一样奔涌而来的祝福。

七点半，闹钟响了，我的大学室友顶着蓬松的头发，张着惺忪的睡眼坐在床上，突然说了一句"奔三快乐"。我愣了半晌向她丢过去一个枕头，用粗暴的方式结束了对话。

那是个周一的早晨，走在通往教学楼的路上，依然刺眼的阳光和带着寒意的秋风产生了强大的张力，道路两旁的绿树就在这季节的摇摆中寻找生存的意义。二十岁的我披着长发，穿着高跟鞋，在绿树撑起的林荫道上一步步踩出了年轻的纹路，享受着我认定的青春。

一走便是十年。

今天，闹钟响起的瞬间，记忆突然和十年前完美对接，倘若她还在我旁边，那么一定会说"奔四快乐"。但我一定不会扔枕头，因为奔几都不重要，重要的是快乐，即便是个平凡的日子。

关于"三十"

有的终点看起来很近但走起来很远，它似乎一直悬在触手可及的地方，足以让你走到怀疑人生。但十年听起来很久，走起来很快，你觉得自己刚刚出发，不知怎么就到达了。

十几岁的时候我觉得高考是一个坎，于是我常常在深夜趴在小屋的窗边想，高考的试卷会把我送到哪座城市哪所学校，那种感觉奇妙而惶恐。

二十出头的时候觉得工作是一个坎，和十几岁不同的是，高考即使令人惶恐，但一看到周围的人都要高考也就没那么惶恐了，毕竟很多人和你一起走向未知，未知也就没那么可怕。大学以后的人生突然多了很多选择和不确定性，于是我常常陷入矛盾：当我选择的路只有自己一个人走的时候，会因为大家都不选择这条路而焦虑；当我选择的路有很多人走的时候，会因为万人过独木桥而更焦虑。

再后来，我发现婚姻又是一个坎，和之前任何一次都不同，过去全班同学都会陪我一起高考，会陪我一起毕业、一起考研、一起求职，但不会陪我一起谈恋爱、一起结婚。直到面对第三个坎，我才明白了什么是真正的不确定。

三年前我的学妹毕业便结婚了，我颠颠地跑去问人家："结婚是一种什么感觉？"后来我的学弟也结婚了，我又做了同样的事情。他们不约而同地回答我"就挺突然的"，我一度觉得自己被已婚人士搪塞了。直到今年我自己也结婚了，才知学弟学妹诚不欺我，的确"挺突然的"。

就这样，赶在而立之年到来之前，生活突然按下了快进键，每一帧都是一个故事。我才明白，生活从不会和你商量，它只会大笔一挥写下两个字——"安排"，然后你就一头扎进了成年人的世界，不论如何，生活都会送给你一个姨母笑。

这一年承蒙命运的眷顾，我学着适应角色的转变，学着习惯拥有并适应失去，学着坦诚地接受幸福，也与苦难不公和解。说到底，就是继续去做一个努力的普通人，去体会一个人本应尝过的酸甜苦辣，历经的人间百态。

关于"结婚"

领结婚证前一天我到后半夜才睡着，那是我第一次感到一段新

的生活就这样悄无声息地开始了，感到我要和另一个人组成一个家，而这个家将会伴随着我们在偌大的上海避风雨，话阴晴。

2月20号早晨，在去民政局的路上我问吴老师："今天我们就结婚啦，你昨晚是不是很兴奋啊？"他两眼放光地说："当然兴奋啦！"我像找到了知己一样："原来你也没睡着啊！"他困惑地说："我躺下就睡着了啊！"我淡定地问他："你高考前失眠了吗？"他眉飞色舞地补充道："和你说啊老婆，我高考那两天连午休都没有失眠……"

从出租车的后视镜里，我看到了司机想笑又不敢笑，紧紧闭拢的嘴和憋得通红的脸。

结婚以后这样啼笑皆非的对话几乎每天都有。8月我的博士论文出书了，样书寄到后我看到定价八十八元，很惊喜地和他说："我的书定价还蛮高的诶！"然后满心期待地等他夸我，比如"老婆的智慧值得这个价"之类的话。他很认真地摸了摸厚度，一本正经地说："没想到现在通货膨胀严重到这个程度！"说完猛然意识到自己说错了什么，可我气得都笑了。

我经常和身边的朋友说起他可爱而令人震惊的回答。的确，小吴不是个完美的人，他不讲实话就不会讲话，至今依然没有学会给我惊喜，每天都乐此不疲地烧白菜肉圆给我吃，以至于两个月前我做梦梦到他对着坏人开枪，打出来的子弹都是肉圆。但他的不完美让我拥有了主观上感到完美的婚姻。

而立之年，我一面努力奔跑，一面理解生活的善意。我的老师对我说："人品好的孩子运气都不会差。"于是我继续宽厚地对待、容纳这个世界，即使结婚也依旧独立。不同的是这种独立有了更深一层的踏实，因为还有另一个独立的灵魂和我抱团取暖。

关于"平凡"

撸猫是我和小吴共同的爱好，不论谁去菜场，只要超过一刻钟没回家，那一定是在小区里遇到猫了。

刚刚谈恋爱的时候，他只要来宿舍看我，窗台上必定会蹲着一只橘猫认真地盯着我们，直到他离开橘猫才肯离开。后来为了不要引起橘猫的注意，我尝试拉上了窗帘，结果隐隐约约发现窗帘的缝隙里有一只眼睛，我们突然把帘子打开，发现那只橘猫蹲在窗台上正在向里边偷窥。

结婚以后我问他："如果让你变成一种猫，你想做什么猫？"他说我们俩都是中华田园猫，他是橘猫，我是简州猫。我问他为什么不当品种猫，比如做个金渐层，我当个蓝白英短。他用憨厚的语气开玩笑似的告诉我："大部分土猫没有固定的人投喂，想活下来必须比品种猫更顽强、更聪明。""那我为什么是简州猫啊？"我追问道。"因为简州猫最能抓老鼠，最凶了。"我虽无言以对，但欣然接受了他的田园猫理论，然后走进了平凡的生活，去做无数平凡夫妻里幸福的一对，成为两只努力奔跑的中华田园猫。

在二十九岁以前，我从未下过厨房进过菜场，一度扬言将来一定要多赚钱把家务"外包"出去，直到我真的有了家，才发现这根本就不是一个经济问题。我们一边聊着小夫妻之间的八卦一边逛菜场，一边用他心爱的音响放着巴赫一边一起烧菜，在菜场里我们成了视觉上最年轻的夫妻。我们会为了免两杯果茶的外送费而纠结要不要再多点一个软欧包，也会不计成本地奔向东方艺术中心和上海交响乐团。我会因为他一针见血地说我写的东西缺乏思辨性和他吵嘴，也会和他一起用PS4"胡闹厨房"打到相互嫌弃。

婚礼上他拿着捧花对我说："从今往后我们一起上厅堂下厨房，

一起泛舟学海和人海，一起建筑遮风挡雨的小屋，我们携手握住同一支笔来书写丰富精彩的人生，在我们并肩而立之处，在我们落笔书写的地方那就是我们共同的家。"每天睡前我都会把两个人第二天穿的衣服用挂烫机熨烫好，这是我妈妈的习惯，现在成了我的习惯。有时我会突然感到生活就像这样一件衣服，布满了沟沟壑壑，那些浅显的纹路很快便会趋于平整，而深刻的折痕也并非不可救药，而我们追求的精致都是源于对生活价值的认定和宝贵的耐心。

平凡的生活就像一块宝藏，它会将学生时代不曾闪现的东西馈赠与你，而你依然有权利一直年轻。我渐渐感到，即使做好一只平凡的"田园猫"也一样需要努力，即使是两个人的小家也依旧需要经营，这构成了二十九岁的我关于平凡的基本感悟。

关于"明天"

人说三十而立，我则笃信——年岁渐长，你依然可以笑得像个孩子。只是我会偶尔问自己，已走过三个十年的我何以而立？

过去的每一天我都认真对待，我也曾温暖地写下"有烟火亦有诗意，做公主亦为人妻"，可生活还是告诉我：平凡人的努力在现实面前常常无力，点点滴滴的积累面对真实的需求常常是杯水车薪。即便如此，你也依然要尽力，纵使这个世界永远都存在"更幸福"，永远有人"更富有"，但能够拒绝"苟且"坐拥精致与从容，生活对我们两个朴实的年轻人已是足够友善。

暑假我和吴老师并肩坐在阳台上，他说自己是游戏《猫咪后院》里的"满足先生"，有宽敞幸福的"猫窝"，还娶了漂亮的"简州猫"当老婆。但我们又是那么清晰地明白，幸福远没有那么理所当然，这其中有命运的安排，有他人的厚待，更重要的是我们依然在父辈码直的跑道上持续加速，真正的独立飞翔尚未开始。

然而，飞机不可能永远在跑道上无止境地加速，总要有分离和飞向蓝天的一天，而那份力量又将从何而来。父辈为我们争取了足够长的起跑时间，但每一天我们都要和时间赛跑，最快地学会应对气流的颠簸，学会在颠簸中成长。

明日，不过三十而已，在珍惜与期待中开启一个全新的十年，在我生活了十一年的上海，继续用我习惯的节奏接近期待的明天。

我一直相信，一切匆匆而至的相遇都是久别重逢，一切匆匆而去的分离都会凝结成祝愿，每一个十年的巡礼都将记录永恒，下一个十年的奔跑是为了继续向前。

你好，明天。

2021 年生日前夜

从此耳畔，时时伊语（代后记）

有一天我们一起翻看以前的照片，然后惊奇地发现：我们的第一次同框，早在相识的三年之前。那是在为学校毕业典礼拍摄视频之时，她硕士毕业，我博士毕业；她站在队伍之首，我站在中间。于是她时不时开玩笑地"抱怨"，我为何当时没想到向她搭讪；我则一边开玩笑地回答"像我这么老实的人怎么想得到随便搭讪"，一边充满喜悦而又带着几丝庆幸地感慨：缘分果然妙不可言。

这不仅仅是我们二人的缘分，也是这座城市带来的缘分。当我们在同一年拉着行李箱走出上海的车站，小滚轮划过路面的声音无形中为十年后的并肩落下第一个音符。几年后我从东九宿舍换到了文科实验楼的办公室，几天后她从属于硕士生的西六搬进我曾经的楼上，而宿舍区对面琴房的圆号声留下了同样的伴奏。我们的学位服在沪上从深蓝换成黑红，博士帽沿的流苏在同样的红砖墙边被轻轻拨动。这根开启新乐章的琴弦两度在空气中荡起涟漪，又一前一后地扩散到同一张三尺讲台前。

然后两个声部的复调，在同一张乐谱上汇聚为琴瑟和鸣。

我们共同走过的路上立着一块里程碑，上面写着两个字，"博士"。或许在很多人看来这是一个形象微妙的词，放在我们这种从本科读到硕士再到博士、一路求学未有间断之人身上尤甚。从"博士"二字的字缝间看到的，或许是象牙塔内的青灯书卷和实验室里的瓶瓶罐罐，或许是眼镜、格子衫、不修边幅和油盐不进，在"不明觉厉"的辩经论道中沉浸于远离世事人情的一方自我天地；博士的相知与相恋，或许就是互相查对方论文和把约会变成读书会。

这些画面，或许有一部分会真实出现，却远远不是博士乃至更多长年求学之人的全部。我们也会用美食与美景在脑海中烙下无上美味，会在去南京路、朱家角、上海博物馆和东方艺术中心的路上趟过车水马龙，会因巧遇校园里梧桐树下伸懒腰的橘猫而融化胸中的块垒，会借杂花生树草长莺飞间的脚步感受生命的律动。即使是最为普通的两点一线，也是绝不完全重复的一片片树叶，拨开树丛就能看见令人眼睛一亮的天地。她是这样，我是这样，很多很多的学者都是这样。

长年求学之人同样有着敏锐而热切的心灵，有着将精彩世界和精彩生活尽纳眼底心中的希冀与行动，在奋笔疾书和键盘敲击中留下的文字不仅仅有阳春白雪，还有对学问与生活如何共同融为鲜活生命的一切记录与言说，有所见闻，有所经历，有所思悟，有所倾诉。于我们而言，同一经纬的地理为我们的缘分埋下了伏笔，同一海拔的心灵让我们把书桌紧挨并排，携手握住同一支笔，讲述与书写更加丰富精彩的生活与人生。

字里行间，但闻伊语。

从此耳畔，时时伊语。

吴佩炯

2021 年 5 月于吾妻身畔